本书获"中南大学'双一流'建设文科战略先导专项

2017 年建设项目"资助

中南大学哲学社会科学博士论文精品丛书

# 詹姆斯·乔伊斯的文化焦虑

李兰生 ◎ 著

中南大学出版社
www.csupress.com.cn
·长沙·

# 《中南大学哲学社会科学学术成果文库》和《中南大学哲学社会科学博士论文精品丛书》出版说明

进入 21 世纪以来，中南大学哲学社会科学专业坚持"基础为本，应用为先，重视交叉，突出特色"的精优发展理念，涌现了一批又一批优秀学术成果和优秀人才。为进一步促进学校哲学社会科学一流学科的建设，充分发挥哲学社会科学优秀学术成果和优秀人才的示范带动作用，校哲学社会科学繁荣发展领导小组决定自 2017 年开始，设立《中南大学哲学社会科学学术成果文库》和《中南大学哲学社会科学博士论文精品丛书》，每年评审一次。入选成果经个人申报、二级学院推荐、校学术委员会同行专家严格评审，一定程度上体现了当前学校哲学社会科学学者的学术能力和学术水平。"散是满天星，聚是一团火"，统一组织出版的目的在于进一步提升中南大学哲学社会科学的学术影响及学术声誉。

中南大学科学研究部

2017 年 9 月

# 缩略词表

（在本书中，下列著作是经常被引用的书目。为了节省篇幅，同时也为了便于读者查阅所引内容，作者依照学界惯例，将以下书目简化为缩略词，行文时以缩略词加页码的方式注明所引内容出处。）

CW   *The Critical Writings of James Joyce*. ed. Ellsworth Mason and Richard Ellmann（London：Faber & Faber，1959）.

D   *Dubliners*，ed. Hans Walter Gabler with Walter Hettche（New York：Garland，1993）.

JJ   *James Joyce*，Richard Ellmann（Oxford：Oxford UP，1982）.

LI   *Letters of James Joyce*，ed. Stuart Gilbert（London：Faber & Faber，1957）.

LII   *Letters of James Joyce*，Vol. II，ed. Richard Ellmann（New York：Viking，1966）.

LIII   *Letters of James Joyce*，Vol. III，ed. Richard Ellmann（New York：Viking，1966）.

P   *A Portrait of the Artist as a Young Man*，ed. Hans Walter Gabler with Walter Hettche（New York：Garland，1993）.

SL   *Selected Letters of James Joyce*，ed. Richard Ellmann（London：Faber & Faber，1975）.

U   *Ulysses*，ed. Hans Walter Gabler with Wolfhard Steppe and Claus Melchior and with a New Preface by Richard Ellmann（New York：Bodley Head，1986）.

《精选》   乔伊斯：《乔伊斯精选集》，刘象愚编选，北京：北京燕山出版社，2004。

《尤》   乔伊斯：《尤利西斯》（上、下卷），金隄译，北京：人民文学出版社，1996。

# 序　言

　　爱尔兰偏居欧洲西北一隅，孤悬欧洲大陆之外，与英国也有海峡相隔，国土面积（不包括北爱尔兰）仅七万多平方公里，人口不到 500 万。然而就是这样一个小国，竟然在近现代创造出永远令爱尔兰人感到骄傲也让许多国家羡慕的灿烂文学，产生了斯威夫特、谢利丹、王尔德、萧伯纳、叶芝、乔伊斯、贝克特、希尼以及其他许多杰出的文学家，其中四人获诺贝尔文学奖。19 世纪中期以来的爱尔兰文学繁荣被学者们赞为爱尔兰文艺复兴。遍观现代世界，似乎还没有一个类似规模的国家或民族能有这样骄人的文学成就。爱尔兰文学有如此成就，不仅使人赞叹，似乎也颇让许多人感到迷惑。

　　其实爱尔兰文艺复兴绝非偶然；爱尔兰能产生辉煌的文学，也并不太令人奇怪。爱尔兰民族虽然偏居一隅，却眼界开阔，积极进取；它自古以来就广纳各种思想，包容不同文化。早在中世纪早期，爱尔兰就创造出灿烂的文化。古爱尔兰语诗歌出现在 6 世纪，与古英语诗歌一道同属欧洲最早的俗语（vernacular）或者说民族语言文学。更为难能可贵的是，在罗马帝国崩溃后，异教文化席卷欧洲之时，爱尔兰不仅成为基督教的重要堡垒，爱尔兰传教士们还主动出击，使苏格兰、英格兰北部乃至北欧大片日耳曼地区皈依了基督教，为基督教文明在中世纪前期的发展作出了无与伦比的贡献。爱尔兰人还建立了一大批修道院，发展出完善的修道院体制，并在苏格兰、英格兰和其他地区创建了许多在历史上发挥过重大作用的修道院。爱尔兰修道院往往规模宏大，设有学校和图书馆，既是宗教圣地，也是影响广泛的文化教育中心，培育出许多重要的神学家、思想家、学者和诗人。在那几个世纪里，欧洲各地不少人慕名前往爱尔兰或爱尔兰人建立的修道院"留学"，爱尔兰也被尊为"圣徒与学者之岛"（the island of saints and scholars），成为中世纪欧洲基督教文明的重要基地。

当然，过去的灿烂不一定能确保以后的辉煌；相反，爱尔兰在中世纪盛期以及随后的世纪里逐渐沦为英国殖民地，从政治、经济到民族文化和语言，全面遭受严厉压制和摧残。斯威夫特那著名的《一个小小的建议》以辛辣的讽刺道出了爱尔兰民族遭受的贫困与屈辱。但拥有优秀文化传统和强烈民族自尊心的爱尔兰人从未停止民族独立的斗争。在经历了18和19世纪中期各饿死上百万人的两次大饥荒和殖民主义者面对灾难时的冷漠之后，爱尔兰人的民族意识迅速复苏和高涨。许多爱尔兰人回首过去，在自己辉煌的历史和文化中获得强烈的民族自信，他们推广民族语言，发扬民族文化，义无反顾地争取民族独立。民族意识的高涨需要民族文学来弘扬，也为爱尔兰文艺复兴创造了条件。

与此同时，自19世纪中后期以来，西方工业文明、新兴科学技术、各种新旧思潮以及严峻的社会矛盾、民族冲突和灾难性的战争给西方世界带来自罗马帝国覆没后最深刻的历史性变革，它造成传统社会的解体，旧意识形态的蜕变，以及人们长期赖以生存的价值观念的沦丧。美国诗人艾略特的《荒原》和爱尔兰诗人叶芝的《第二次降临》都形象而深刻地揭示出西方人正经历的精神危机。

作为西方世界的一部分，爱尔兰自然也处在这样深刻的社会变革和精神危机之中，而爱尔兰人反对殖民主义的斗争，各阶级各派势力之间的冲突进一步加剧了爱尔兰本来已经十分严重的社会危机。各种矛盾的交织使这个古老的民族处于历史的十字路口。然而，危与机总是密切关联，历史的转型和思想的变革往往为文化繁荣创造十分有利的条件，人类历史上许多最辉煌的文化繁荣就产生在历史的十字路口。爱尔兰成就斐然的文艺复兴正是历史十字路口的文化文学繁荣。同整个西方现代主义文化文学运动一样，它也是对广泛的社会矛盾和深刻的精神危机做出的文化文学反应。

　　詹姆斯·乔伊斯是人才辈出的爱尔兰文艺复兴运动中一位特别杰出的代表人物，他深刻触及爱尔兰和西方世界的时代脉搏，揭示了爱尔兰和西方世界最深层的危机。乔伊斯是爱尔兰文化传统的集大成者，但在传统与变革的冲突中，他又深切地感到他所继承的文化遗产已成为难以忍受的负担，是必须冲破的精神桎梏。他在其关于自己"心灵成长史"的颇具自传色彩的小说《一个青年艺术家的画像》(以下简称《画像》)之开篇，呈现出幼年的主人公斯蒂芬躲藏在桌子下并被威胁要被老鹰啄掉眼睛的"显现"(epiphany)，寓意深刻地揭示了作者和一代爱尔兰知识精英所感受到的精神压抑，即李兰生在本书中广泛深入分析的"文化焦虑"。有学者认为，《画像》的前两页表明了乔伊斯一生的创作主题。为避免堕落成为他在《都柏林人》里描写的那类心灵"瘫痪"者，乔伊斯毅然决然地离开了在他看来对于追求精神自由和个性发展的"青年艺术家"毫无出路的都柏林，前往在当时享有"通向任何地方的十字路口"(the crossroads to any-where)之盛名的巴黎。

　　乔伊斯离开爱尔兰不是逃避，而是具有象征意义的英雄行为，如其短篇故事《一片小云》所表明，那是都柏林人大多不敢进行的精神和文化壮举。他离开爱尔兰是接受挑战，到当时西方传统与变革的漩涡中心去面对和探索在精神上折磨着他和爱尔兰民族乃至西方世界的文化焦虑。乔伊斯显然十分清楚自己的选择之文化意义和所需要的勇气。所以，他自比敢于挑战人类极限冲破桎梏到天上飞翔的古希腊英雄，并将其自传体小说取名为《英雄斯蒂芬》。他笔下的"青年艺术家"就是一个文化英雄；而他也早已被爱尔兰人视为自己民族的文化英雄。任何看过乔伊斯肖像的人，也许都很难不被其坚定而犀利的目光所震慑。他的目光里展示的正是文化英雄的睿智、勇气与自信。同样，《画像》和《尤利西斯》里那些看似平凡的叙述所塑造的也正是那种敢于面对和挑战并试图解决那个时代的精神危机的文化英雄。

乔伊斯挑战心灵瘫痪精神危机需要勇气，而试图对乔伊斯进行认真、系统、深入的研究同样也需要勇气。为了尽可能深入地探索和准确地表现他所面对的极为纷繁复杂的现实和精神危机，乔伊斯试验和使用了许多新的艺术手法，他的作品也往往因此而十分艰涩难懂。要读懂乔伊斯作品，要研究他的思想和文学成就，必须具备相当的文学和理论修养、丰富的文化和文学知识，长期坐冷板凳的决心和锲而不舍的精神，以及乔伊斯那样的自信和勇气。否则，最好别碰这位文学巨人。

李兰生显然具备了这些条件和素质。不仅如此，他在做课题期间，还获得国家留学基金资助，前往爱尔兰实地考察爱尔兰文艺复兴的历史语境、文化文学渊源，以及乔伊斯的生活、成长、思想发展和精神追求的历程，获得了丰富的第一手资料和实实在在的感性认识。但更重要的是，李兰生是一位严谨的学者，他大量阅读乔伊斯研究成果，特别是对乔伊斯作品文本反复钻研，在此基础上运用一些现当代富有创见的理论思想，结合爱尔兰社会现状、文化文学传统以及西方现代主义文化文学运动的大语境，深入细致地分析研究乔伊斯的思想和作品，从而抓住了"文化焦虑"这个乔伊斯文学创作与成就的本质性问题，并以此为中心和主线展开，深入系统地研究乔伊斯作品。

经过深入研究，李兰生正确指出："乔伊斯的焦虑源于英国殖民文化语境下的爱尔兰文化，源于英国和爱尔兰文化的大背景——西方文化和文明。他的焦虑在本质上是一种文化的焦虑，这种文化焦虑贯穿于他全部的精神生命之中，塑造了他的艺术品格，成就了他的文学创作，赋予了他的文学作品以独特的艺术禀性、民族特色和文化价值。"他进而认为："小说中的爱尔兰青年艺术家既是青年乔伊斯的化身，也代表彷徨中的爱尔兰民族。"这些都是很有见地的观点。

　　类似的观点，书中还有很多。但我认为，书中最重要的还不仅仅是这些观点本身，而更是作者得出这些观点的文本功夫、开阔视野和令人信服的严密论证。这些正是当前文学批评领域特别需要因而也是特别值得肯定的。正因为如此，我很高兴能为本书作序。

肖明翰

2017 年 8 月 25 日

于美国密西西比河旁一小镇

# 目 录 ›››

# 绪 论

在二十世纪，焦虑已经成为一个中心问题和现代生活的一个突出主题。法国作家阿尔贝·加缪把这个时代称之为"恐惧的世纪"，奥顿在一首伤感诗作的标题中将其描述为"焦虑的时代"。

——斯皮尔伯格：《焦虑：当前理论与研究趋势》

　　20 世纪上半叶是一个令人深感焦虑的多事之秋：暴力革命、专制集权、两次世界大战、纳粹、法西斯、集中营、极端民族主义、反犹主义、经济大萧条、原子弹爆炸，等等，一次又一次地暴露出现代西方社会、文化和文明的矛盾与危机。1907 年，爱尔兰小说家乔伊斯（James Joyce）在《都柏林人》的第十五篇短篇小说《亡人》中通过主人公加布里埃尔的话语，把这个时代描述为"一个充满疑问、受思想折磨的时代"；①1922 年，他在《尤利西斯》中又借用独目巨人"公民"之口，把英国和西方文明戏称为"他们的瘟明"（their syphilisation）；②1926 年，德国哲学家、历史学家斯宾格勒（Oswald Spengler）在《西方的没落》一书中对绵延了数千年

---

　　① 此处译文参考刘象愚汉译，稍有改动。参见刘象愚编选：《乔伊斯精选集》，北京：北京燕山出版社，2004 年，第 37 页。本书后面所引《亡人》，均出自该译本，页码随文夹注，不另作注。

　　② "syphilisation"（梅毒感染）与"civilisation"（文明）谐音，乔伊斯巧妙地利用两词之间的谐音关系来挖苦现代西方文化与文明。"syphilisation"的译文参见詹姆斯·乔伊斯：《尤利西斯》（上、下），金隄译，北京：人民文学出版社，1996 年，第 493 页。本书后面对该书的引文，均出自该版本，所引之文以"《尤》"加页码的方式随文注出，不另加注。

的"西方文化的命运"(the destiny of western culture)进行深刻反思之后得出结论：这种文化所孕育的西方文明已经日薄西山，走向没落；①1927 年，英国小说家劳伦斯(D. H. Lawrence)在《查特莱夫人的情人》的开篇写道："我们的时代在本质上是一个悲剧的时代……灾难已经发生，我们身在废墟之中……"(Lady Chatterley's Lover 1)；1947 年，英国诗人奥顿(W. H. Auden)出版了以《焦虑的时代》(The Age of Anxiety)为题的长诗，为这个饱经忧患的时代书写了一曲忧伤的巴洛克牧歌，赋予艾略特(T. S. Eliot)的《荒原》(The Waste Land, 1922)所隐喻的 20 世纪西方文化和文明这片"干涸"的废墟一种时间向度。② 也许是受到奥顿的震撼，美国音乐家伯恩斯坦(Leonard Bernstein)和舞蹈设计大师罗宾斯(Jerome Robbins)套用同样的标题，创作了现代交响曲和芭蕾舞(Spielberger 5)，分别以时间艺术和形体艺术的形式再次对这个"焦虑的时代"进行了定义。

乱世造英雄，"焦虑的时代"也许更容易产生思想和文化巨人，欧美现代主义恰好孕育于这个时代。有学者曾对欧美现代主义代表人物的出生年代作过如下统计：毕加索(Pablo Picasso)生于 1881 年，斯特拉文斯基(Igor Fëdorovich Stravinsky)、乔伊斯、刘易斯(Wyndham Lewis)生于 1882 年，威廉斯(William Carlos Williams)生于 1883 年，庞德(Ezra Pound)、劳伦斯生于 1885 年，艾略特生于 1888 年(H. Kenner, The Mechanic Muse 6)。颇有意思的是，这些现代主义大师都诞生于 19 世纪 80 年代，大约都在 20 世纪初开始创作、发表自己的作品。作为一种文化思潮，现代主义无疑是这个"焦虑的时代"最典型的文化产物，它确乎表达了一种共同的时代性忧患，它不满这个时代严酷的社会现实，"质疑整个文明和文化"；它"颠覆了我们最坚实、最基本的信念和设想，把过去广大的领域化为

---

① 斯宾格勒借用生物学中的生命周期率来审视西方文化历程，他首次提出"文化命运"(destiny of culture)一说，在西方学术界产生深远影响。其文化史观集中体现在其历史哲学力作《西方的没落》一书中。参见 Oswald Spengler, The Decline of the West: Form and Actuality (in two volumes), authorized translation with notes by Charles Francis Atkins (New York: Knopf, 1928) 3. 该书在中国已有多种汉译：①齐世荣等人合译了第二卷，于 1963 年由北京商务印书馆出版；②陈晓林的缩译本于 1986 和 1988 年分别由台湾远流出版公司和黑龙江教育出版社出版；③花永年的编译本于 1989 年在浙江人民出版社出版；④吴琼的全译本于 2006年在上海三联书店出版；⑤张兰平的全译本于 2008 年由陕西师范大学出版社出版；⑥江月的缩译本于 2011年在湖南文艺出版社出版。

② 如果《荒原》影射的是第一次世界大战以后的西方社会与文化现实的话，那么，《焦虑的时代》则是对第二次世界大战后的西方人的生存方式和人性本质的深刻反思。这部以"一首巴洛克牧歌(A Baroque Eclogue)"为副标题的长诗由 6 个部分组成，主要通过 4 个人物(3 男 1 女)的内心世界和思想活动，探索人类在"黑夜将至，黄昏之幽灵/窃然横扫天空"的年代寻找迷失的自我和人性的本质这一基本主题。

了一片片废墟"（Bradbury and McFarlane 19）。

# 一、国内外乔伊斯研究史评述

詹姆斯·乔伊斯（英文全名为 James Augustine Aloysius Joyce，1882—1941）是19 世纪末 20 世纪初在爱尔兰和西方文化背景下成长起来的欧美"经典现代主义"小说家（Kershner, *Joyce and Popular Culture* 1），他生长在爱尔兰首都都柏林市南郊的一个天主教中产阶级家庭，父亲是一个充满激情的民族主义者，母亲是一个虔诚的天主教徒。他是家中长子（他的母亲一生中怀胎十五次，十个子女存活下来），虽然从他记事起，家庭经济状况已经开始衰落，但是，他的父母还是设法让他在耶稣会办的学校接受良好的小学、中学和大学教育。乔伊斯从小天资聪颖、好学，感情丰富、记忆力超常，八岁就能写诗，读中学时在多次作文比赛中获奖，是一个让父母非常疼爱的"阳光男孩"（sunny Jim）。然而，他性格中的另一面对他后来的文学创作产生了重大影响：喜欢幻想、追求独立、渴望自由、挑战权威、愤世嫉俗、不屈服于权势，这些秉性在他塑造的人物身上都有很真实的体现。1902 年，乔伊斯从天主教会的都柏林大学（University College Dublin）语言系毕业后去巴黎学习医学，这是他的第一次海外经历。次年因母亲病危回到都柏林，母亲的去世在他心灵中留下了难以愈合的创伤。① 对乔伊斯来说，1904 年是一个不平凡的年份。这一年，他认识并闪电般地爱上了他的终身伴侣娜拉（Nora Joseph Barnacle，1884—1951），不久又双双离开都柏林去欧洲大陆开始一生的流亡；这一年，他在《爱尔兰家园》（*The Irish Homestead*）周报上发表了三篇短篇小说，从此开启了他的文学创作生涯；② 这一年的 6 月 16 日，西方文学史上的"布卢姆节"（Bloomsday）诞生，乔伊斯的文学声誉从此与这一天结下了不解之缘。

在乔伊斯成长的年代，爱尔兰的社会和文化矛盾尖锐而突出，本土文化与英国文化、天主教与新教、民族主义与统一主义（Unionism）之间的冲突使这个民族长期陷入一种分裂的状态。面对这种社会和文化乱象，乔伊斯选择在"自觉的流

---

① 在《尤利西斯》中，斯蒂芬母亲的幽灵在他的意识和幻觉中反复出现，形成了难以摆脱的噩梦。这是乔伊斯母亲的逝世对他产生的影响在这部作品中的真实反映。

② 1900 年 4 月 1 日，乔伊斯在伦敦的《双周评论》（*Fortnightly Review*）发表《论易卜生的新戏剧》（"Ibsen's New Drama"），这是他的第一篇正式发表的文学评论。《爱尔兰家园》周报是爱尔兰作家拉塞尔（George Russell）办的一家主要面向农民的周刊，该报在 1904 年 8 月、9 月和 12 月发表了乔伊斯的《姐妹》（"Sisters"）、《伊芙琳》（"Eveline"）和《车赛之后》（"After the Race"），这三篇作品的署名是斯蒂芬·代达勒斯（Stephen Daedalus）。

亡"(Bradbury, *The Modern British Novel* 125)中进行文学创作,"沉默、流亡和巧智"(*P* 275)①与其说是《一个青年艺术家的画像》中的青年艺术家斯蒂芬的选择,不如说是现实生活中乔伊斯本人的选择。这位高度近视,喝酒,抽烟,不懂得节俭,爱好声乐,有轻微的恋物癖、受虐癖和性嫉妒倾向的文学怪才,骨子里对爱尔兰的社会现实、西方文化和现代资本主义文明充满焦虑,对天主教意识形态、大英帝国的殖民统治、爱尔兰的民族劣根性充满忧患。他的创作不哗众取宠,不迎合媚俗的低级趣味,却以严肃、细致、认真、细腻、辛辣、晦涩见称。他一生虽然只创作过一部短篇小说集、四部长篇小说、一部短小精悍的诗化小说、②一部戏剧、两部诗集和为数不多的文学、文化、社会、政治、宗教批评论文,然而却被美国著名批评家布鲁姆(Harold Bloom)列入他最看重的二十六位西方古今正典作家之中(Bloom, *The Western Canon* 384 – 402)。不仅如此,1998 年 7 月 20 日,作为回顾即将过去的这个世纪文学创作的一次重要活动,《纽约时报》公布了兰登书屋(Random House)组织专家投票选出的"20 世纪最佳英文小说一百部",乔伊斯的作品有三部入选(短篇小说集《都柏林人》(*Dubliners*, 1914)没有入选,可能是因为它是短篇小说),《尤利西斯》(*Ulysses*, 1922)名列第一,《一个青年艺术家的画像》(*A Portrait of the Artist as a Young Man*, 1916)名列第三,《芬尼根的守灵夜》(*Finnegans Wake*, 1939)名列第七十七。③ 这一活动表明,这位近百年来饱受争议,曾经在他的国人看来是个"疯子"和"淫秽作家",在英国人眼里是个"怪人"和"爱尔兰派",在美国人看来是个"伟大的试验主义者"和"伟大的城市作家",在法国人看来还"缺少一点高雅理性主义、不能算是地道文人"(*JJ* 3 – 4)的文学奇人,在英语现代主义文学经典作家中的地位已经无法撼动。④

　　与其他现代主义作家相比,乔伊斯也许不能算是一位"丰产"作家,然而他却

---

　　① 本书中对《一个青年艺术家的画像》的引文,均引自 Hans Walter Gabler and Walter Hettche, eds., *A Portrait of the Artist as a Young Man* (New York: Garland, 1993)。所有引文为本书作者所译,后面出现的引文均以"*P*"加页码的方式随文标出,不另外加注。

　　② 《英雄斯蒂芬》(*Stephen Hero*)是乔伊斯的第一部长篇小说,未写完,后来经改写后成为《一个青年艺术家的画像》。《贾科莫·乔伊斯》(*Giacomo Joyce*)是一部取材于乔伊斯婚外情感体验的诗化言情小说,风格清新、空灵而淡雅。

　　③ Paul Lewis, "'Ulysses' at Top as Panel Picks 100 Best Novels," *New York Times* 20 July 1998, 19 March 2006 <http://query.nytimes.com/gst/fullpage.html? res =9A00E4DC1030F933A15754C0A96E958260&&scp =3&sq =100%20best%20English%20novels%20of%20the%2020th%20century&st = cse html >.

　　④ 戴维·艾尔斯不无夸张地认为:"假如没有乔伊斯的《尤利西斯》,那么,英语文学的'现代主义'这一术语也就不可能产生。"参见 David Ayers, *Modernism: A Short Introduction* (Malden: Blackwell, 2004) 65.

是被研究得最多的作家之一。迄今为止，对乔伊斯的研究已经走过了近一个世纪的历程，出版的专著和发表的研究文献可谓汗牛充栋，几乎可以"与莎士比亚批评等量齐观"。在国外，这种研究态势形成了一种"乔伊斯产业"。① 刘象愚在《乔伊斯批评概观》一文中认为："为了便于认识乔学的总体面貌，我们可以将其归纳为'一般性批评'、'《尤利西斯》之前的批评'、'《尤利西斯》批评'与'《芬尼根守灵》批评'四大部分。"（刘象愚 49）这四大部分的批评大致都经历了"印象式批评—文本阐释—内部研究—外部研究"的发展阶段。20 世纪 20 年代至 30 年代主要以好评与恶评相交错的印象式批评为特色，叶芝（William Butler Yeats）、庞德、艾略特等人属于褒扬的一方，伍尔夫（Virginia Woolf）、威尔斯（Herbert George Wells）和爱尔兰的一些报刊文章作者属于贬损的一方。20 世纪 30 年代至 60 年代主要以文本阐释为主，标志性的著作有吉尔伯特（Stuart Gilbert）的《詹姆斯·乔伊斯的〈尤利西斯〉》（*James Joyce's* Ulysses）和巴津（Frank Budgen）的《詹姆斯·乔伊斯与〈尤利西斯〉的创作》（*James Joyce and the Making of* Ulysses），它们将乔伊斯的谈话、《尤利西斯》的创作背景与文本解析融为一体，今天仍然是学者们研究乔伊斯必备的重要参考书目。1959 年，美国学者艾尔曼（Richard Ellmann）出版了一部具有划时代意义的乔伊斯评传《乔伊斯传》（*James Joyce*），这部长达七百多页的著作以丰富的史料、独特的眼光、严谨的学识和流畅的文体著称。1982 年，艾尔曼对该书进行了修订和再版，② 增加了一百多页的篇幅，补充了新的研究内容。该书以乔伊斯的生平为主线，把他的文学创作、艺术理念、作品主题、人物塑造、生活情趣与社会、历史、文化背景融合在一起，目的"就是要深入乔伊斯一生的经历之中，将他不断地将阅历和创作结合起来的复杂过程反映出来"③。这部近一千页的传记力作虽然稍显庞杂，但迄今依然是乔伊斯研究不可多得并被学者们广泛引证的一本重要文献。

在 20 世纪 60 年代至 80 年代，文本阐释继续向深度发展，学者们除了推出乔伊斯四部小说的详细注解以外，还致力于出版各种文本个案研究专辑。在这些文本个案研究中，美国学者托奇安纳（Donald T. Torchiana）在 1986 年出版的《乔伊

---

①　"乔伊斯产业"（the Joyce industry）为美国批评界指称乔伊斯研究的一个流行术语，最初用来描述美国批评家对乔伊斯这位爱尔兰作家的浓厚兴趣，后来泛指美国和全球范围的乔伊斯研究与批评。美国塔尔萨大学（The University of Tulsa）于 1963 年创刊的《詹姆斯·乔伊斯季刊》（James Joyce Quarterly），被誉为"乔伊斯产业的中心"，50 多年来致力于向全世界广大读者和受众传播乔伊斯研究与批评学术成果。

②　2005 年，我国的北京十月文艺出版社出版了金隄等人的汉译本。

③　理查德·艾尔曼：《乔伊斯传》（上、下），金隄、李汉林、王振平译，北京：北京十月文艺出版社，2005，第 1 页。

斯〈都柏林人〉的背景》(*Backgrounds for Joyce's* Dubliners)就是颇具特色的一部。该书既注重作品的艺术特质和文本内涵,又强调作品与外部世界的有机联系,将《都柏林人》与爱尔兰特定的社会、历史、政治、经济、宗教背景紧密相连,对每一个故事进行了独具慧眼的文化阐释。托奇安纳认为,在《都柏林人》中,"乔伊斯举起了一面映照普通爱尔兰人的镜子",力求通过作品所叙述的每一个事件和刻画的每一个人物使人们对"20世纪初的爱尔兰有一个全面的了解"。在他看来,乔伊斯通过《都柏林人》向世人艺术而又真实地呈现了"爱尔兰文化瘫痪一系列典型的画面或镜像"(1,2)。另外,在这一时期,批评家们对《尤利西斯》和《芬尼根的守灵夜》的研究热情升温,多种"细读式"的研究成果纷纷面世,为20世纪80年代以后的外部研究奠定了坚实的阐释基础。

自20世纪80年代以来,随着文化研究、新历史主义和后殖民理论的兴起,乔伊斯研究出现了外部研究的转向。越来越多的学者开始更多地关注乔伊斯的作品与外部世界的关系,致力于发掘作品的社会、历史、政治、文化、宗教意蕴。特别值得注意的是,批评家们并不满足于把乔伊斯看作是英美现代主义文学大师,而是更愿意将其视为爱尔兰民族文学的杰出代表。在这些批评家中,爱尔兰学者凯伯德(Declan Kiberd)、迪恩(Seamus Deane)、诺兰(Emer Nolan)、美籍华裔学者程文森特(Vincent J. Cheng)的著述产生了较大的影响。凯伯德在《创造爱尔兰:现代民族文学》(*Inventing Ireland: The Literature of the Modern Nation*)一书中把乔伊斯誉为塑造现代爱尔兰民族精神的一位文化英雄,认为虽然"他的《尤利西斯》通常被看作是对1922年(即该书出版的那一年)现代欧洲心灵的一种最可靠的叙述,但正因为如此,它也同时是对如下事实的一种认可,即欧洲如果没有它的那些殖民地,那么它本身也就微不足道"。因此在凯伯德看来,《尤利西斯》这部现代主义小说的扛鼎之作是一个极具民族良知的爱尔兰艺术家,"在现代为一个刚刚获得解放的民族所发出的最早的一种重要文学之声"(327)。在为英国乔伊斯学者吉布森(Andrew Gibson)于2006年出版的《詹姆斯·乔伊斯》(*James Joyce*)所撰的序言中,凯伯德进一步指出:"《尤利西斯》原本就是对英国文化价值所发动的一种'芬尼亚式的进攻'。"乔伊斯"并不是一位软弱无力的唯美主义者或艺术形式的玩家,而是一个具有使命感的人物——他要探究那些使自己能够从所有约束性的道德规范(政治的、宗教的、艺术的)中解放出来的种种方法"(Kiberd, Introduction to *James Joyce* 7, 8)。

诚然,抨击英国文化价值、冲破窒息人性的各种道德规范是乔伊斯艺术使命的一部分，然而更重要的是，他还要用自己的文学创作来唤醒爱尔兰民众，揭露爱尔兰的民族劣根性，使国人在精神上获得彻底解放。爱尔兰批评家迪恩在《爱尔兰人乔伊斯》一文中指出，"在《英雄斯蒂芬》（即被摒弃的《一个青年艺术家的画像》的初稿）中，那位还在读大学的艺术家主人公抨击爱尔兰教育制度，预示着他将反叛这种制度和这种制度所代表的文化"。迪恩认为，"乔伊斯拒斥天主教爱尔兰和他那反叛性的艺术独立宣言，成为了他一生献身于创作众所周知的一大基本特征"。然而，乔伊斯毕竟是一个地地道道的爱尔兰人，"他所拒斥的那个爱尔兰造就了他，早先爱尔兰作家的那些范例塑造了他对艺术自由的追求，但是在他看来，那些作家并没有获得他自己孜孜以求的那种独立；而这种独立既是创作的前提，又是创作的目的"（Deane，"Joyce the Irishman" 31）。迪恩的论述显然体现了新历史主义运用于乔伊斯研究的相关特色，他的历史化和语境化的研究路径获得了 20 世纪 90 年代以来乔伊斯学者的广泛认同。

乔伊斯的文学创作与爱尔兰的社会、历史、政治、宗教、文化有着剪不断的联系，虽然他在青年时期就离开了爱尔兰，但是对于一个在都柏林长大，从小就受到爱尔兰文化浸润和熏陶的艺术家来说，要摆脱自己的民族文化对艺术心灵的影响却并不是一件很容易的事情。诺兰在 1995 年出版的《詹姆斯·乔伊斯与民族主义》（*James Joyce and Nationalism*）一书中指出，"乔伊斯对爱尔兰的态度"经历了一个"从满怀深情地容忍到激烈地拒斥"的过程，以往的评论家们虽然"也许都已论述过他对爱尔兰的这种矛盾情感，但却常常把他长期的自觉流亡和献身于审美现代主义与迷恋他的青春世界和用语言来强制地重塑这个世界，看成是一对不可思议的矛盾体"。为了便于解释乔伊斯作品中"这一显而易见的矛盾体"，学者们总是提出一种这样的假设，即"在一个大都会和本土的乔伊斯之间存在着一种创造性张力"，"在乔伊斯式的现代主义和爱尔兰民族主义之间存在着截然的对立"（Nolan xi）。于是，许多批评家认为，乔伊斯所描述的"爱尔兰是一个超民族的现代性仍然没有出世"的世界，"他的作品所颂扬的解放理念并非源于他作品中那呆滞的现实基质，而是来自于那位流亡艺术家的创造性想象，与爱尔兰文化毫无关联"（xii）。在诺兰看来，这些批评家的观点重复了过去那一套"关于爱尔兰和爱尔兰人的俗套话语"（xiii），这种话语过于武断和简单化，既割裂了乔伊斯的现代性与爱尔兰文化复杂、微妙的联系，又"隔断了爱尔兰历史经验的特殊性，而这种历史经验不仅在他的小说中反映出来，而且也是这些小说之所以形成的决定因素"（xii）。诺兰的这部专著试图通过论述乔伊斯的四部小说与爱尔兰政治文化——特别是爱尔兰各种民族主义思潮——之间错综复杂的联系，来呈现一个对爱尔兰民族充满着矛盾、忧患、不安和焦虑的乔伊斯。作为一位爱尔兰本土学者，诺兰不仅对爱尔兰文化有着深刻的研究和领悟，而且对乔伊斯作品的详尽分析也令人叹服，研究结论亦颇有说服力。

程文森特的专著《乔伊斯、种族和帝国》（*Joyce，Race，and Empire*）是后殖民理论运用于乔伊斯研究的一项引人注目的研究成果。该书广泛借鉴萨义德（Edward Said）、法农（Frantz Fanon）、巴巴（Homi Bhabha）、斯皮瓦克（Gayatri Spivak）等人关于殖民主义和后殖民主义的相关论述，以"构建民族良知"、"殖民主义综合症"、"自我和民族想象"、"帝国主义意识形态"为切入点，分别对乔伊斯的四部小说进行了"细读"和文化阐释。作者在"导论"中指出，长期以来，乔伊斯研究中存在着这样一种"误读"，即认为乔伊斯是一个"对政治不感兴趣"的作家（Cheng 1）。这种"将一个非政治的乔伊斯视为伟大的现代主义文体家的既定观点"，既"把文体创新和文体繁复圣化为现代文学艺术最高的价值和决定要素"，又"把一个像乔伊斯这样的爱尔兰天主教和殖民地作家置于现代主义伟人的神殿中加以供奉"。一方面，这样的"圣化"旨在凸现"乔伊斯在文体革命中所产生的巨大影响"，然而却无视"乔伊斯作品那些显而易见的政治内容、意识形态话语"和"乔伊斯文本中所包含的对意识形态的讨论"；另一方面，把乔伊斯的作品贴上"非政治和非意识形态化"的标签，势必"弱化乔伊斯文本的意识形态力量"和"削弱乔伊斯的政治锋芒"（2）。在程文森特看来，乔伊斯时代的爱尔兰"几个世纪以来饱受饥荒、贫穷之苦和英国地主的蹂躏"，她"实际上是大英帝国统治下的一个第三世界国家"。因此，如果把乔伊斯"圣化"为"斯宾塞、莎士比亚、弥尔顿、丁尼生传统谱系中的一位正典作家"，那么，"就会产生无法语境化他的多语语言才华的危险"，因为"在历史上他被剥夺了一种'本土的'民族语言，这种剥夺使他既无法将盖尔语复兴为爱尔兰的母语，又不能在受到帝国和统治污染的英语面前感到自由自在"（2-3）。对于这种尴尬的局面，乔伊斯深感困惑和忧患。于是，以文学为载体来揭示爱尔兰民族的"文化构建的他者性"境遇与颠覆"一种统治文化的话语和霸权结构"，也就成为了乔伊斯一生不懈的艺术追求（7）。程文森特的论著以其独特的批评视角、丰富的研究材料和详尽的文本分析，得出了"政治对乔伊斯和乔伊斯对政治都是很重要"的批评结论（xii）。

总体说来，断言欧美的乔伊斯研究如火如荼并不为过。自1995年以来，在美国著名乔伊斯批评家鲍恩（Zack Bowen）的大力倡导下，"弗罗里达詹姆斯·乔伊斯系列丛书"(The Florida James Joyce Series)编委会几乎每年都会推出几本新书,该套丛书由弗罗里达大学出版社负责组稿出版,已经出版的丛书达七十多部。其中,绝大部分都是关于《尤利西斯》的专题研究,几乎都涉及西方和爱尔兰的社会、历史、政治、宗教、神话、民俗等方面的内容。自 2010 年以来,该套丛书又推出了包括《乔伊斯、医学和现代性》(*Joyce, Medicine, and Modernity*)和《谁怕詹姆斯·乔伊斯?》(*Who's Afraid of James Joyce?*)在内的多部专著,推动着乔伊斯研究继续向纵深领域和跨学科方向拓展。

与欧美国家相比,我国的乔伊斯研究显得有些滞后。根据文学史料记载,最早接触乔伊斯作品之人是 20 世纪 20 年代初留学英伦的诗人徐志摩,他在剑桥大学读到刚刚出版的《尤利西斯》时赞叹道:"最后一百页(《尤利西斯》第十八章其实只有四十多页)那真是纯粹的'prose',像牛酪一样润滑,像教堂里石坛一样光澄。"最早介绍和评论乔伊斯的文章是 1922 年茅盾发表在《小说月报》第 13 卷 11 号上的《英美文坛》(二)一文。20 世纪 30 年代,费鉴照的《爱尔兰作家乔欧斯》和作家周立波发表在《申报》(1935 年 5 月 6 日)上的《詹姆斯乔易斯》是仅有的两篇乔伊斯专论。从 20 世纪 40 年代至 80 年代初,除了极少几篇乔伊斯散论和《都柏林人》中几个短篇的汉译之外,我国的乔伊斯研究"大抵上是一片荒芜"。[①] 新的转机发生在 20 世纪 80 年代之后。首先,在乔伊斯作品译介方面出现了前所未有的繁荣。除了《英雄斯蒂芬》和《贾科莫·乔伊斯》之外,乔伊斯的其他作品都被译成了汉语。其中,《都柏林人》和《一个青年艺术家的画像》有数种译本,《尤利西斯》除了两个经典译本外,还有其他两种译本,[②]《芬尼根的守灵夜》这部几乎无法翻译的"天书"也已由戴从容穷八年之功,译出了一半并于 2012 年由上海人民出版社出版(书名为《芬尼根的守灵夜》(第一卷))。其次,在乔伊斯批评领域,自从王佐良先生在 1982 年第 6 期《世界文学》上发表《乔伊斯与"可怕的美"》的长

---

① 上述引文和有关中国的乔伊斯研究史料,参见王友贵《乔伊斯研究在中国:1922—1999》一文,载《中国比较文学》2002 年第 2 期,第 79 - 81 页。

② 《都柏林人》的几个译本为孙梁等人译本(上海译文出版社 1984 年版)、徐晓雯译本(译林出版社 2003 年版)、王逢振译本(台湾国际文化出版社 2007 年版、上海译文出版社 2010 年版)和林六辰译本(武汉大学出版社 2014 年版);《一个青年艺术家的画像》的四个译本为黄雨石译本(外国文学出版社 1983 年版)、徐晓雯译本(译林出版社 2003 年版)、李靖民译本(浙江文艺出版社 2009 年版)和朱世达译本(译名为《青年艺术家画像》,上海译文出版社 2013 年版);《尤利西斯》的两个经典译本为萧乾、文洁若译本(译林出版社 1994 年版)和金隄译本(人民文学出版社 1996 年版),其他两种译本是查群英译本(内蒙古人民出版社 2010 年版)和吴刚译本(中国华侨出版社 2010 年版)。

文以来，乔伊斯逐渐成为中国学者们特别关注的一位重要西方现代主义作家。从20世纪80年代中到90年代初，张伯香的《〈艺术家青年时代的肖像〉简评》、①金隄的《西方文学世界的一部奇书》、②姚锦清的《意识流派的杰出代表——乔伊斯》、③阮炜的《从〈尤利西斯〉看艺术的再现论》④等论文，用内部研究的方法对乔伊斯的相关作品进行了较为详尽的艺术分析。自20世纪90年代末以来，袁德成、李维屏、王友贵、吴庆军、郭军、戴从容先后出版了富有价值的研究成果：《詹姆斯·乔伊斯：现代尤利西斯》、《乔伊斯的美学思想和小说艺术》、《乔伊斯评论》、《〈尤利西斯〉叙事艺术研究》、《乔伊斯：叙述他的民族——从〈都柏林人〉到〈尤利西斯〉》、《自由之书：〈芬尼根的守灵夜〉解读》。另外，值得注意的是，学界对《尤利西斯》的研究兴趣有所升温，学者们对这部作品的叙述结构、艺术特征、美学特质、诗学维度、文体和语言等层面进行了较为细致的探讨与研究。颇具代表性的著作有《〈尤利西斯〉导读》（陈恕著）、《〈尤利西斯〉的小说艺术》（李巧慧著）、《聚焦与变奏：〈尤利西斯〉的美学研究》（陈豪著）、《〈尤利西斯〉小说诗学研究：理论与实践》（郑著元著）、《〈尤利西斯〉的文体研究》（张春著）、《〈尤利西斯〉的对话与狂欢化艺术》（英文版）（游巧荣著）、《〈尤利西斯〉变异语言的汉译研究》（龚晓斌、金兰著）。这些专著对乔伊斯的美学思想、艺术技巧、叙述方法和具体作品进行了独到的论述和阐释，拓展了中国乔伊斯研究的"领地"，但基本上都还没有超越内部研究的范畴，对乔伊斯及其作品与爱尔兰和欧洲的文化、社会、历史、宗教、政治的关系重视不够，对乔伊斯文学的文化构成和文化特质还缺乏系统性和整体性的研究。总体上说，无论从发表的论文和出版的专著数量上还是从研究的广度或深度上看，我国的乔伊斯研究与国外相比仍然存在相当大的距离。

## 二、何谓文化焦虑

"文化焦虑"是本书提出的一个核心概念，同时也是本书所要论述和论证的出发点。那么，什么是"文化焦虑"呢？简而言之，"文化焦虑"就是关于文化与文明

---

① 见《外国文学研究》1986年第4期，第18－22页。
② 见《世界文学》1986年第1期，第212－235页。
③ 见《国外文学》1988年第2期，第19－30页。
④ 见《外国文学评论》1989年第2期，第94－98页。

的焦虑和忧患，它肇因于文化和文明，又以文化和文明为对象。要弄清楚"文化焦虑"的性质与特点，首先必须回答三个问题：第一，什么是焦虑？第二，什么是文化和文明？第三，焦虑与文化和文明有何关系？

从通常的语义上讲，"焦虑"就是忧患、思虑、惆怅、不快、郁闷、不安和心焦。① 心理学家认为："焦虑"是"一种人体所感受到的不愉快的情感状态或状况"（Spielberger 3），是人对周围环境与自身的生存状况（state of being）的一种心理反应（自然也伴随着某些生理反应）。这种心理反应"可以叫作情感……当然是某种十分复杂的东西，它涉及不确定运动神经元的支配或释放"（Freud, *A General Introduction to Psychoanalysis* 342）。早在 11 世纪，阿拉伯哲学家哈兹姆（Ibn Hazm）在《性格与行为之哲学》（*A Philosophy of Character and Conduct*）一书中，就将"焦虑"看成是"人之存在的一种基本状态"（Spielberger 4），他是第一位从人之存在的角度对这一心理现象进行系统阐释的思想家。只不过到了 20 世纪，由于社会发生了前所未有的动荡和巨变，民众对社会现实及其文化机制的普遍焦虑成了这个时代的"一个中心问题和现代生活的一个突出主题"（5）。由于我们都体验过"焦虑"这种"人的基本情感"，因此弗洛伊德认为，运用精神分析的方法来"破解焦虑之谜必然有助于了解我们全部的精神生活"（Freud, *The Complete Psychological Works* 392, 411）。

弗洛伊德采用"精神动力学"原理对"焦虑"这种心理现象进行了精辟的阐释。在他看来，"焦虑"是人的"自我"（ego）无法调和"本我"（id）与"超我"（superego）二者之间固有的矛盾而产生的一种情感反应。在我们的心理结构中，当主宰"本我"的"快乐原则"（pleasure principle）与支配"超我"的"现实原则"（reality principle）之间发生冲突而得不到化解之时，"焦虑"的产生不可避免，这时，代表理性原则的"自我"的介入充当了一种动力平衡机制。完善的人格和健康的心理取决于通过"自我"在"本我"和"超我"之间构建一种合理的动态平衡，②这种平衡机制有利于及时疏导、缓解、转移、释放和升华"焦虑"，避免其朝着凶杀、暴力、强奸、吸毒、酗酒、变态、精神分裂和行为失常等极端的方向发展。

--------

① 段注《说文解字》："焦，火所伤也。从火……""虑，谋思也。""凡思之属皆从思。""焦虑"一词在汉文化语境中与"火"、"思"结下了不解之缘，通俗的《现代汉语词典》将其释为"焦急忧虑"，比喻一个人的心绪火烧火燎，忧心如焚的状态。"焦虑"在英语中是"anxiety"，来源于拉丁文的"anxietas"，指的是心灵焦躁不安乃至给心脏造成巨大压力的一种心理状况。

② 弗洛伊德把这种动态平衡称作"自我防御机制"（ego defence mechanisms），其主要作用在于消解"本我"与"超我"之间的冲突，缓和焦虑。

　　由于"超我"常常是由某个社会的文化所塑造，因此，文化也就成了产生"焦虑"的根源。"文化"（culture）这个英语词最早起源于拉丁文"colere"，含有"居住"、"栽种"、"保护"、"朝拜"等意思。英国文化批评家威廉斯（R. Williams）和伊格顿（T. Eagleton）都承认，"'文化'是英语中最复杂的两三个词语之中的一个"（Williams, *Keywords* 87；Eagleton, *The Idea of Culture* 1）。自 18 世纪下半叶以来，许多哲学家、批评家、文化人类学家都出版过关于"文化"的著述，[①]"文化"的定义也增至两百余种。这个原本"从自然派生出来的概念"，经历了从"农耕"到"道德"和"思想"教化，"从农村生活到城市生活、从养猪到毕加索、从刀耕火种到分离原子"的语义变化过程，把马克思的"经济基础与上层建筑统统囊括在一起"（*The Idea of Culture* 1, 2），成了一个"几乎不可能下一个明确定义"（马元龙 81）的语汇。但是，威廉斯关于"文化"的语义分类还是有助于我们理解"文化"的蕴涵：

　　　　（1）独立和抽象名词（始于 18 世纪）：描述心智、精神、审美发展的一般过程。
　　　　（2）独立名词［始于赫尔德（Herder）、克莱姆（Klemm）］：无论作为一般或特殊的用法，都指一个民族、一个时期、一个群体或全人类的一种特殊的生活方式。
　　　　（3）独立和抽象名词：描述心智、特别是艺术的实践和产品。（*Keywords* 90）

　　由此，威廉斯划分出"文化"的三类基本范畴，即精神与情感文化、行为与制度文化、精神与物质产品文化。"文化"的这三个层面相互影响、相互渗透、相互重叠，形成辩证统一，构成一种无所不包的"复合体"（a complex whole）。[②]
　　作为一种"复合体"，文化既是观念的又是实践的，它"不仅是看待世界的一种方法，也是创造和改造世界的一种方法"（德里克 383）；它"既是艺术、哲学和

---

　　①　阿诺德（Matthew Arnold）的《文化与无政府》（*Culture and Anarchy*）和艾略特的《文化定义札记》（*Notes towards the Definition of Culture*）从文学批评角度对"文化"的定义颇具代表性。
　　②　英国文化人类学家泰勒（Edward Burnett Tylor）在 19 世纪下半叶关于"文化……是指包括知识、信仰、艺术、道德、法律、习俗和作为社会一员的人所获得的实践能力与习惯的一种复合体"的这一定义，在学界颇有影响。参见 Edward Burnett Tylor, *Primitive Culture* (London: J. Murray, 1871) 1.

数学，又是一种思想方法"（布罗代尔 697）；既"涵盖一切实践，如描绘、传播、再现等层面的艺术实践"，又能通过实践的途径被制度化。文化虽然"具有独立于经济、社会和政治领域的相对自律性"（Said xii），但作为一个社会的"知识和思想精华"（Arnold 79），它常常成为构建各种社会制度的意识形态基础，成为人类社会"需要遵守的"一系列"规则"（Eagleton，*The Idea of Culture* 4）。它作为"同住在一个地方的某一个民族的生活方式"，总是能"在这个民族的艺术、社会制度、习俗、宗教中显现出来"，有时它也会成为"政治的一个部门"，使"政治活动在文化中或者在不同文化的代表中运作"（Eliot，*Notes towards the Definition of Culture* 120，83）。

文化具有地域性，相同或相近的文化形成文化圈，同一文化圈内部还有不同类别的地方文化。从文化的归属来看，它既是个人的（文化秉性、文化修养、文雅气质），又是集体的、社会的（Eliot，*Notes towards the Definition of Culture* 21，22，24）；它既是民族的（民族身份或民族符号），又是世界的（属于全人类并具有共性、通融性和杂交性），它"常常霸道地与民族或国家绑在一起，把'我们'与'他们'区分开来"，它作为"民族身份之根"，"几乎总是患有一定程度的恐外症"（Said xiii）。但是，"一切文化都是你中有我，我中有你，没有任何一种文化是孤立单纯的，所有的文化都是杂交的、混成的、多元的、内部千差万别的"（xxv）。

文化还具有历史性，过去的文化往往会形成传统，文化传统的继承与创新构成"扬弃"的辩证关系，在绵延不断的历史演进中积淀成各种不同形态的"文化心理结构"。① 文化既是"审美的"，又是"禁欲的"；既能"调和社会矛盾、和谐人际关系"（Eagleton，*The Idea of Culture* 6－7），又能激发社会冲突、民族仇恨，甚至导致灾难和战争。文化的上述特征把人类所生活的这个世界变成了一个文化的世界，人生活于其中受到文化的耳濡目染，受到陶冶与洗礼。人的一切活动，低级的、高级的、邪恶的、高尚的、本能的、精神的……不可避免地都被打上了文化的烙印。人既是创造文化产品的动物，又是文化的产品。人的这种创造使外在于我们的自然变成了人化的自然，自然的人化使人变成了文化的动物，人创造的一切

---

① "文化心理结构"是李泽厚在《孔子再评价》《试谈中国的智慧》《中日文化心理比较试说略稿》等文章中提出的一个概念，指一个民族的思想、道德、宗教、文学、艺术等意识形态，经过千百年来的"积淀"在人们的心灵深处渐渐形成某种"有意识和无意识的文化心理状态"，"以各种不同方式、形态和在各种不同程度上统治、支配和渗透"人们的"思想、生活、行为、活动"。参见李泽厚：《中国古代思想史论》，合肥：安徽文艺出版社，1994 年，第 11、295 页；李泽厚：《世纪新梦》，合肥：安徽文艺出版社，1998 年，第 59 页。

产品，物质的、精神的、简单的、复杂的、粗糙的、精细的、有形的、无形的、好的、坏的……从经济基础到意识形态，从思想、情感、意识、潜意识、行为到话语，统统都成了文化的产品，被文化熔铸、抛光、润色、浸染，文化的这种无所不在性决定了人永远无法生活于文化之外。

长期以来，"文明"是一个与"文化"相互重叠而"不易厘清"的概念。这个起源于拉丁文"civilis"（公民的、市民的）和"civis"（公民、市民）的英语词通常指涉一种"有组织性的社会生活状态"，"一种社会秩序及优雅的状态"和"整个现代化的社会过程"（威廉斯 46，47，49）。从文化人类学角度看，"文明"还可以指"从事农业或定居在城市的社会或文化群落"，因此，它在民间与学界常常被用作广义'文化'的同义词。尽管如此，还是有必要区分二者之间的细微差异。本书作者以为："文化"与"文明"之间存在着一种因与果、隐与显的共生关系。换言之，"文化"是生产"文明"的"孵化器"，"文明"是"文化"的产品；如果说作为精神和物质文化产品的"文明"是一种表层结构，那么"文化"就是它的深层结构，二者互为表里、相互建构、相互关联、相互推进，"文明"中浸润了"文化"的细胞和基因，"文化"中渗透着"文明"的元素与因子。这是由"文化"和"文明"的本质所决定的。

"文化"与"文明"的本质和特点，决定了人的文化本质性。人既是"文化"与"文明"的创造者，又是"文化"与"文明"的产物。因此，从某种意义上说，文化和文明"可以简言之为人与人化的存在"形态（丁晓原 4）。人的这一特点意味着人的"焦虑"不可避免地受到文化和文明的影响。1930 年，弗洛伊德在《文明与不满》（*Civilization and Its Discontents*）一书中提出的"文化超我"（cultural super-ego）（79，80）这一概念，阐明了"超我"的文化性质，揭开了"文化焦虑"的文化发生机制。在他看来，所谓"文化超我"，是指人类文明社会中一系列压制本能和欲望，阻碍个性自由发展，约束个体行为的"文化规约"（cultural regulations）（79）。宗教、道德、法律、制度、秩序、习俗是这些"文化规约"的常见形态，它们通常以"文明""伦理""良知""信仰""罪感""悔悟""正义""优雅""体面""博爱"等这些冠冕堂皇的名义，成为社会普遍认可的"文化诉求"（cultural demands），并要求社会的每一位成员将其潜移默化为合乎道德逻辑的一系列行为准则。这些行为准则日益演进，代代相传，不断得到继承与发展，在人们的心灵深处凝聚成一种强势的"文化超我"。当个体的"自我"无法获得足够的能量来消解"本我"与这种强大的"文化超我"之间的矛盾与冲突之时，"焦虑"就会产生。弗洛伊德认为，

"生产"这种"文化超我"的文明体制对"我们的焦虑负有不可推卸的责任：原来为了脱离野蛮，我们将自己组建成文明社会，结果却让这个文明社会反过来折磨自己"①。也就是说，当人类创造的文明变成某种具有文化强制性的意识形态，②要求人们自觉压抑个性、牺牲快乐与自由（存天理、灭人欲）来服从通过每个个体不断内化而积淀成的"文化超我"（文化集体意识和集体无意识）③之时，这种文明就会反过来变成束缚人性的精神枷锁。我们对文化和文明的忧患、"不满"、"敌意"和由此而产生的"文化挫折感"（24，34）也就构成了"文化焦虑"。一旦有了这种"文化焦虑"，人自然需要寻找宣泄和释放这种"焦虑"的途径与方式，但是，宣泄和释放"焦虑"的途径和方式千差万别、因人而异。弗洛伊德认为，艺术家、诗人、作家往往会通过文艺创作这种方式来升华他们的"文化焦虑"，在充满诗情画意的"幻想"和"白日梦"中排遣心中因"文化超我"而产生的忧思、苦闷、不快与惆怅，以"强误读"这种"创造性的阐释"（Bloom, *The Anxiety of Influence* xxiii）方式来表达、释放、缓解和升华各种"文化超我"的影响带来的"文化焦虑"。

## 三、乔伊斯文化焦虑的由来、构成与底色

乔伊斯的焦虑源于英国殖民文化语境下的爱尔兰文化，源于英国和爱尔兰文化的大背景——西方文化和文明。他的焦虑在本质上是一种文化的焦虑，这种文化焦虑贯穿于他全部的精神生命之中，塑造了他的艺术品格，成就了他的文学创作，赋予了他的文学作品以独特的艺术禀性、民族特色和文化价值。本书从读其书、知其人、论其世的视角出发，运用心理分析、文化研究、新历史主义、后殖民

---

①　《文明与不满》（*Civilization and Its Discontents*，1930）是弗洛伊德文化与文明研究最有影响的著作之一，该书写于1929年，1930年出版后多次重印，以对文化和文明的深刻分析在学术界产生巨大反响。书中对基督教、西方文化体制的批判反映了作者对一战后西方社会的忧思，他的许多论断在不久后发生的第二次世界大战中得到历史印证。引文参见 Sigmund Freud, *Civilization and Its Discontents* （London：Hogarth, 1963）56.

②　英国文化批评家威廉斯认为意识形态应该包括以下三个层面：①某一阶级或群体的信仰体系；②与求真的或科学的知识相区别的虚幻信仰体系——虚假的观念或虚假的意识；③泛指意义与观念的生产过程。参见 Raymond Williams, *Marxism and Literature* （Oxford：Oxford UP, 1977）54.

③　有学者指出：荣格（Carl George Rung）提出的"集体无意识"这一概念，就是美国文化批评家詹明逊（Fredric Jameson）在《政治无意识》（*The Political Unconscious*）中提出的"政治无意识"，也可以称作"文化无意识"或"意识形态无意识"。其实，弗洛伊德"文化超我"的概念已经包含了述四种"无意识"。参见 James Fairhall, *James Joyce and the Question of History* （Cambridge：Cambridge UP, 1993）6.

研究和话语理论的相关批评方法，将乔伊斯放到爱尔兰历史传统与现代变革的交汇点上，放到爱尔兰民族文化与英格兰殖民主义、罗马天主教意识形态的矛盾冲突中，通过对《都柏林人》《一个青年艺术家的画像》和《尤利西斯》的"细读"，对乔伊斯文化焦虑的构成、特点、内涵和本质进行系统研究。

本书的第一章研究《都柏林人》对爱尔兰民族文化心理瘫痪的焦虑。《都柏林人》是乔伊斯出版的第一部叙事作品，这部短篇小说集共有十五个短篇故事，被作者分为相互联系、有机统一的四个单元，使之拥有一个类似于长篇小说的主题结构。乔伊斯在这部作品出版之前就明确指出，他要书写一部关于爱尔兰民族的道德史，把国人从麻木不仁的精神状态中解放出来。在这种创作意图的主导下，他通过这部作品的相关篇什，艺术地揭示了都柏林芸芸众生的信仰丧失、良知泯灭、情感瘫痪、精神麻木和自我意识的迷失。这些呆滞的精神病态折射出爱尔兰民族文化心理的全面瘫痪，而这也正是乔伊斯深感焦虑的一个重要缘由。

第二章探讨《一个青年艺术家的画像》对民族艺术心灵成长的焦虑。众所周知，爱尔兰是一个经历过数百年殖民统治的民族，同时又是一个信奉罗马天主教的国家。英国殖民者剥夺了爱尔兰人的民族语言，天主教苛刻、僵化、严酷的教条和教义禁锢了他们的心灵，由于政客们热衷于内斗和教士们的不断干预，民族自治和民族独立运动屡屡失败。在这种文化语境下，一个有良知的爱尔兰青年如果立志献身于艺术创造，他必须勇于冲破"民族"、"宗教"、"语言"和殖民主义意识形态这些"文化超我"所编织的重重罗网，才能获得心灵自由、创造出不朽的文学作品。小说中的爱尔兰青年艺术家既是青年乔伊斯的化身，也代表彷徨中的爱尔兰民族，他为追求心灵自由和艺术人生，勇敢地冲破各种罗网，克服因这些文化因素的禁锢所产生的焦虑，最终在精神上成长起来。斯蒂芬在心灵成长中的焦虑反映了乔伊斯对爱尔兰民族精神在殖民文化语境下艰难成长的焦虑。一个以"铸造民族良知"为己任的爱尔兰艺术家就是爱尔兰的民族精神之魂，艺术家心灵的自由成长是爱尔兰民族走向精神独立的一个重要标志。

第三章讨论《尤利西斯》对民族文化身份的焦虑。爱尔兰自古以来就是一个由多个种族融合而成的民族共同体，凯尔特人、维京人、西班牙人、盎格鲁－撒克逊人、诺曼人、犹太人等融合成了现代爱尔兰民族。然而，那些唯凯尔特种族独尊的爱尔兰民族主义者却总是排斥其他种族，强调爱尔兰是一个纯之又纯的凯尔特民族。乔伊斯对此深感忧患，在他看来，建构健康、合理的民族文化身份必须克服狭隘的民族文化心理，以有容乃大的胸怀接纳每一个生活在爱尔兰这片土地上的同胞。在《尤利西斯》中，他通过精心塑造的主人公布卢姆——那位兼有希伯来和凯尔特血统的都柏林广告商——在自己一天中的诸多善举，为那些极端民族主义者树立了一个光辉的榜样，建构了一种健康、合理的民族文化身份。

第四章探寻《尤利西斯》对民族文化话语的焦虑。所谓文化话语是一套浸透着丰富的思想内容和意识形态的文化符号体系，是一系列体现"权力—知识"关系的"陈述"，这些"陈述"渗透到爱尔兰社会生活的各个层面，深刻地影响着人们的思想、情感、意识、潜意识和日常生活。爱尔兰是一个被剥夺了民族语言的国家。一方面，绵延了几千年的盖尔语和爱尔兰传统文化日益边缘化；另一方面，英国殖民者将英语和英国文化强加给了爱尔兰人，把爱尔兰变成了一个英国化的民族。对于这种不幸的文化现实，乔伊斯忧心如焚。在《尤利西斯》中，他用流动不居的文体形式，对那些受到殖民意识形态和文化价值观念"污染"、毒化的新闻话语、批评话语、政治话语、宗教话语和科学话语，进行了逐步的解构和彻底的颠覆，最终塑造了崭新、独具民族个性的文学话语，为建构一种能够体现爱尔兰民族精神的文化话语跨出了关键的一步。

笔者在结语中认为，乔伊斯的小说对爱尔兰民族文化心理瘫痪、爱尔兰艺术心灵成长、爱尔兰民族文化身份和爱尔兰民族文化话语的焦虑，构成了乔伊斯文化焦虑的核心内容。这些文化焦虑在上述小说中的艺术表达，不仅奠定了乔伊斯在现代爱尔兰民族文学史中的不朽地位，而且也使他在欧美现代主义和英语文学史上树起了一块伟大的丰碑。

# 第一章 《都柏林人》：民族文化心理瘫痪的焦虑

（图形标记）

> 我深信你要是不让爱尔兰人民在我擦得透亮的镜子中好好审视一下他们自己，那么，你就一定会阻碍爱尔兰的文明进程。
>
> ——乔伊斯：《书信选编》

《都柏林人》是乔伊斯出版的第一部叙事作品，这部被批评界誉为"用英语所写的最著名的短篇小说集"（Norris ix）共有十五个故事，完成于1904—1907年间。乔伊斯原来打算只写十二篇，后来在结集成书出版时又增加了三篇（《两个骑士》、《一片小云》、《亡人》）。① 最早的三篇（《姐妹》、《伊芙琳》、《车赛之后》）是应当时的文化名流拉塞尔（George Russell）之邀，用斯蒂芬·代达勒斯（Stephen Dedalus）的笔名，分别于1904年8月13日、9月10日和12月17日发表在拉塞尔（George William Russell）主编的《爱尔兰家园》周报上。这家周报的主要读者群体是爱尔兰农民，② 不料这些小说在发表之后不断有读者写信给报社，表达他们的"震惊"与"不满"，该报不愿意继续发表乔伊斯的其他小说（Walzl, "Dubliners" 161）。这样一来，《都柏

---

① 乔伊斯按照童年、青年、成年和公共生活的题材把这部作品的故事分为四组。童年三篇：《姐妹》（"The Sisters"）、《偶遇》（"An Encounter"）、《阿拉比》（"Araby"）；青年四篇：《伊芙琳》（"Eveline"）、《车赛之后》（"After the Race"）、《两个骑士》（"Two Gallants"）、《公寓》（"The Boarding House"）；成年四篇：《一片小云》（"A Little Cloud"）、《如出一辙》（"Counterparts"）、《土》（"Clay"）、《一桩伤心事》（"A Painful Case"）；社会生活四篇：《委员会办公室里的常春藤日》（"Ivy Day in the Committee Room"）、《一位母亲》（"A Mother"）、《圣恩》（"Grace"）、《亡人》（"The Dead"）。

② 乔伊斯曾把该周报戏称为"猪猡之报"。

林人》从创作、刊发到结集成书出版，经历了近十年漫长而艰难的历程。为了这部书的出版，乔伊斯联系过多家出版商，这些出版商一方面担心出版这部书不能带来经济效益，另一方面又害怕这部作品中涉及的一些真实地名、店名、人名、政治和宗教影射，对爱德华七世、维多利亚女王的"不敬"，一些所谓"猥亵"的情节和不雅的语汇会有伤风化，弄不好会引火烧身、招惹官司。因此，他们要么干脆拒绝受理乔伊斯的书稿，要么要求他反复对文稿进行删节、修改。尽管乔伊斯做出了一些让步，同意删去一些"粗俗"的字眼和改写某些段落，但是，由于他不愿意做出更多的妥协，出版一事屡次功败垂成。① 也许，是由于对自己没有履行诺言感到有些愧疚，早在 1905 年就已计划出版《都柏林人》的理查兹（Grant Richards），终于还是在 1914 年 6 月 15 日出版了这部"难产"之作（Deming 6）。

　　从读者的"震惊"和"不满"到《爱尔兰家园》报社的不再发稿和出版商的一再拖延，表明《都柏林人》这部作品具有"不入流"的文学性质。它之所以"不入流"，在于乔伊斯没有刻意"迎合大众的喜好"，在于其力图"摆脱周围粗俗的影响"，没有宣扬"迷迷糊糊的狂热激情"，没有"乖巧的曲意奉承"，没有因为"虚荣和庸俗的追求而一味地讨好卖乖"（CW 71 – 72）。他的这种文学取向在 20 世纪初的爱尔兰显得有些"不识时务"，在当时的历史文化语境下，爱尔兰的民族意识高涨，各种民族主义思潮大行其道，在政治上以去殖民化寻求民族独立、在文化上以去英国化来构建民族文化身份的呼声不绝于耳。政治家格里菲思（Arthur Griffith）致力于组建旨在推动民族独立的新芬党（在盖尔语中，"Sinn Fein"的意思是"我们自己"），海德（Douglas Hyde）成立了旨在复兴爱尔兰母语的盖尔语协会（the Gaelic League），②莫伦（D. P. Moran）创办了当时极具影响力的报刊《领袖》（The Leader），宣扬建立以"天主教意识和不同天主教传统"为主体的"爱尔兰人的爱尔兰"（Levenson，"Living History in 'The Dead'" 166），叶芝、格雷戈里夫人（Isabella Augusta Gregory）、拉塞尔等文学

---

　　① 《都柏林人》出版之艰难反映了英国统治下的爱尔兰在书稿审查制度上的保守与僵化。1912 年 8 月中旬，乔伊斯从奥地利回到都柏林与爱尔兰出版商蒙塞尔出版公司经理罗伯茨（George Roberts）商谈《都》书的最后出版事宜，不料双方的谈判破裂，罗伯茨以印张已经销毁为由拒不退还清样。9 月 11 日，乔伊斯在离开都柏林返回奥地利的旅途中，在与罗伯茨签订的合同背面写下了那首《火炉冒出的煤气》的讽刺诗，诗中除了发泄对出版商背信弃义的鄙视和愤怒之外，更流露出他对爱尔兰民族劣根性的焦虑与忧患。参见理查德·艾尔曼：《乔伊斯传》，金隄、李汉林、王振平译，北京：北京出版社出版集团、北京十月文艺出版社，2006，第 373、381 页。《火炉冒出的煤气》的汉译参见乔伊斯：《乔伊斯诗全集》，傅浩译，石家庄：河北教育出版社，2002，第 139 – 144 页。

　　② 盖尔语系凯尔特语系中的一支，爱尔兰的母语即盖尔语。

名流，缅怀凯尔特昔日的辉煌，挖掘爱尔兰的神话、传说和民俗中丰富的素材，弘扬民族文化、讴歌民族精神，希望激活被历史尘封的文化传统来实现爱尔兰的文艺复兴。叶芝甚至宣称："没有民族性就没有伟大的文学，没有文学也就没有伟大的民族"（Deane，*A Short History of Irish Literature* 142）。乔伊斯对民族主义虽然有些同情，甚至认为新芬党的"政策会使爱尔兰十分受益"（*SL* 102）；他敬重叶芝的文学才华，曾在 1899 年 5 月拒绝参与同学们抗议叶芝剧目《凯瑟琳伯爵夫人》（*The Countess Cathleen*）的活动。但是，他对盖尔语复兴和文艺复兴运动没有太大的兴趣。在他看来，"像古埃及一样，古爱尔兰也已经死去，它的哀歌已经唱完，它的墓碑也已经封牢"（*CW* 173）。他进而转述王尔德（Oscar Wilde）对叶芝所说的话："我们爱尔兰人什么事都没做成，但是我们是自古希腊人的时代以来最伟大的空谈家"（174）。显然，乔伊斯对那些怀思古之幽情的文艺创作倾向感到不满，对那些不敢正视爱尔兰社会现实和民族文化劣根性的文学作品深感焦虑，他不想把《都柏林人》写成一部美化爱尔兰历史文化传统的"空谈"之作，他坚信："一个作家的目的就是要描写他那个时代的生活。"（Beja，*James Joyce：A Literary Life* 32）

# 一、一部民族文化心灵史

《都柏林人》是一部直面爱尔兰的社会现实、痛陈爱尔兰民族文化劣根性的现实主义杰作，但是，在表现方式和艺术技巧上，它又是自然主义和象征主义的完美结合。这部作品取材于乔伊斯早年的生活经历和所见所闻，其时代背景是 19 世纪末 20 世纪初（时间上限为 1895 年，下限为 1905 年），场景为爱尔兰首都都柏林这座"存在了几千年的欧洲之都"、"面积差不多是威尼斯的三倍"和"大不列颠帝国的第二大城市"（*LII* 122），叙事对象主要是生活在这座城市里的中下层爱尔兰人。十五个故事虽然都单独成篇，每篇都有自己独立的情节和主题结构，每篇都"讲述一个类似的故事"、"记载一次未遂的努力"、"叙述一次受阻的欲望"（Kiberd，*Inventing Ireland* 330）、设置一个或多个"显现"（epiphany），①但是，这

---

① 1 月 6 日是天主教的"主显节"（the Feast of the Epiphany），即基督显灵日。乔伊斯借用"epiphany"一词来指代"某一事物隐在本质的显现"，在《英雄斯蒂芬》中，他以叙述者的口吻对"显现"进行了定义："关于显现，[斯蒂芬]指的是一种顿然的精神显现。不论在粗俗的言行中，还是在某一令人难忘的心绪中，这种显现都会发生。他认为作家就是要特别仔细地记录这些显现，因为这些显现本身最微妙而且转瞬即失"。参见 A. Nicholas Fargnoli and Michael P. Gillespie, *James Joyce A to Z：The Essential Reference to the Life and Work*（New York：Facts On File，1995）66.

些故事按照一个人的成长年表与社会活动（从童年、青年、成年到社会生活），并"以相互关联的主题与意象动机为基础"（Walzl，"Dubliners" 157），组成一个类似于长篇小说结构的艺术有机整体。场景、事件和人物的背后有着丰富的历史和文化寓意，各式各样的人物都不是"英雄"，他/她们既是生活在同一文化环境中的不同"个体"，也是"一种民族类型"（201）。这些人物的生活、言行、情感、思想、信仰、意识、无意识，统统被乔伊斯纳入了他的叙事视野，成为爱尔兰民族"集体性格"的表征。正是这种从个别到一般、从一座城市到整个国家、从都柏林人到整个民族相统一的"社会象征行为"所呈现的人物生活剪影，①折射出了乔伊斯对爱尔兰民族文化心理哀其不幸、怒其不争的焦虑情怀。

从 1906 年 5 月 5 日乔伊斯写给理查兹的一封信中，我们可以间接地读出他的这种焦虑情怀：

> 我的意图是要写作一章关于我国的道德史，我之所以选择都柏林作为场景，是因为这座城市在我看来就是瘫痪的中心。我已从童年、青年、成年和社会生活这四个方面，设法把这座城市呈现给那些冷漠的公众。故事的编排即按照这一顺序，其中的大部分故事我是用一种审慎的平庸文体写成的。我深信谁要是胆敢在这种呈现中改动甚至歪曲他的所见所闻，那他一定是一个胆大妄为之人。（*LII* 134）

其实，《都柏林人》既是一部"道德史"，也是一部"民族的心灵史"（Ghiselin 76）。但是它不是道德说教，也不是对都柏林人的善与恶、是与非、对与错进行非此即彼的价值判断，而是要通过真实"呈现"一个城市里的普通市民的日常生活和一系列人物的人生经历，从个别到一般、从特殊到普遍，来对爱尔兰民族的文化心理瘫痪进行一种全面的清理和探索。乔伊斯就是要用文学来对国人进行一次独特的文化启蒙，让他们认识到爱尔兰人为什么总是那么"冷漠"、狭隘，那么麻木不仁，为什么总是那么畏畏缩缩、那么萎靡不振、那么唯利是图、那么自暴自弃；为什么总是时时受挫、处处碰壁，无论如何也无法走出困境。他要冷峻地剖析和

---

① 西方马克思主义批评家弗雷德里克·詹姆逊（Fredric Jameson）认为：文学是"一种社会象征行为"，任何一种文学文本都是"社会和政治的文化文本"，透过这种文本，可以见出一个民族、国家、社会的"集体性格"即"对立的各个阶级"的"意识形态素"。参见詹姆逊：《政治无意识》，王逢振、陈永国译，北京：中国社会科学出版社，1999，第 8、11、75 页。

诊断"都柏林和爱尔兰社会出了什么毛病"（Walzl，"Dubliners" 205），都柏林为什么沦为了"瘫痪的中心"，爱尔兰人的精神状况如何，他们的精神状况与爱尔兰的文化有什么本质的联系。他要拿起文学这面"镜子"映照爱尔兰人瘫痪的文化心理，①让他们明白，阻碍爱尔兰文明进程的首要原因恰恰是民族文化心理的全面瘫痪。

　　社会心理学家认为：文化心理是指"生活在某一文化环境中人们共同的心理状态"，这种"共同的心理状态"是"人与文化相互作用的产物"（时蓉华49），是一定时代的文化构成要素在生活在同一文化语境中的芸芸众生的心理所打下的各种文化烙印，即一种文化的集体无意识。"爱尔兰是西欧唯一经历了早期和晚期殖民的国家……一种被彻底剥夺的历程。一个被殖民的民族没有一种独特的历史……甚至也没有一种独特的语言。"（Deane，Introduction 3，11）同时，爱尔兰又是一个多元文化并存的民族，历史上至少存在着四种文化类型：天主教文化、新教文化、凯尔特文化和益格鲁－撒克逊文化（Lyons 17－26）。然而长期以来，"这种文化的多样性已经形成了一种阻碍产生一个趋同社会的力量"。这些文化之间的矛盾与冲突往往导致"法律和秩序的崩溃"，非但"不能促成统一，反而成为了无政府状态的根源"，最终"难以使爱尔兰人对自己与他人、自己与外部世界之间的关系形成某种一致的看法"（2）。人们的社会意识往往是由某种社会现实所决定的，爱尔兰这种无序的文化生态无疑会以各种形式、在各种程度上影响或支配爱尔兰普通民众的思想、观念、道德、情感、行为与活动，在他们的主观世界形成一种有意识和无意识的集体文化心理。乔伊斯谙熟自己国家的这种文化状况，在他看来，爱尔兰民众始终无法以包容的心态，来理性地接受这种多元文化并存的客观现实；相反，他们对异质文化通常采取一味排斥的态度：天主教徒视新教为异端，新教徒认为天主教徒不仅"贫穷"而且"愚昧无知"，具有凯尔特血统的爱尔兰贵族们一方面对益格鲁－撒克逊文化疾恶如仇，另一方面又"沉迷于幼稚的国内争端，用战争来消耗这个国家的元气"（CW 167）。现代爱尔兰人都患上了一种"精神瘫痪"的文化痼疾，这是一种可怕的民族精神疾患，必须根治；而他们所生

---

　　① 莎士比亚在《哈姆莱特》第三幕第二场中以主人公哈姆莱特的口吻，道出了"拿着镜子（mirror）照自然"的现实主义文学创作原则，这里的"自然"当然也包括人性。王尔德在《道连·葛雷的画像》的前言中用卡利班在镜（glass）中看见和看不见自己的脸都愤怒这一形象的比喻，来说明19世纪现实主义和浪漫主义的区别。

活的都柏林这座"可爱的脏兮兮的城市"（*D* 233）①也沦为了"瘫痪的中心"（*LII* 134）。需要特别指出的是，在这里，"瘫痪"是对"整个爱尔兰民族精神状况的一种隐喻"，它不仅指"个人和社会的瘫痪"（Brown，Introduction xxxvi），也不只是"道德和精神的瘫痪"或"都柏林城市文化和中产阶级文化的瘫痪"（Schwarz，*James Joyce*："The Dead" 65），更是指一个民族"偏瘫的或瘫痪的灵魂"（*LI* 55），即"瘫痪"的民族文化心理。通过刻画一群普通而又颇具典型意义的都柏林人，用"审慎的平庸文体"②来揭示爱尔兰民族文化心理"瘫痪"的种种表现形态，把国人从精神麻木中唤醒，这既是乔伊斯释放、缓解和升华其文化焦虑的有效方式，也是他为推动"爱尔兰的文明进程"和民族的"精神解放跨出的第一步"（*SL* 88）。

## 二、信仰缺失

《姐妹》③是《都柏林人》的第一个故事，在整部作品中具有"序曲"的性质。在这个故事的开篇，乔伊斯通过第一人称叙事者兼主人公——一位既没有姓名也没有父母的小男孩的朦胧意识和平淡无奇的叙事话语，首先把他对爱尔兰民族文化心理瘫痪的焦虑揭示出来：

> 每晚当我仰视那扇窗户的时候，我对自己轻声念叨着"瘫痪"这个字眼。它像欧几里德的"磬折形"和教理问答中的"买卖圣职"这些词语，总是怪怪地在我耳际作响。而现在，它念起来就像是某个恶人或罪人的名字，使我害怕。可我就是想离它更近点，想看看它那致命的功效。（*D* 165 – 166）

不断困扰着这位男孩的"瘫痪"虽然神秘、可恶、可怕而又具有某种"致命"的

① 本书中对《都柏林人》的引文，均引自 Hans Walter Gabler and Walter Hettche, eds., *Dubliners*（New York：Garland, 1993）。除了《亡人》之外，所有引文均为本书作者所译，后面出现的引文均以"*D*"加页码的方式随文标出，不另外加注。

② 乔伊斯学者戈特弗赖（Roy Gottfried）在《再议"审慎的平庸"：〈都柏林人〉的文体戏仿》一文中认为：《都柏林人》的"平庸文体"是一种"既不好也不坏"和"缺乏风格的文体"，这种文体既是"对公众所期待的爱尔兰文艺复兴作家写作风格的嘲讽"，也是对"都柏林瘫痪面貌的戏仿"。这种对"瘫痪"的文体戏仿正好促成了这部作品在形式、内容与主题上的有机统一。参见 Vincent J. Cheng and Timothy Martin, eds., *Joyce in Context*（Cambridge：Cambridge UP, 1992）156, 163, 153.

③ 1914 年结集成书出版时，《姐妹》已经作了重大修改，不仅增加了将近一倍的篇幅，而且在段落和文字上都作了许多改动。本章的讨论所依据的是乔伊斯的修改稿。

后果，但是，他还是要勇敢地面对、看看其恶果究竟有多大。在这里，叙事者虽然不完全是作者的传声筒，但是，他的意识无疑融合了乔伊斯自己的意识，他对"瘫痪"的焦虑也是乔伊斯的焦虑。与这位男孩一样，乔伊斯也渴望深入到都柏林这个"瘫痪的中心"，对"瘫痪"这一民族文化心理的病态现象进行认真的审视。①

　　进入男孩意识中心的是一位因中风而丧命的天主教神父。这个男孩默想道："这次他没救了：这是第三次中风。"（165）这位名叫詹姆斯·弗林②的神父生前和男孩是好朋友，男孩常常带一些鼻烟去看望神父，神父教授男孩拉丁语和一些教理知识。虽然故事对神父与男孩之间的关系并没有说明清楚，但乔伊斯学者托奇安纳认为，神父似乎一直是这位男孩的"精神导师"，因此，神父的"瘫痪"和去世预示着这位敏感、颇有文学想象力的男孩未来的命运（Torchiana 26）。神父死后，男孩和婶婶去神父家悼唁，他隐隐约约听到死者的妹妹伊莱扎讲述神父患病的起因和经过："就是因为他打破了那只圣杯……那就是事情的起因……他的精神受了刺激……于是，他们认为他出了问题……"（D 174）乔伊斯通过这一段寓意有些含混的话语巧妙地道出了神父患病的缘由。原来，神父患的是一种称作"麻痹性痴呆"（general paralysis of the insane）的疾病，这种病是因神经性梅毒感染所致，精神失常是该病的一种征兆（Torchiana 20）。乔伊斯把神父的精神失常与打破一只圣杯联系起来，旨在构建一种象征意义。根据基督教教义，圣杯代表耶稣的身体，对于神职人员而言，打破圣杯意味着"亵渎圣物"和摒弃精神信仰，这当然是不可饶恕的罪孽。

　　乔伊斯学者普遍认为，弗林神父这个人物形象具有丰富的文化象征意蕴，这位神父既代表"上帝"、"教皇"、"玫瑰十字神父"，又象征"耶稣"和"爱尔兰天主

---

① 乔伊斯也许一生都无法忘却"瘫痪"这个字眼，1930 年，他在巴黎同一位友人还在谈到这个词。他说："在《都柏林人》的第一个故事中，我曾写道：'瘫痪'这个词使我害怕和恐惧，好像它是指某种邪恶和有罪的东西。我很喜欢这个词，而且常常在黄昏时对着敞开的窗户轻声念叨着它。"Willard Potts, ed., *Portraits of the Artist in Exile: Recollections of James Joyce by Europeans* (Seattle: U of Washington P, 1979) 132.

② "Flynn"一词在盖尔语中是"红色"之意，乔伊斯学者托奇安纳认为弗林神父暗指玫瑰十字会（Rosicrucian Order）的创始人玫瑰十字神父（Father Rosycross），此人为 13 世纪日耳曼的一位贵族和修士，精通阿拉伯和埃及宗教文化，被视为古代智慧、想象和艺术的传承者和保护者。参见 D. T. Torchiana, *Backgrounds for Joyce's* Dubliners (Boston: Allen, 1986), 24–6.

教会"。① 爱尔兰是一个天主教国家，罗马天主教是爱尔兰的国教。据统计，在19世纪末20世纪初，仅在都柏林就有百分之八十三的市民是天主教徒（Brown，Introduction xxi）。在全爱尔兰的人口中，乔伊斯认为天主教徒所占的比例高达"百分之九十"（*CW* 169）。因此，对爱尔兰而言，摒弃精神信仰意味着整个民族精神的瘫痪。乔伊斯把弗林神父的死期定在1895年7月1日，正好巧妙地传达了这层象征意蕴。首先，这一天恰好是爱尔兰的国殇日。1690年7月1日，在爱尔兰北部的博因河战役中，被罢黜王位的詹姆斯二世率领的天主教联军（其大部为爱尔兰天主教徒）被其女婿荷兰王子奥伦治的威廉（1689年初与其夫人玛丽，即前英王詹姆斯二世的长女，一道成为英格兰、苏格兰和爱尔兰的君主）率领的新教军队击败，这场战役标志着爱尔兰彻底沦为了英国的殖民地。从此，在政治、经济和文化上，英国殖民者和爱尔兰的新教权贵对爱尔兰的统治和压迫日益加剧，广大的爱尔兰天主教民众因为土地不断被掠夺而成为流离失所的"佃户和劳工"（Fry and Fry 164）。他们的宗教信仰受到严厉压制，天主教徒的宗教活动被取缔，爱尔兰成了一个在政治上被外族奴役和失去了宗教信仰自由的民族。颇有意思的是，这位神父的名字正好与詹姆斯二世的名字部分相同。一个曾经是都柏林市"米思街圣凯瑟琳大教堂"（*D* 168）的天主教神父，另一个是信奉天主教、曾经对爱尔兰的臣民实施"仁政"的英国国王，他们两个人的悲惨结局合成为爱尔兰民族境遇的象征。其次，7月1日又是基督宝血节，这是罗马天主教纪念耶稣为了拯救人类被钉死在十字架上流血牺牲的法定节日。乔伊斯通过基督宝血节把弗林神父之死与耶稣的流血牺牲联系在一起，目的在于设置一种"反讽"（Torchiana 21），在两个艺术形象之间构建一种主题对话关系。弗林神父的信仰缺失、精神失常、瘫痪和因病而亡与耶稣的笃信、坚毅、博爱、勇敢和视死如归正好成为鲜明的对照，耶稣的崇高使弗林神父的微不足道相形见绌。弗林神父成了一个没有精神信仰的"瘫痪的耶稣"（19），他的遗体躺在棺木里，"胸前放着一只无用的圣杯"（*D* 174）。如果说弗林神父是爱尔兰民族的代表，那么，那只"无用的圣杯"就是这个不幸的民族信仰沦丧的象征。

———————————

① 这些学者当中包括肯纳（H. Kenner）、马加拉纳（M. Magalaner）、凯恩（R. Kain）和廷达尔（Y. Tindall）等人。参见 Hugh Kenner, *Dublin's Joyce* (Bloomington: U of Indiana P, 1956) 50 – 53; Marvin Magalaner and Richard Kain, *Joyce: The Man, the Work, the Reputation* (New York: New York UP, 1956) 71 – 75; Marvin Magalaner, *Time of Apprenticeship: The Fiction of Young James Joyce* (London: Abelard-Schuman, 1959) 72 – 86; William York Tindall, *A Reader's Guide to James Joyce* (New York: Noonday, 1959) 13 – 17.

对于一个信仰天主教的民族而言，宗教信仰是这个民族的文化心理不可或缺的一种精神力量，而信仰沦丧是一种可怕的精神危机，这种精神危机在《都柏林人》中也表现为物欲的泛滥，物欲最本质的特征就是贪食、贪财、贪色。在这部作品的第十四个故事《圣恩》中，乔伊斯通过一个商人的贪杯和一个神父媚俗的布道把爱尔兰人这种"三贪"的丑态揭示出来。这个故事的叙事分为三个部分：①一位因经营不善而负债累累的茶商克南先生虽然落寞但常常贪杯，在都柏林市中心一家酒吧，他喝得酩酊大醉时不慎从酒吧楼梯上摔下，躺在洗手间的地板上不省人事，被人救起时发现自己在坠落时居然还咬掉了一块舌头。他的一位好友鲍尔先生路过时见此情形，将他送回家里休养。②在市西北郊克南家的卧室，前来探望克南的鲍尔先生和几位友人一边饮酒，一边商量结伴去都柏林一座耶稣会教堂参加专门为商人和职业人士安排的一次静修。克南先生原来是新教徒，结婚时不得不皈依了天主教。但是，婚后"他已有二十年没去过教堂了"，而且还"喜欢对天主教说些风言风语"(318)。尽管并不情愿去参加这次"净化灵魂"的活动(324)，但在朋友们的劝说下他最后还是同意去。③在市中心加德纳上街的耶稣会教堂，克南先生一行五人以"梅花五点"①的排列分坐在长凳上(333)，倾听珀登神父的布道。乔伊斯学者(最早是乔伊斯的胞弟斯坦尼斯洛斯)普遍认为《圣恩》是对但丁《神曲》的戏仿，故事中的三个地点分别对应于地狱、炼狱和天堂(Torchiana 205)。《圣恩》最出彩的地方是对天堂的戏仿。在这里，珀登神父首先以《路加福音》中耶稣讲述的那个关于"不义的管家"的寓言开始布道："因为今世之子在世事上，较比光明之子更加聪明。因此，要从罪恶之财神中结交朋友，到了你们死去的时候，他们可以接你们到永存的帐幕里去。"②(D 334)这段被改动了几个词汇的引文源自"兰斯《新约》版"(Torchiana 219)，珀登神父将其视为耶稣专门"对生意人和职业人士所讲的一段经文"(D 334)。他肆意发挥、大谈特谈耶稣如何特别关照所有的凡夫俗子，如何"给他们忠告，在他们面前把那些崇拜财神之人推举为宗教生活中的楷模，尽管在芸芸众生中，这些人对宗教事务最不关心"。他宣称"作为一个与自己的朋友谈心的俗人"，"他是来和生意人谈话的"，所以，

---

① "梅花五点"象征耶稣被钉死在十字架上的五个伤口，宗教仪式中的这种排列方式旨在表达对基督的虔诚。

② 这段布道源于《圣经·新约·路加福音》第16章第8-9节，珀登神父的引文改动了几个词。《路加福音》中的原文是："因为今世之子，在世事上，较比光明之子更加聪明。我又告诉你们，要藉着那不义的钱财结交朋友，到了钱财无用的时候，他们可以接你到永存的帐幕里去。"参见《圣经·路加福音》16：8-9。

"他愿意用谈生意的方式对他们说话"，说自己就是"他们的精神会计师"，并希望这些生意人能"藉着天主的圣恩""改正这样那样的错误"，"修正自己的账目"（335）。珀登神父的布道是《圣恩》最精彩的"显现"，这位耶稣会神父的高谈阔论把耶稣的这则道德寓言曲解得几乎体无完肤（Torchiana 219）。他似乎忘记了耶稣在这则寓言的结尾清清楚楚地告诫他的门徒不要贪恋不义之财："你们不能又事奉上帝，又事奉玛门。"①（《圣经·路加福音》16：13）珀登神父显然把耶稣的这一忠告扔到了九霄云外，他完全将这则寓言的道德寓意颠倒了过来。他不仅肯定不义商人敛财的合理性，而且还鼓励他们时刻审查账簿，确保收支平衡。根据天主教教义，神父理应是上帝的代言人，应该超然于物欲之外、视金钱如粪土，然而珀登神父布道时却是满口的生意经，全然一幅拜金主义的嘴脸。他的精神信仰发生了本质的变异。乔伊斯还恶作剧似地将这位神父的教名与都柏林臭名昭著的红灯区珀登街（Purdon Street）联系在一起（Brown，Notes 304 - 305），让神父在圣体灯的"一点红光"前"双手捧着脸做祷告"（D 334），语不惊人地把这座神圣的殿堂描述成一座灯红酒绿的青楼，把珀登神父影射为这家青楼的楼主。

由此可以看出，乔伊斯笔下的这位耶稣会高级牧师不仅成了物欲的代言人，而且还是淫欲的化身。那些慕名前来"净化灵魂"的教众，如落魄商人克南，他的朋友坎宁安、鲍尔、麦科伊和福加蒂，放高利贷者哈福德，典当商迈克尔·格列姆斯，市长选举的幕后策划者范宁，破产的商业巨头奥卡罗，《自由人报》大记者亨德里克，丹·霍根的侄子，他们在这座污秽之所里聆听了珀登神父的这番亵渎基督教精神的"教诲"不知有何感想。他们向往的"天堂"居然是这般模样，引领他们进入"天堂"的精神之父，原来也不过是一个贪财恋色之辈，他们从他那儿领受的"圣恩"是那样俗不可耐。颇有意思的是，"圣恩"的英语原文"grace"还有"优美、雅致"之意，另外，"Grace"还是一个人名。但是，这个人名在盖尔语中是"丑陋"的意思，不仅如此，英语词"grease"（油脂、贿赂）在爱尔兰英语中也被读成了"grace"（Torchiana 207）。乔伊斯是一个以细腻著称的作家，而且在大学学的是语言学，他不可能没有注意到这个词的一语多义现象。② 于是，他把"grace"一

---

① 玛门（Mammon）一词源于希伯来语，为"金钱"之意，是西方文化语境中的"财神"，被视为"贪财""贪欲""贪婪""不义之财""拜金主义"的象征。《新约》中将其描述为"一个虚伪的神祇"。

② 巴赫金在探讨陀思妥耶夫斯基复调小说话语时提出"双声词"（double voiced word）的概念，主要指在一个词或一段话语中包含两种相互对立的意义。这些意义之间形成了对话关系。参见 Mikhail Bakhtin, *Problems of Dostoevsky's Poetics*（Manchester：Manchester UP, 1984）181 - 187.

词中蕴含的神圣与世俗、"优雅"与"丑陋"这两种相互对立的意义巧妙地融入这个故事的标题，以此来揭露失去了精神信仰的爱尔兰宗教生活是如此虚伪和丑陋，从而强化了这个故事的反讽效果。

在《姐妹》开篇的那段话语中，除"瘫痪"之外，困扰男孩的还有另外两个词语："磐折形"与"买卖圣职"。"磐折形"在欧几里德几何学中指的是一个平行四边形在上、下、左、右任何一方截掉一个小平行四边形之后所余下的那个部分，无论怎么截，除了面积的缩小之外，"磐折形"的平行四边形性质都不会发生改变。乔伊斯学者认为，乔伊斯使用"磐折形"这个几何图形有两方面的用意。一方面，虽然《都柏林人》刻意省略了许多细节，留下了一些情节的"空隙"和人物话语的"空白"，但是作品的主题意蕴还是能够通过"在场"与"缺席"之间固有的张力显现出来，乔伊斯是在暗示读者，在解读这部作品时不要忽视那些省略的情节和人物话语（Senn，"Gnomon Inverted" 250）。另一方面，"磐折形"是一个与"瘫痪"密切相关的艺术形象，它象征着"缺失"、"残缺"、"不完整"、"不健全"（Walzl，"Dubliners" 207）。《姐妹》、《偶遇》和《阿拉比》中的第一人称叙事者兼主人公，即那三位既没有父母也没有姓名的男孩，正好可以看成是爱尔兰民族的象征。他们没有父母意味着这个民族文化传统的缺失，他们的无名无姓暗示着这个民族是一个丧失了民族身份的"文化孤儿"。正是因为这些有利于推动一个民族文明进程和保持民族文化健康发展的文化元素的"不在场"，爱尔兰才沦落为一个没有民族自我的国度。另外，《一位母亲》中瘸腿的霍罗汉，《土》中那位鼻子和下巴长得像巫婆的小个子老处女玛丽亚，《圣恩》中那位酒醉后不慎从楼梯上坠落、咬掉一块舌头的茶商克南先生，《伊芙琳》中因癫狂而死的伊芙琳的妈妈，《偶遇》中的那位具有同性恋倾向的"古怪老头"（D 182），《两个骑士》中迷失了自我、对"各式各样的蛮横无理全然不在意"的"寄生虫"莱纳汉（208），《一片小云》中自卑、腼腆、成为"人生囚徒"的小个子钱德勒（241），《一桩伤心事》中孤独自闭和"被逐出了人生之盛宴"的达非先生（276），这些人物不是身体残缺就是人格不健全，有些人已经死去，活着的人也只不过是一些精神瘫痪的行尸走肉，在本质上与死去的弗林神父没有区别。

也许是因为受到神父之死的刺激，那位"特别敏感的"男孩在去悼唁神父的前一天晚上做了一个噩梦。在梦中，他看到的神父不仅是一个"瘫痪之人"（167），而且还是一个"买卖圣职者"，他那张"灰色的脸"正在"轻言细语地"对男孩进行"忏悔"（168）。根据罗马天主教会律法，"买卖圣职"指的是"出售和购买神赐、神职或神赦"的一种重罪，神职人员中犯此罪者应被开除出教廷。神父之所以向男孩忏悔，是因为他曾经接受过一名忏悔者一便士的馈赠并将其据为己有。为此，他认为自己犯下了买卖圣职的重罪。另外，托奇安纳认为，"买卖圣职"一词与"磐折形"和《姐妹》中出现的另外一词"玫瑰十字会员"都有关联，乔伊斯的用意是要把弗林神父刻画成一位"玫瑰十字会"的创始人（Torchiana 27）；而男孩的叔叔也恰好戏称这位侄儿为"玫瑰十字会员"（D 167），在这位叔叔看来，神父作为男孩的"忘年之交"对这位少年"寄予厚望"（166），于是，他便充当了这位没有父亲的男孩的精神之父，引领男孩进入神圣的殿堂，以便"有朝一日在一个新的罗马神权面前同彼得和保罗决一雌雄"（Torchiana 27）。

托奇安纳过分强调文本外的语境做出的这种解读有些阐释过度。从《姐妹》的文内语境不难看出，男孩对神父的过世既不感到悲痛也不感到惊奇，他明白，一个丧失了精神信仰的神父在面对最后审判时必然会被罚进地狱。正是因为如此，神父之死"似乎"反而让男孩"产生了一种释然的感觉"（D 169）。神父的罪孽太重而不可赦免，他的灵魂在肉体消亡之后永远无法升入天堂。在这个带有"序言"性质的故事中，乔伊斯之所以引入"买卖圣职"一词，主要是用来暗喻精神的堕落。在他眼里，宗教、政治、社会的腐败、没有信仰、丧失良知、唯利是图、坑蒙拐骗等都是精神堕落的表现，它们如同"垃圾坑、旧丧服和下水的臭气"，渗透在《都柏林人》的每一个故事中（SL 89 – 90）。《车赛之后》中与英国、法国、美国朋友在都柏林南郊国王镇港（现名丹莱里港）游艇上通宵达旦豪赌的爱尔兰花花公子吉米，《两个骑士》中骗钱骗色的科利少爷，《公寓》中设立陷阱拉郎配的老板娘穆尼夫人，《如出一辙》中贪杯和对儿子施暴的法林顿，《土》中反目成仇的亲兄弟约和阿尔斐，《委员会办公室里的常春藤日》中那些虚伪的政客和庸俗、唯利是图的拉选票者，《一位母亲》中背信弃义的艺术经纪人、矫揉造作的音乐人、狭隘和咄咄逼人的卡尼太太，《圣恩》中伪善的政客、商人和俗不可耐的珀登神父，这些人物丑陋的行径只不过是爱尔兰民族文化心理瘫痪的不同表现形式，在本质上与"买卖圣职"没有区别。

乔伊斯在《都柏林人》的开篇引出的"瘫痪"、"磐折形"、"买卖圣职"三个意象，与这个故事中的叙述事件——神父之死——一道，构成了一条"瘫痪→缺失→堕落→死亡"的主题发展链，为《都柏林人》其他故事的主题发展作了巧妙的铺垫。这一主题发展链条中的最后一项"死亡"在尾篇——《亡人》——中达到高潮，象征性地昭示着民族文化心理的瘫痪给爱尔兰民族产生的危害。有批评家指出：

乔伊斯把这部短篇小说集的其他故事镶嵌在第一个故事《姐妹》和第十五个故事《亡人》之间，假如我们把这两个故事的标题互换，其主题意蕴也不会有"明显的损害"（Brown，Introduction xxxviii）。《姐妹》中的两姐妹恰好与《亡人》中的莫肯两姐妹形成了对位，她们都是年迈而没有出嫁的老处女，《亡人》中的那些死者（主要是迈克尔·福雷）也正好与《姐妹》中的弗林神父遥相呼应。《都柏林人》的第一句叙事话语"这次他没救了：这是第三次中风"，与最后一句叙事话语"那场穿过寰宇软塌塌飘落的雪，像死者和生者最后的结局，软塌塌降临在他们的身上"，构成了一种出神入化的主题契合。那场飘飞在爱尔兰"中部平原的每个角落和光秃秃的山丘上"，飘飞在"阿伦沼泽和遥远的西部"，飘飞在"黑色香农河汹涌波涛"（D 384）上的皑皑白雪，不就是象征爱尔兰的民族文化心理瘫痪将给爱尔兰这个民族带来的最后结局吗？这样的安排显然是乔伊斯精心设计的，目的是要凸现民族文化心理瘫痪对一个民族所产生的"致命的功效"（166）。

# 三、良知沦丧

在《都柏林人》中，除了信仰沦丧之外，爱尔兰民族文化心理的瘫痪还有多种表现形式，丧失民族良知就是其中一种，《车赛之后》中的多伊尔父子和《委员会办公室里的常春藤日》中的亨奇先生可谓为丧失民族良知的典型人物。

《车赛之后》取材于乔伊斯 1903 年 4 月 7 日在巴黎为《爱尔兰时报》（The Irish Times）所写的一篇采访报道，接受采访者是一名即将参加同年 7 月在都柏林举办的全欧车赛的法国赛手亨利·福尼埃，[①]他在《车赛之后》中成为了法国青年商人夏尔·塞古安的原型。这个故事于 1904 年 12 月 17 日发表在《爱尔兰家园》周报上，后来在《都柏林人》成书出版时被排在第五篇。乔伊斯一直想对故事进行修改，但不知何故没有改成。这篇故事的叙述以主人公吉米·多伊尔为切入点，这位"年方二十六岁"、"留一口柔软的淡褐色八字须"、"灰色的双眼露出很天真的神色"的爱尔兰小伙子（D 200），在 1903 年 7 月 2 日这一天在都柏林遇上了前来观看全欧"戈登贝内特杯"汽车大赛的法国人夏尔·塞古安、安德烈·里维埃、匈牙利人维洛纳。塞古安是几年前吉米在剑桥大学认识的一位校友，此人据称在法

---

① 采访稿原文参见 Margot Norris, ed., Dubliners: *Authoritative Text*, *Contexts*, *Criticism* (New York: Norton, 2006) 222–225.

国经营一家大车行，此次参赛车中也有他的一辆。这帮公子哥们喧喧嚷嚷，注视着一辆辆赛车从城郊的"纳阿斯路上像槽中的滚球一般迅疾驶向都柏林"。比赛的结果显示，虽然获得第一名的是比利时人驾驶的德国车，法国车分列第二和第三名，但是，"实际的赢家还是法国人"（199）。车赛之后的傍晚时分，吉米和这群外国朋友兴高采烈地驱车穿过都柏林这座"戴上了一座首都面具"（204）的城市，到塞古安下榻的酒店去庆祝车赛的胜利。在酒会上，吉米遇到了在剑桥的英国同学鲁思，这五个年轻人觥筹交错，嬉闹不止。意犹未尽之时，他们来到街上，走过斯蒂芬绿茵公园，在格拉夫顿街邂逅美国青年法雷。于是，吉米一行六人乘环线城铁来到南郊的国王镇港（现名丹莱里港）的一艘游艇上继续他们的庆祝活动。他们唱歌、饮酒、跳舞，最后是牌局，好不热闹："多么快活的哥们啊！他们是多么好的伙伴呀！"赌博一直持续到次日凌晨，"那是一场可怕的比赛"（205），英国人鲁思是最大的赢家，法国人塞古安居其次，而吉米和爱尔兰裔美国人法雷却"输得最惨"（206）。

吉米的父亲是都柏林小有名气的"商界王子"，早年是"一名激进的民族主义者"，后来改弦更张，靠在"国王镇"、"都柏林市区和郊区"开肉店，通过和警署签订一系列的销售"合同""幸运"地富起来。有了钱之后，他把吉米送到英国一所规模较大的"天主教学校"读中学，后来又让他在"都柏林大学"（即都柏林三一学院）"学习法律"。这位纨绔子"既有钱又吃得开"，但在学业上却不思进取，整天"同一些音乐艺人和玩赛车之辈"鬼混，之后又被老爸送去剑桥大学待了一学期，去"见点世面"。就是在那儿，他认识了塞古安。两人虽说"交情不深"，尽管老多伊尔对儿子花钱如流水的恶习表面上"很反感"（200），但是和吉米一样，他暗自认为塞古安这个"见过许多世面，而且据说在法国还拥有几家最大的宾馆"的朋友"很值得结交"（201）。眼下正好趁都柏林举办汽车大赛这一"盛事"，让儿子兜里装着自己挣来的辛苦钱，去和大陆来的这个富有的年轻朋友好好交往交往，看看是否可以入股经营汽车生意。不幸的是，不争气的儿子把兜里的钱输了个精光。

这个故事的主题意蕴发人深省：故事中的两场比赛一场是车赛，另一场是扑克牌比赛。在前一场赛事中，作为东道主的爱尔兰却没有赛手参加，成群结队的都柏林"看客"无奈只好"站在因奇科的山丘上看着赛车归来，看着大陆通过这条贫瘠、萧条的通道飞速致富、发展工业"，他们"不时地呼着喊着，那种受了压迫却还感激涕零的欢呼声一浪高过一浪"（199）。在后一场比赛中，两个爱尔兰人

（本土的和海外的）终于有幸参加角逐，却又成了最大的输家。乔伊斯学者程文森特认为，"《车赛之后》当然是关于一场体育竞赛的故事，但是，它也是关于民族竞赛的故事"（Cheng 103）。故事标题中的"race"这个词正好承载了"竞赛"和"民族"这种一语双关，①这篇作品的深层意蕴正好通过这种一语双关经由车赛和扑克牌比赛被揭示出来。无论是那场国际性的车赛还是几个来自不同国家的玩家之间的扑克牌比赛，爱尔兰人不是没有资格参加竞争，就是在竞赛中失败。在现代资本主义阶段，汽车的问世是工业发展史上的里程碑，参加这场车赛的赛车来自欧洲大陆的老牌资本主义国家，其经济实力远非爱尔兰这个被殖民的民族所能望其项背，可车赛又偏偏在这个弱小的国度举办。一边是"飞速致富、发展工业"，另一边是"贫瘠、萧条"，欧洲列强就是通过掠夺世界上无数个像爱尔兰这样的弹丸之国来发财致富的。多伊尔父子算得上是富商，但是，他们又是爱尔兰最缺乏民族良知的代表。他们趋炎附势、唯利是图、崇洋媚外，丝毫没有民族自尊；他们希望借助外国资本来获取更多的物质利益，但是却事与愿违，把好不容易积累起来的资本输给了英国人和法国人。他们比都柏林那些受殖民者压迫却仍然"感激涕零"的"看客"还要可悲。扑克牌局是这个故事的妙笔。在这里，四个年轻人之间的赌博就像是民族之间的博弈，鲁斯的胜利暗示着大英帝国殖民统治的胜利，吉米和法雷的惨败象征着爱尔兰民族的悲惨结局，而法国人塞古安倒是可以小收渔翁之利，恰似 1690 年的博因河战役和 1798 年"联合的爱尔兰人"反抗英王乔治三世的起义（Torchiana 80）。这两次历史事件都证明，在爱尔兰抗击英国殖民者、争取民族独立的斗争中，法国并不是可以信赖的盟友。爱尔兰必须依靠自身的力量来发展自己，只有当国人有了充分的民族自信和民族良知，爱尔兰才有希望自强自立，成为一个独立自主的民族国家。故事的这一结局凸现了乔伊斯对国人丧失民族良知的焦虑与忧患。

《委员会办公室里的常春藤日》是一篇关于"后帕内尔时代爱尔兰政治"的故事（Pierce 100）。标题中的"常春藤日"即 10 月 6 日，1891 年 10 月 6 日，爱尔兰国会党（即民族主义党）领袖、著名政治家查尔斯·斯图尔特·帕内尔因病去世。每年的这一天，爱尔兰的民族党人都会佩戴常春藤叶来纪念这位爱尔兰"未加冕的国王"（D 294）。"委员会办公室"既指都柏林市南区威克洛街的民族主义党委员会办公室，又影射位于伦敦西敏寺国会大厦里的"第十五号办公室"。

---

① "race"的双关意义在于其既是指"比赛"，又是指"种族"和"民族"。

1890 年 12 月，爱尔兰国会党因帕内尔的私生活事件在"第十五号办公室"举行会议，投票罢免了他的党主席职务，①帕内尔的政治生涯宣告终结，从此该党分裂为反对派和亲帕内尔派（Gifford, *Joyce Annotated* 89）。

这个故事发生在 1902 年的"常春藤日"，场景是在威克洛街的民族主义党委员会办公室，故事情节聚焦于一群拉选票者这天下午在威克洛街的民族主义党部办公室里的饮酒和闲聊。他们分别为参选都柏林市政委员会委员的两位候选人拉票，两位候选人中一位是民族主义党推出的酒吧老板蒂尔尼，另一位是工党代表科尔根。故事中涉及两组人物：一组是出场的人物，另一组是未出场的人物和亡人。② 在出场的人物中，除了老杰克和送啤酒的男孩之外，按照他们的政治倾向可以分为左派、右派和中间派。左派以海因斯和奥康纳为代表，他们是民族主义党人中的亲帕内尔派；右派包括克罗夫顿和莱昂斯，他们代表新教阶层；中间派是民族主义党人亨奇先生，他是候选人蒂尔尼坚定的支持者。在常春藤日这个冷飕飕的下午，这些拉选票者正在这间办公室里烤火，等待着蒂尔尼派人送来啤酒，这算是拉票的报酬。

在出场的人物中，亨奇先生是刻画得最生动的人物形象。这个"忙上忙下的小个子男人抽着鼻子，耸着两只冰凉的耳朵推门而入。他迅速地走到火旁，搓着双手，仿佛要用两手擦出火花来似的"。接着，他说出了第一句话："没钱，伙计们。"（*D* 282）在这里，寒冷的天气和"两只冰凉的耳朵"暗示后帕内尔时代爱尔兰的政治乱象和国民心态的冷漠。作为蒂尔尼"坚定的"支持者，亨奇先生最关心的事情不过是蒂尔尼是否会付拉票的报酬。如果蒂尔尼一毛不拔，那么他就是一个"小瘪三"和"卑鄙的小混蛋"（283）。为了发泄对蒂尔尼迟迟不付报酬的怨恨，亨奇先生甚至还把蒂尔尼的老爸过去以开旧衣店为名私售劣酒的那一档子丑事抖了出来。但是，当后来看到蒂尔尼派人送来了一篮子烈性啤酒之后，他的观点立刻发生了变化："哈哈，可不是嘛，他还不是太坏。不管怎样，他还是说到做到……他不是一个孬种……"（289）在谈到为什么要为蒂尔尼拉选票的理由时，他说蒂尔尼"是一个体面的人"，"凡是能使这个国家受益的事儿他都赞同"；"他是一个

① 在是否同意帕内尔继续担任党主席的票决上，反对票为 44，赞同票为 26。乔伊斯在用意大利语写的《帕内尔的幽灵》一文中误认为 83 票只有 8 票赞同。参见 Ellsworth Mason and Richard Ellmann, eds., *The Critical Writings of James Joyce*（New York：Viking, 1959）227.

② 按照出场的先后顺序，出场的人物分别是：办公室门房老杰克、奥康纳、海因斯、亨奇先生、基奥恩神父、送啤酒的男孩、克罗夫顿、莱昂斯。未出场的人物包括老杰克的老婆和儿子、蒂尔尼、科尔根、蒂尔尼和海因斯的父亲、伯克神父、市政委员考利、范宁先生、爱德华七世、维多利亚女王和帕内尔。

纳税大户"、"一个知名而又受人尊敬的公民"、"一位济贫法监察员";"他不属于任何党派,好的、坏的、折中的都不是"(291)。在关于是否应对英王爱德华七世访问爱尔兰致欢迎辞的问题上,①亨奇先生认为:"国王到这儿来将意味着有钱流入这个国家,都柏林的市民都将因此而受益。看看那儿的码头上所有的那些工厂,都闲在那儿了。如果我们启动那些老产业、磨坊、船坞和工厂,瞧瞧这个国家会有多少钱。我们需要的就是资本啦。"(292)亨奇先生认为爱尔兰落后的原因是资本短缺,却不知道深层根源恰恰在于这个民族缺乏独立的民族精神。在他看来,金钱是万能的,选举市政委员也能通过金钱获胜。他那种有奶便是娘的拜金主义嘴脸由此可见一斑。

亨奇先生对统治爱尔兰的爱德华七世似乎敬仰有加,他称赞爱德华"是一个善于处世之人,他对咱们没有恶意。他是一个快活而又挺正派的伙计……当此人到这儿来友好访问时,我们难道要对他进行侮辱?"(292)关于爱德华不光彩的私生活,亨奇先生一点都不在意。他对莱昂斯说:"过去的事儿就让它过去吧……我本人仰慕这个人,同你我一样,他也是一个普普通通的俗人。他爱喝杯格罗格酒,也许还有点儿浪荡,他可是一个优秀运动员呢……咱们爱尔兰人难道就不能公平地比赛?"(292)在这里,亨奇先生是这群拉选票者中唯一"为英国国王辩护的人"(Deane,"Dead Ends"29),他对爱德华腐化堕落的私生活表现得如此宽容,他的这种是非不分和话语中的油腔滑调,表明他失去了做人的价值准则;他对殖民统治者极尽逢迎拍马之能事,说明他已经丧失了一个爱尔兰人的民族自尊。

亨奇先生就是这样一个缺乏民族良知的"空心人",这样的"空心人"与《车赛之后》中的"看客"和多伊尔父子一样,不仅嗜财如命、仰慕权势、"受了压迫却还感激涕零",而且还特别擅长于在背后中伤自己的同胞。他对已故政党领袖帕内尔丝毫没有敬意,"帕内尔已经死了",尽管"他是唯一能够让那一袋子猫儿守规矩的人"(D 293)。在他眼里,那些为爱尔兰的民族自治不懈奋斗的民族主义党人不过是"一袋子猫儿"。言下之意,"未加冕的国王"帕内尔也只不过是一个"猫王"而已。海因斯是一位亲帕内尔派的民族主义者,他赞同工党代表科尔根当选市政委员,信奉"劳动创造一切",坚决反对对爱德华七世致欢迎辞,认为工人阶

---

① 1903年7月21日至8月1日,爱德华七世在爱尔兰访问,都柏林市政府、都柏林郡政府和城区各政府对是否应对这位国王的来访致欢迎辞的问题上态度不一致。参见 Don Gifford, *Joyce Annotated*: *Notes for Dubliners* and *A Portrait of the Artist as a Young Man*(Berkeley: U of California P, 1982)91.

级"不会取悦于一个日耳曼君王而使都柏林的名誉扫地"(282)。当海因斯离开委员会办公室之后,亨奇先生就开始在背后说他这位同党的坏话:"我想他是另一个阵营里的人,如果你问我,他是科尔根的一名探子。"(284)但是,当着海因斯的面,他又言不由衷地说海因斯是"唯一没有背叛[帕内尔]的人":"上帝作证,你像一条汉子一样贴着他。"(294)言外之意是说其他的民族党人都背叛了帕内尔,这当然是对后帕内尔时代爱尔兰政治现状的一种真实描述。另外,在基奥恩神父的背后,亨奇先生又开始说三道四:"我想他就是你们所说的一个败类,谢天谢地,这样的人我们虽然不是很多,但还是有好几个的……"(287)这种背后诋毁他人的恶习折射出亨奇先生人性的龌龊,他谴责基奥恩神父的那番话语恰恰"印证了他自己的为人"(Deane,"Dead Ends"29)。这显然是对一些爱尔兰人丑陋人性的真实写照。

的确,在爱尔兰的历史上,像亨奇先生这样的民族败类还真有不少,乔伊斯刻画这个人物的用意是要揭露和批判那种吃里扒外、丧失民族气节、擅长窝里斗的民族文化心态。为此,他在这个故事的结尾安排了一首题为《帕内尔之死》的挽歌,通过海因斯之口痛斥那些置帕内尔于死地的落井下石之徒:

> 他死了。我们未加冕的国王已死。
> 啊! 爱琳,忧伤悲痛地哀悼吧,
> 是一群邪恶之徒置他于死地,
> 是一群现代伪君子将他践踏。
> ……
>
> 他梦想过自由女神,
> (啊! 那只不过是一场梦。)
> 当他奋力勇夺这尊偶像之时,
> 奸诈之徒使他失之交臂。
>
> 可耻啊! 那些卑鄙怯懦之手,
> 将自己的君王击倒,带着亲吻
> 把他出卖给那些乌合之众,
> 一群摇尾的神甫——那不是他的亲朋。(D 294 – 295)

在乔伊斯心目中，帕内尔是现代爱尔兰的民族英雄。这位新教背景的政治家为爱尔兰的民族自治事业呕心沥血，但是，由于他与有夫之妇凯瑟琳·欧谢多年的暧昧关系被起诉，他的爱尔兰国会党主席职务被罢免。爱尔兰的天主教神职人员"也加入到消灭他的行列中来"，愚昧的民众"朝他的眼睛撒石灰"，"他像一只被追捕的麋鹿，从一个郡逃到另一个郡，从一个城市逃到另一个城市"，"年仅四十五岁便溘然长逝"。帕内尔生前曾"在绝望中祈求他的国人"，"不要把他当作一块破布扔给那些在他身边嗥叫的英国狼群"，爱尔兰人虽然"没有把他扔给英国豺狼"，然而"他们却自己把他撕成了碎片"（CW 227－8）。帕内尔的悲惨境遇历史地见证了一些爱尔兰人窝里斗的特性。亨奇先生作为后帕内尔时代的民族主义党人，本应继承先辈帕内尔不屈不挠的精神品质，前赴后继地完成未竟的民族自治大业，但是，为了蒂尔尼的那几瓶烈性啤酒，他愿意四处游说为他拉选票。他的政治理想居然就是一打啤酒；他声称为了使萧条的爱尔兰经济走出困境，爱尔兰对殖民统治者爱德华七世应该俯首称臣，希望这位英王的来访能够给爱尔兰带来发展"资本"。他背后对同党海因斯的恶意中伤似乎又是帕内尔悲剧事件的重演，他与那些落井下石的"邪恶之徒"没有本质区别，他是后帕内尔时代爱尔兰那些丧失了民族良知的政治败类中的又一个代表。

# 四、情感瘫痪

爱尔兰人的民族文化心理瘫痪的另一种表现形式是情感的瘫痪。在《都柏林人》中，情感的瘫痪是横亘在两性情感关系之间的一道难以跨越的鸿沟。乔伊斯塑造的夫妻几乎没有一对是幸福美满的（《土》中的约和他的太太多内利夫人也许是唯一的例外），即使是恋爱中的男女最后也没有好的结局，不是分手就是不欢而散，如《伊芙琳》中的伊芙琳和弗兰克，《一桩伤心事》中的达菲先生和西尼科太太。故事中的这两对男女本来有希望结合在一起，但是由于他们之间的一方失去了爱的能力和勇气，他们的爱情都以失败告终。

《伊芙琳》是《都柏林人》的第四个故事，也是"青年"期的第一篇。这个故事的主人公伊芙琳是一位十九岁的都柏林少女，一天傍晚，她独自坐在自家窗前，"看着黄昏侵入了大道，她的头倚着窗帘，鼻孔中全是印花窗帘上尘土的气息。她累了"（D 192）。伊芙琳自然还有心理上的倦怠，因为这几天她一直在反复掂量是否应该离开都柏林和恋人弗兰克去布宜诺斯艾利斯"探索另外一种生活"

（195）。弗兰克是一位爱尔兰水手，他在"阿伦航线的一条开往加拿大的客轮"上工作（196），住在"她过去常常去送货的那条大街上的一幢房子里"（195）。因为经常撞见的缘故，他们从相识发展到了相恋。弗兰克经常去她工作的小店与她会面、送她回家，他还"带她去剧院看《波西米亚女郎》的歌剧"，"俏皮地叫她波彭斯"，"给她讲遥远的国家的故事"；他在布宜诺斯艾利斯定居了，回爱尔兰是"来度假的"。伊芙琳"开始喜欢上了他"，可是，"她父亲发现这件事儿之后，再也不许她和弗兰克说话"。"有一天，父亲还和弗兰克发生了争吵"，无奈"她和情人只好悄悄地约会"（196）。

伊芙琳生活在一个天主教家庭，母亲几年前患精神病去世了，父亲和两个小弟弟需要她照料。她父亲喜欢喝酒、脾气暴躁，虽然"有时也还蛮好"（196），但是"近来却开始扬言要打她，说如果不是看在死去的母亲份上，他肯定会揍她"（195）。伊芙琳每周必须把自己在小店里挣来的"七先令"全部交给父亲，钱一旦到了他手上，当伊芙琳需要钱用的时候，他分文也不会给。这样的生活真是太难受了，她多么渴望离开这样的家庭去过一种另外的生活："逃走！她必须逃走！弗兰克会救她，他会给她生命，也许还会给她爱……她有追求幸福的权利。弗兰克会拥她入怀，会抱着她。他会救她的。"（197）第二天，伊芙琳和弗兰克来到了北墙码头准备乘客轮离开都柏林去布宜诺斯艾利斯。一路上她都在默默地祈祷，"祈求上帝给她引路，告诉她应该怎么做才好"（198）。然而，正当她与弗兰克要上船的时候，她突然犹豫了，她感到"身体一阵恶心"，朝着浩瀚的大海"发出了一阵痛苦的喊叫"。她"像一只无助的动物，她苍白、冷漠的脸对着弗兰克，双眼的神情中没有爱、没有惜别、没有会心"（198），只好呆呆地看着客轮载着弗兰克离去。

显然，《伊芙琳》是一个关于恋爱和私奔的故事，与《都柏林人》的其他故事一样，这个故事中的结局也是以失败告终。由于故事采用了第三人称有限聚焦的叙事模式，同时，乔伊斯也省去了许多细节，这个故事给读者留下了很大的阐释空间，故事的背后可能隐含着几个主题"盲点"。乔伊斯学者肯纳（Hugh Kenner）认为，读者是通过伊芙琳的转述来认识弗兰克这个人物的，因此，弗兰克的人品和他对伊芙琳的爱情是否真实可信成了理解这个故事主题意蕴的关键。在他看来，弗兰克是"一个圆滑的无赖""一个老道的拐诱者"，他的目的是想把伊芙琳骗到阿根廷去当妓女（Norris，"The Perils of 'Eveline'" 284）。伊芙琳最后一刻没有受骗上当，说明弗兰克的企图没有得逞。持类似观点的学者还有诺里斯（M. Norris）

和克什纳（R. B. Kershner）等。肯纳的阐释偏离了这篇小说的文本事实，他对弗兰克的人品和动机的判断完全基于伊芙琳父亲那句"我了解这些当水手的家伙"的话语（D 196）。仅仅凭一个常常虐待自己女儿的父亲阻止她与男友接触时所说的一句话，就认定这个小伙子追求伊芙琳是别有用心，这难免不陷入批评家的阐释谬误。另外还有一种观点认为：要正确理解《伊芙琳》的主题意蕴，必须重视与这篇作品相关的社会历史背景。一方面，爱尔兰 19 世纪 40 年代中期发生的"大饥荒"导致了一百多万人移居海外，在爱尔兰人看来，移民是走出困境、追求自由、实现自我的一条有效途径。而且这种移民潮从来没有削减，"在每一个爱尔兰青年的心中，移民问题从 19 世纪 40 年代'大饥荒'以来都一直无法回避"（Maddox 10）。青年乔伊斯自然也会受到这种移民潮的影响，他创作《伊芙琳》的时间恰好是在他与女友诺拉"私奔"的前几个月，弗兰克的身上似乎也有乔伊斯的影子，伊芙琳最终拒绝与弗兰克同行，预设了乔伊斯担心诺拉不愿意和他出走的某种忧虑。从某种意义上说，乔伊斯创作这个故事带有试探诺拉的用意。另一方面，1900 年至 1904 年间，刊发《伊芙琳》初稿的《爱尔兰家园》报发表了一系列有关"爱尔兰年轻移民女性在海外容易受到性侵犯"的短篇小说，这些作品"一致认为移民并不是通向自我实现的一条道路"。其他一些报刊则发表了观点相反的移民宣传。《伊芙琳》没有安排伊芙琳与弗兰克成功私奔，表面上是顺应了《爱尔兰家园》的立场，但是，在这个私奔失败的故事背后，乔伊斯采用"阳奉阴违"的手法对《爱尔兰家园》所倡导的民族主义"移民小说传统"提出了深刻的"质疑"（Mullin，"Don't Cry for Me" 172 – 174）。因此，在这个故事的叙述层面，乔伊斯并没有把弗兰克描绘成一个居心叵测的"恶棍"，故事中也没有任何情节描述他追求伊芙琳是虚情假意，或表明伊芙琳对他的爱恋是受了欺骗与诱惑。正如故事末尾的"显现"所示，伊芙琳最后拒绝登上客轮是因为她已经丧失了追求爱、追求新的生活的勇气。她深爱着弗兰克却不能全心全意地追求爱情，她渴望移民海外但又没有勇气离开都柏林、离开不幸的家园，与恋人去布宜诺斯艾利斯共同创造一种幸福的生活。她的爱情之所以瘫痪，完全是因为她"从来不曾梦想过要与那些熟悉的事物分开"，在这些"熟悉的事物"中，有她屋里"挂在墙壁上的那一幅发黄的神父照片"和"印成彩色文字"的"耶稣对圣女玛格丽特·玛丽·阿拉科克许下的诺言"（D 193）。① 实际上，伊芙琳难以割舍的东西恰恰是那张"发黄的神父照片"和十二条诺言背后的天主教与圣心崇拜观念，这也正是爱尔兰占统治地位的主流宗教意识形态。乔伊斯显然是在暗示，天主教意识形态在伊芙琳的意识和潜意识里形成了精神禁锢，因此她无法迈出通向爱与自由的关键一步。"最后，她炽热的爱情不仅将冷却，而且还将随着弗兰克的离去消失得无影无踪"（Torchiana 73）。她只能再次回到那个充满着"尘土气息"、缺少亲情的家，继续她原来的生活。她的结局是否会像她的母亲一样最终"在癫狂中了结余生"（D 197）呢？乔伊斯把答案留给了读者去想象。

《伊芙琳》这个故事的点睛之笔在于"伊芙琳"这个名字中的"Eve"。除了指涉"夏娃"（"夏娃"在希伯来语中是"生命"或"活生生"的意思，指涉所有孕育生命的女人）之外，"Eve"又与盖尔语的"Aoiffe"或"Aoife"同音。"Aoife"在爱尔兰是一个常用的女性名，凯尔特神话和爱尔兰传说中有许多人物都叫这个名字。其中，最为典型的是著名神话故事《列尔的孩子》（The Children of Lir）中的那个"邪恶的后娘"，《英雄记》（The Heroic Cycle）中诱骗英雄库丘林（Cuchulain）在沙场上亲手杀死自己儿子的那个女人，还有德莫特·麦克马拉（Dermot MacMurrough）的女儿。12 世纪 60 年代末，在爱尔兰诸侯纷争中被打败的伦斯特国王麦克马拉为了收复自己的领地，转而向英王亨利二世求援，从而拉开了英帝国入侵爱尔兰的序幕。事成之后，这位卖国求荣者把女儿许配给了入侵首领斯特朗博（Strongbow）（Torchiana 69）。"伊芙琳"这个名字背后所蕴含的多重寓意赋予了《伊芙琳》这个故事丰富的文化历史意蕴，伊芙琳已经不单单是一个没有爱的勇气的都柏林女孩，她是爱尔兰女性的一种类型。她的情感瘫痪具有了普遍的象征意义，是现代爱尔兰民族文化心理瘫痪在爱尔兰女性情感上的体现。

如果说伊芙琳的情感瘫痪是因为爱尔兰天主教的精神禁锢，那么，《一桩伤心事》中的达菲先生的情感瘫痪似乎是源于自己的孤独与自闭。这位喜欢尼采与

---

① 耶稣对圣女马格丽特·玛丽·阿拉科克许下十二条诺言，作为对她忠于他的圣心的护佑：①我要赐给他们生活岗位上必要的恩宠；②我要使他们全家平安；③我要在他们的忧苦中安慰他们；④我要在他们的一生中，尤其在他们临终时，作他们的避难所；⑤我要在他们的事业上，赐给丰厚的祝福；⑥罪人们将在我的心中，找到无限仁慈的泉源；⑦冷淡人将变成热心人；⑧热心人将很快攀登到全德的颠峰；⑨凡供奉我圣心像而敬拜的家庭，我必祝福他们；⑩我要赐给神父们，感化硬心罪人的恩宠；⑪我要把那些推动圣心敬礼的人名，记录在我的心中，永不磨灭；⑫我以我心的无限仁慈，许给你：凡一连九个月，首星期五，恭敬圣体的人，我全能的爱，要赏赐他们悔改善终的恩宠。参见 Margot Norris, ed. , Dubliners：Authoritative Text，Contexts，Criticism（New York：Norton, 2006）219.

音乐的中年男子虽然在都柏林南区的巴戈特街有一份银行职员的工作，但是，他却宁愿住在查普利佐这个偏远的城西小村过着一种离群索居的生活。达菲先生性情"忧郁"，"他那张脸历尽岁月的沧桑，面色如都柏林的街道一样黝黑"。"他厌恶任何显示生理与心理紊乱的迹象"，总是"与自己的身体保持一段小小的距离，带着怀疑的眼光斜视着自己的行为"。他的生活非常有规律，下班后喜欢"用第三人称的主语和过去式谓语"写点带有"自传性质的"句子（*D* 267）。因为"喜欢莫扎特的音乐"，他偶尔也去剧院看看歌剧、听听音乐会；"他过着一种不与其他人交流的精神生活"，唯一的社交活动就是"为了体面，在过圣诞节时去看看亲戚，或者有亲戚去世时送他们去公墓"（268）。达菲先生曾经一度"协助组织过爱尔兰社会主义党的一些聚会"，后来，因为他意识到这些"工人阶级"不过是一些只对"工资问题"感兴趣的"面目严峻的现实主义者"（270），他便不再参加类似的政治活动了。

　　然而，平静的生活有时也会有波澜。一天晚上，在一场相当冷清的音乐会上，达菲先生邂逅了一位与自己年龄相当的女人西尼科太太。两次见面后，两人之间似乎有了好感；第三次见面时，他居然还"鼓起了勇气与她约会"。于是，两人"常常在晚上碰面，一起在最僻静的街区散步"。他不喜欢偷偷摸摸地交往，因此便"迫使她请自己去她家"。西尼科太太的丈夫在"一艘往返于都柏林与荷兰之间的商船上当船长"，他们膝下有一个女儿。这位丈夫"早就十分真诚地把妻子逐出了他的享乐长廊，因此不相信还有谁会对她感兴趣"（269）。日复一日，达菲先生与西尼科太太之间产生了爱慕之情，由于两人在男女问题上"从未冒过任何类似的风险，而且也并不觉得有什么不妥"。"他借书给她，给她提供思想，与她分享自己的精神生活，她倾听着一切……她成了他的告解者"（269）。他们经常在都柏林郊外的一座小木屋里"单独度过许多个夜晚"（270），有一次，西尼科太太情绪激动时"深情地抓住他的手贴到自己的脸上"。达菲先生对这一举动"感到非常吃惊"，两人有"一周没有见面"，后来，为了避免发生类似的情形，他写信约她去凤凰公园附近的"一家小蛋糕店"。那是一个寒冷的秋天，他们在"公园里来来回回走了将近三个小时"，两人"决定中止他们的交往"。分手时西尼科太太"全身哆嗦得很厉害"，达菲先生"害怕她会崩溃"，只好"匆匆和她道别"。"几天后，他收到了一个包裹，里面有他的书和乐谱"（271）。

　　往事如烟，"四年过去了，达菲先生的生活恢复了往日的平静"（271）。一天傍晚，下班后在一家餐馆用餐时，他在一张报纸上看到了一则新闻报道：《一位女士丧命悉尼广场：一桩伤心事》，这篇新闻报道的主人公居然就是四年前与他相知相恋的西尼科太太。他按捺不住自己复杂的情绪，"在十一月的黄昏中匆匆"回到家里，在"窗前暗淡的光线下"，"他像一个神父默念祷文一样移动着嘴唇，轻声朗读着"（272）这篇充满套话、不带任何感情色彩的报道。原来，四十三岁的西尼科太太在悉尼广场车站试图横过铁道时不幸遇难。"多么悲惨的结局啊！"整篇报道"让他感到恶心，一想到他曾经和她诉说过他认为神圣的东西，他就感到恶心……她不仅羞辱了自己，而且还羞辱了他"（274）。在达菲先生看来，西尼科太太"显然不宜活着，她意志薄弱、沦为了不良习惯的牺牲品，是一片支撑着文明的残骸"（274 – 275）。然而，一想到死去的她"已经成了一种记忆"，达菲先生"开始觉得不安"和内疚，"为什么他不让她活？为什么他给她判了死刑？"（275）"有一个人似乎已经爱上了他，而他却不给她生命和幸福"（275）。这种颠来倒去的矛盾心情使达菲先生越发感到孤独，在这个世界上，"没有人需要他，他被逐出了人生的盛宴"（276），"他觉得自己是孤身一人"（277）。

这是一个令人伤感的爱情故事：一个男人拒绝了一个已婚女人的爱情，这个女人的婚姻并不幸福，爱情遭到拒绝后开始借酒消愁，绝望中在铁轨下自寻短见，酿成了"一桩伤心事"（274）。这个女人的结局使人想起了托尔斯泰笔下的安娜·卡列尼娜。乔伊斯在创作《都柏林人》时曾广泛阅读过众多俄罗斯作家的作品，他在 1905 年 9 月 18 日写给胞弟斯坦尼斯洛斯的一封信中特别提到了托尔斯泰的《复活》与《安娜·卡列尼娜》，称"托尔斯泰是一个出色的作家，他一点不枯燥，一点不愚蠢，一点不学究气，一点也不夸张！他比其他人高出一头、高出许多肩膀……我认为他具有真正的精神气质"（*LII* 106）。西尼科太太这个人物形象背后显然有安娜·卡列尼娜的影子。但是，除此之外，这个人物还有伊索尔特的原型。

乔伊斯学者认为，《一桩伤心事》与广为流传的著名中世纪凯尔特爱情传奇《特里斯丹与伊索尔特》（又名《特里斯特拉姆与伊索尔达》）有着某种对应关系（Brown，Notes 281）。根据托奇安纳的考证，乔伊斯在创作这篇作品时正好住在意大利，工作和写作之余常常去看瓦格纳的歌剧，瓦格纳的歌剧《特里斯丹与伊索尔特》很有可能启发了乔伊斯创作这篇小说的灵感（Torchiana 165）。在《一桩伤心事》中，达菲先生的寓所位于与凤凰公园隔河（利菲河）相望的查普利佐村，这个村庄的英文名"Chapelizod"源于法语的"Chapel d' Iseult"（伊索尔特教堂）。根据《特里斯丹与伊索尔特》的多个爱尔兰版本大致相似的叙述，查普利佐是英格兰骑士特里斯丹所钟情的爱尔兰公主伊索尔特的家园，而凤凰公园是"特里斯丹森林的所在地"，在这里，特里斯丹因为无法与伊索尔特结合而"陷入绝望和疯狂"。一方面，因为误饮了爱药而堕入情网，他深爱着伊索尔特；另一方面，又因为伊索尔特已经被许配给了自己的叔叔——康沃尔郡的英格兰国王马克，他必须忠于自己的国君，不能夺人所爱（Gifford, *Joyce Annotated* 81）。无奈之下，这对恋人只好偷偷地约会，他们的幽会被马克发现后，特里斯丹逃到法国的布列塔尼与白手伊索尔达成婚。后来，他遭到马克的追杀，在搏斗中身负重伤，此伤只有伊索尔特才能治愈。当伊索尔特的船最后赶到时，特里斯丹已经死去，悲痛欲绝的伊索尔特最后也死在了特里斯丹的怀里（*Merriam – Webster's Encyclopedia of Literature* 1132 – 1133）。

这个中世纪爱情传奇故事中那种不顾一切、至死不渝的爱情恰好与《一桩伤心事》中达菲先生最终抛弃西尼科太太的情形形成了鲜明的对照。特里斯丹的率性、勇敢和情真意切，伊索尔特对爱情的执着和殉情而死，正是对达菲先生的胆怯、卑琐、顾影自怜和西尼科太太的为情所困而自寻短见的一种极好的反讽。在《一桩伤心事》中，乔伊斯所刻画的达菲先生是一个爱情的懦夫，这个典型的都柏林中年男子 ①之所以拒绝西尼科太太的爱，是因为他把爱情这种人类最美好的情感看作仅仅是一种肉体的交流。在他看来："男人与男人之间不可能有爱情，因为他们之间不可能有性交；男人与女人之间不可能有友情，因为他们之间一定会有性交。"（*D* 271）这种否定男女之间存在友情的观点，显然是受了尼采的厌女情结的影响。尼采在《查拉斯图拉如是说》中认为，女人只懂得爱而不懂友情，是因为"长期以来在她们身上存在着一个奴隶和一个暴君"（Nietzsche 72）。达菲先生对爱情和友情均持否定的态度，说明他不仅厌女而且也厌世。他把自己锁在自我这个狭小的空间里，过着一种与世隔绝的生活："他既没有朋友和同伴，也没有宗教信仰与信念。"（*D* 268）他把肉体与精神对立起来，认为男女之间只有肉体关系，因此他害怕爱也不敢爱，唯恐这种爱会污染他的精神。达菲先生的情感瘫痪不仅夺去了他的恋人西尼科太太的生命，而且也使自己陷入了无法排遣的孤独之中。他的人生也会"像一条长着火红脑袋的蠕虫顽强、艰难地在黑暗中蜿蜒穿行"

---

① 他的名字"Duffy"中的"duff"恰好与都柏林（Dublin）的词根"du"同义，都是"幽暗"、"黑色"和"黄昏"的意思，有学者认为，乔伊斯之所以把他的主人公命名为"Duffy"，目的是要通过达菲先生这个人物来对都柏林这座"黑洼之都"进行拟人化。参见 Don Gifford, *Joyce Annotated*: *Notes for* Dubliners *and* A Portrait of the Artist as a Young Man（Berkeley: U of California P, 1982）81.

（276），永远也不可能有一个美好的归宿。这条"长着火红脑袋的蠕虫"既是指每天穿过都柏林城的那一列列运行不止的火车，又是对达菲先生的性器官的一个隐喻。那"黑暗"把他与都柏林融为了一体，他不仅是都柏林这座"黑洼之都"和现代都柏林社会的一个缩影，同时又是爱尔兰男性的化身。他的情感瘫痪是现代爱尔兰民族文化心理瘫痪在爱尔兰男性情感上的一个真实写照。

# 五、精神麻木

在《都柏林人》中，爱尔兰民族文化心理瘫痪的另一种表现形式是精神麻木，这种精神麻木通常与饮酒、酗酒联系在一起。从一般意义上讲，饮酒是自古以来人类生活中一种习以为常的饮食习俗，各个民族、各个时代、各种语言的文学作品都有表现酒与酒文化的传统。希腊神话中的酒神狄俄尼索斯，罗马神话中的酒神巴克斯，埃及神话中的奥西里斯，希伯来神话中的诺亚，中国先秦典籍里记载的仪狄和杜康，这些酒神和酒仙不但自己酿酒、饮酒，而且还好酒、酗酒。酒中的酣畅、酒中的豪气、酒中的放浪形骸、酒神精神也常常成为各个民族的文学所讴歌的主题。不过，在乔伊斯的作品中，饮酒和酗酒几乎没有得到任何形式的肯定与赞叹。爱尔兰是一个好酒的民族，酿酒业是其重要的民族产业。在过去和现在，吉尼斯黑啤酒一直都是闻名世界的品牌，而生产这种啤酒的吉尼斯酒业公司就在都柏林。在乔伊斯成长的年代，都柏林城酒吧林立，泡酒吧成了爱尔兰人最喜欢的消遣，他们表达殷勤好客的方式之一就是请朋友去酒吧喝上一盅。① 乔伊斯的父亲是一个不可救药的酒鬼，乔伊斯也染上酗酒的习气。就在开始创作《都柏林人》前几个月的一天晚上，他曾喝得酩酊大醉躺倒在都柏林的大街上，酒水吐了满地，这一经历后来被写进了《尤利西斯》中。因此，他对酗酒和酒精产生的危害有切身体验。在《都柏林人》中，几乎每个故事都有关于酗酒的叙述，伊芙琳的父亲，《两个骑士》中的莱纳汉，《公寓》中的穆尼先生，《一朵小云》中的盖莱赫，《委员会办公室里的常春藤日》中的那群拉选票者，《亡人》中的弗雷迪和布朗先生，《圣恩》中的克南，坎宁安的老婆，《一桩伤心事》中的西尼科太太等，这些男女酒徒有的喝得烂醉就虐待家小，有的囊中羞涩却厚着脸皮找熟人赏酒喝，有

---

① 这在乔伊斯的作品中都有所表现，如在《都柏林人》和《尤利西斯》中，在一些酒吧都会有人主动买单请别人喝酒，以示客套。

的为了喝酒屡次当掉家产，有的因贪杯而丧失人格和良知，有的喝得债台高筑、喝得夫妻反目成仇，有的嗜酒如命、喝得整天晃晃悠悠，有的喝伤了身体、咬掉了舌头，有的还因酒醉走上了自杀之路，各式各样的醉态不一而足。乔伊斯对酗酒的叙述和对酒徒的描绘在他后来的作品中也得以延续，《尤利西斯》中的青年艺术家斯蒂芬，他的"父亲"西蒙、马利根、多兰、独目巨人公民，《芬尼根的守灵夜》中的蒂姆·芬尼根，都是出了名的酒鬼。

乔伊斯在他的文学作品中为什么要从负面和消极的角度来描写这些酒徒呢？爱尔兰学者劳埃德认为，最重要的原因是乔伊斯想通过酗酒这种在爱尔兰人中盛行的恶习来呈现殖民文化语境下"爱尔兰人的瘫痪"，来揭示"他们的精神错乱和道德失范"（Lloyd，"Counterparts" 129）。如果孤立地从《都柏林人》的个别故事来看，例如在《一桩伤心事》中，西尼科太太因婚姻的不幸和情感失意而贪杯确有"精神错乱"的因素；在《两个骑士》中，二流子哥儿科利耍手腕从做女佣的性伴侣那儿骗得一镑金币，他的狐朋狗友莱纳汉希望能沾点光喝上两盅，这种寄生虫似的行为的确是一种"道德失范"。但是，如果综合地概观《都柏林人》中所有的酗酒行为，我们不难发现：在乔伊斯的笔下，酒精迷恋恰恰是殖民文化语境下的爱尔兰芸芸众生抵抗和逃避社会现实的一种生活方式，从这种消极的生活方式中，可以看出一个民族集体的精神麻木。

在《都柏林人》中，《如出一辙》里的主人公法林顿就是一个十足的酒鬼，他的酒精迷恋生动而形象地反映出了爱尔兰民族集体的精神麻木。这位在北爱尔兰人阿莱恩开的一家律师事务所做文书的中年都柏林男子，虽然"高大"、"魁梧"、"眉毛和八字须很漂亮"，但却长着一张"深色葡萄酒颜色"的脸（D 243，254）。此人嗜酒如命，即便在每天上班的时候也要借故去公司附近的酒吧喝上"五次"（246）。由于整天都想着那些"不兑水的黑啤酒"（246），法林顿自然无法专心工作。他干活总是拖拖拉拉，对阿莱恩的吩咐置若罔闻，而且"为了怠工还总能找到这样那样的借口"（244）。在故事的开篇，法林顿被老板呼来唤去的情形着实让人对他的尴尬境遇捏一把汗：

　　　那只铃铛喧嚣响起，帕克小姐朝传话筒走去，话筒里传来一阵用刺耳的北爱尔兰腔喊出的咆哮声：
　　　——叫法林顿到这里来！
　　　帕克小姐回到自己的打字机旁，对正在一张书桌上写字的一个男人说道：

  ——阿莱恩先生叫你上去。（243）

  他在工作中既然是如此不敬业，受到老板的指责也就不足为怪。正是在这二月里一个寒冷的黄昏，由于又溜出去喝了几杯耽误了时间，下班前他不但没能抄写完事务所急需的一份合同，而且还把两封重要的公函给弄丢了。老板当着同事的面对他大加斥责，他借着酒兴、冒着丢掉工作的危险对老板反唇相讥，恨不得用"拳头"把"眼前这个侏儒的脑袋"敲个粉碎（248）。

  法林顿眼中的"侏儒"、那位"小个子"（244）阿莱恩是一个专横跋扈的老板。这位来自北爱尔兰的有产者"为了给自己的侄儿留出位子，曾经将小皮克逐出了事务所"（249）。自从他"无意中听到"法林顿"为了逗乐希金斯和帕克小姐模仿他的北爱尔兰口音"之后，他便对法林顿怀恨在心（250）。阿莱恩的"北爱尔兰口音"表明他是爱尔兰新教宗主统治阶级的代表，他的背后是强势的英帝国殖民文化，而小皮克和法林顿不过是天主教普通民众。作为被殖民和被压迫的弱势群体，被统治者当作没有主体和自我的"自动机"任意差遣和摆布是爱尔兰广大民众的共同遭遇（Leonard, *Reading Dubliners Again* 170）。作为备受新教统治阶级压迫的爱尔兰普通民众的一员，法林顿对这样的遭遇当然忍无可忍，在他看来，这种被呼来唤去的"生活会是一座地狱"，对此"他感到愤怒和喉干舌燥"（D 249）。为了实施报复，他选择了在上班时酗酒，希望借助酒精的力量把自己对老板的不满和愤懑全部发泄出来。他斗胆以粗暴放肆的口气反诘阿莱恩傲慢无礼的责问，然而，这种愚蠢的反抗方式无异于以卵击石，不仅徒劳无益，反而使他"糟糕透顶的境遇"雪上加霜。最后他只能被迫做出两种选择：要么辞职，要么就必须当众向阿莱恩"赔罪"（249）。

  显然，法林顿与阿莱恩之间的积怨表现了长期以来爱尔兰与大英帝国、天主教与新教、爱尔兰人与英国人之间的矛盾与冲突。爱尔兰是一个农业国，畜牧业是它的支柱产业，它的牛奶、牛肉和猪肉闻名全欧，是宗主国英国进口的主要食品。① 在英国人眼中，爱尔兰不过是"一个乡巴佬的民族"（P 278），除了善于饲养牲畜之外，别无所长。而法林顿的名字正好暗含了"兽医"、"农夫"和"猪倌"的

---

  ① 乔伊斯在《尤利西斯》第十二章"库克洛普斯"（独目巨人族）中对英国殖民者掠夺爱尔兰的畜牧资源进行了无情的揭露。

意思，他的遭遇成为爱尔兰民族境遇的一个隐喻（Torchiana 141）。在这里，乔伊斯旨在揭示一个耐人寻味的文化命题：法林顿与新教老板阿莱恩之间的冲突实际上是两个民族、两种宗教和两个阶级之间的较量，在这场压迫与反压迫的斗争中，无论高大、魁伟的爱尔兰人法林顿采取哪一种反抗方式，消极怠工和反唇相讥也好，喝酒壮胆也罢，他根本就不是貌似"侏儒"的新教统治者阿莱恩的对手。为了深化这一命题，在故事的第二节，乔伊斯在法林顿与英国流浪杂耍艺人韦瑟斯之间安排了一场掰腕子的比赛。然而，这位白天因酗酒误工得罪了上司、晚上靠当掉自己的手表获得的六个先令泡了三个酒吧的爱尔兰人，却在这场"三打二胜"（D 255）的较量中输给了那个英格兰来的"毛头小子"（254）。在这场被乔伊斯戏言为"维护民族尊严"（254）的比赛中，尽管法林顿给对手"展示"的"二头肌"（254）也挺发达，而且他的酒兴也正浓，但是，与《车赛之后》中的吉米一样，他终究无法逃脱被英国人打败的命运："他痛失了以一个强壮男人著称的名声。"（255）法林顿一天中经历了两次失败，不仅"花掉了全部钱财"，而且喝够了酒却仍然"还没有醉意"；他居然还"渴望再回到那热气扑鼻的酒吧"（255）。回到家里，这个每次喝醉了都要被他那"尖脸"老婆"欺侮"、没醉就反过来"欺侮"老婆（256）的窝囊废发现老婆不在家，便把满腔的怨恨发泄在无辜的儿子汤姆身上。无论可怜的汤姆怎么求饶，即使背诵"万福玛丽亚！"（257）的祷文，这位"气愤得差一点要窒息"（256）的父亲也无法停止对儿子的抽打。在酒精迷恋中饱尝了失败的滋味之后，他终于在汤姆的身上找回了"胜利者"的感觉，他由一个被新教统治者压迫、发难和被英国艺人击败的弱者，变成了一个对自己的骨肉施暴的"强者"。在对待汤姆的问题上，他居然与阿莱恩对待他的态度如出一辙。这个故事最后的"显现"表明：沉迷于酒精麻醉的法林顿既不懂得用理性、勤勉、良知、勇气和力量去智取自己的对手来"维护民族尊严"，又无法用亲情和父爱来善待和呵护自己的家小。如果说"爱尔兰就是那头吞噬自己幼崽的老母猪"（P 230），①那么，法林顿的"五个孩子"（D 256）就如同一群任人宰割的爱尔兰"猪仔"。作为他们的父亲和法定监护人——一名不称职的"猪倌"，法林顿不但没有尽到"饲养"的责任，反而对他们其中的一个大打出手，其残忍行径与母猪吞食自己的幼崽相差无几。乔伊斯是想通过法林顿这个名字背后的弦外之音把法林顿这个人物塑造

---

① 这是乔伊斯在《一个青年艺术家的画像》和《尤利西斯》中通过斯蒂芬之口对爱尔兰民族劣根性的一种生动概括。

成一种民族类型，让其愚蠢和残酷的劣根性在他的身上凸显无余，使之成为体现爱尔兰民族集体精神麻木的一个缩影。对于这种精神麻木的文化心理对爱尔兰民族所产生的致命危害，比乔伊斯年长六岁的爱尔兰小说家杨（Filson Young）在1907 年出版的《十字路口上的爱尔兰：一篇阐释随笔》中也表达了同样的焦虑："国民心力交瘁、麻木不仁、听天由命；民族生命的光阴在沙漏上很快就会完结；弱不禁风的爱尔兰终于站在了十字路口。"（Young 15 – 16）

# 六、自我迷失

除了精神麻木之外，危及爱尔兰"民族生命"的文化心理因素还有民族自我意识的迷失。1907 年 4 月下旬，乔伊斯在一篇题为《爱尔兰乃圣贤之岛》（"Ireland, Island of Saints and Sages"）的演讲稿中一开篇就写道："正如个人一样，各个民族也有它们的自我。"（CW 154）民族自我是一个民族集体人格的体现，它是建构民族文化身份的精神根基。爱尔兰是一个古老的民族，在宗教和世俗文化上曾经有过辉煌的成就，在欧洲享有"圣贤之岛"的美誉（154），其"基督教精神中心"的地位长达"六个或八个世纪"之久，"它也许是唯一一个彬彬有礼地接待第一批基督教传教士而未流过一滴血就皈依了这一新教义的国家"（169）。然而，自 11 世纪以来，随着盎格鲁 – 撒克逊人、诺曼人的入侵，特别是在 17 世纪末所谓"新教宗主统治"（Protestant Ascendancy）确立之后，爱尔兰沦为了大英帝国的殖民地，成为"一个没有贵族阶级的贵族国家"（168）。它的政治、经济日益衰败，文化传统日渐式微，它的母语——属于"印欧语系"、"差不多具有三千年历史"的盖尔语（155）——逐渐被英语所取代。① 英国对爱尔兰长达八百多年的殖民统治极大地阻碍了爱尔兰的发展与进步，同时也在爱尔兰人的文化心理上留下了很难愈合的历史创伤："英国的法律摧毁了爱尔兰的工业，特别是它的羊毛纺织业"；"英国人之所以贬低爱尔兰人，是因为爱尔兰人信奉天主教、贫穷与无知"（167）；在"爱尔兰态度和爱尔兰性格"中，天生就有一种"厌恶女王"的气质（164）。

但是，乔伊斯也看到，爱尔兰人对自己民族的不幸负有不可推卸的责任。一方面，爱尔兰是一个文化多元的国度，它的"文明是一块巨大的织物，各种最相异

---

① 讲盖尔语的人是凯尔特族的一支，他们大约在公元前 500 年至公元前 300 年间入侵爱尔兰并在此繁衍生息。

的成分交织在一起"（165），爱尔兰民族实际上是由"丹麦人、袋人（the Firbolgs）、西班牙米利都人、诺曼入侵者和盎格鲁－撒克逊殖民者组合而成的一个新的整体"（166），①其中既有"北欧日耳曼民族的侵略性"和"罗马法"精神，又有"新兴资产阶级的传统习俗"和"古叙利亚宗教的遗风余韵"（165）。由于凯尔特血统的爱尔兰人忽视这种杂糅性而过于强调自己民族的纯洁性，爱尔兰始终不能形成一种民族团结的合力。另一方面，英国殖民统治者"既残酷又狡诈"（166），由于他们的挑拨离间，不同血统的爱尔兰人长期"醉心于幼稚的内部争端，在内战中把这个国家的元气消耗殆尽"（167）。于是，"爱尔兰人"这一称谓也就"成了长期以来无法建立一个实际统一的爱尔兰国家的代名词"（Evans 68）。在乔伊斯创作《都柏林人》的年代，爱尔兰的政治腐败、经济萧条、社会风气颓废，不同种族、不同阶层和不同政治、宗教、文化背景的人们在思想上各自为政、相互排斥，在究竟什么是爱尔兰的民族自我这一问题上不能形成统一的共识。当时颇为流行的有两种截然对立的意识形态：一种"假洋鬼子"（shoneen）心态，②另一种是凯尔特民族主义。"假洋鬼子"心态崇洋媚外，一切以"他者"文化为尊，放弃民族主体立场；凯尔特民族主义独尊凯尔特文化，一律排斥爱尔兰文化"母体"内的其他元素。前者意味着民族自我意识的迷失，后者是一种狭隘的民族主义。在乔伊斯看来，这两种思潮都极为有害，不利于构建爱尔兰健康的民族自我意识。

"假洋鬼子"心态和凯尔特民族主义是《都柏林人》的尾篇《亡人》所揭示的两个重要主题。这个篇幅是《都柏林人》其他篇什的三倍、标志着乔伊斯的创作已臻炉火纯青的短篇小说，也在他写完《爱尔兰乃圣贤之岛》的四个多月之后脱稿（*JJ* 243；Schwarz，"The Dead" 63）。创作时间上的接近或许使这两篇作品在主题思想上可以互相印证。另外，这年的1月下旬在都柏林发生的那场由《西方世界的

---

① 关于爱尔兰人种的多元性，肖伯纳（George Bernard Shaw）曾不无调侃地说："我们是一群杂种……西班牙人、苏格兰人、威尔士人、英格兰人，甚至还有一两个犹太人。"原文转引自 D. George Boyce, *Nationalism in Ireland*（London：Routledge, 1995）20.

② "shoneen"一词为爱尔兰英语，是一个贬义词，源自盖尔语"seónin"，由"John"加小词缀"in"构成，指称"羡慕英国人的态度、习俗或生活方式"的爱尔兰"假洋鬼子"。叶芝在1889出版的《欧哈特神父的歌谣》（"The Ballad of Father O'Hart"）一诗中，乔伊斯在《都柏林人》和《尤利西斯》中，都用到了这一语汇。

花花公子》所引发的骚乱事件，无疑也会对乔伊斯的创作产生某些影响，①或多或少会在《亡人》中形成"一些小小的回声"（JJ 245）。虽然从叙事结构上看，《亡人》既是一个充满"柔情与激情"、讲述"爱情失意"的情感故事（Schwarz，"The Dead" 19），又是一则"展现节日的温馨和友善、爱尔兰的殷勤好客、活泼和爱尔兰人健谈的天赋"的民俗（Cheng 129）。然而，透过它的叙事结构我们就会发现：这个故事远不只是呈现了"加布里埃尔瘫痪的自我意识"（Schwarz，"The Dead" 105），更是一篇旨在通过这个主人公与三个女性——莫肯姨妈家的女仆莉丽、同事艾弗丝小姐、妻子格丽塔——的思想和情感冲突，来揭示他的民族自我意识的迷失、复苏与觉醒的现实主义作品。故事一开始，他与莉丽的交流受挫；后来，他与艾弗丝小姐发生冲突；在故事的结尾，他与格丽塔的情感危机昭然若揭。从某种意义上说，这三位女性与乔伊斯其他作品中的女性人物一样，也可以看成是爱尔兰民族的象征。② 因此，加布里埃尔与她们的冲突表现了"假洋鬼子"心态与爱尔兰民族意识之间的冲突。这种冲突在很大程度上反映了 20 世纪初爱尔兰真实的文化状况。

《亡人》中的加布里埃尔·康罗伊是都柏林的一名中年知识分子，他出生于天主教中产阶级家庭，从"皇家大学"毕业后在都柏林的一所中学任教（《精选》21），课余给一份亲英国的报纸《每日快报》（Daily Express）写一些文学书评，③每年假期"通常是去法国或者比利时，也可能去德国"，"跟那几种语言保持接触"和"换换环境"（《精选》23，24）。此人对妻子儿女有些体贴过分，例如：他经常嘱

① 1907 年 1 月 26 日，阿比剧场（the Abbey Theatre）发生了一场震惊爱尔兰的骚乱，骚乱起因于 26 日晚首演的爱尔兰剧作家辛格（John Milicent Synge）的剧目《西方世界的花花公子》（The Playboy of the Western World）。观众（大多数是天主教徒）认为辛格在剧中侮辱了爱尔兰女性、诋毁了凯尔特文化、有损爱尔兰的尊严，在演出途中他们大声喧哗、捣毁座席，甚至朝舞台扔各种杂物，对以叶芝、辛格为代表的文艺复兴主义者表达强烈抗议。之后，都柏林的新闻媒体纷纷发表文章，一些人对这种野蛮行径表示愤慨，另一些人则认为辛格丑化了爱尔兰和爱尔兰人民，他的剧目应该立即禁演。在的里雅斯特创作《亡人》期间，乔伊斯对这一事件极为关注，他通过亲友的书信了解到这一事件的发展势态。

② 在凯尔特的神话和民间传说中，"爱琳"（Erin）和"海勃利亚"（Hibernia）都是对爱尔兰的称谓，这种女性化的拟人称谓遂成为传统。在文学作品中，爱尔兰常被描述为一位双手抚拥竖琴的女人。乔伊斯也继承了这一传统，《都柏林人》中的伊芙琳、玛丽亚、《一个青年艺术家的画像》中挽留达文夜宿的农妇、卖花女、海边那位亦虚亦幻的鸟姑、爱玛、《尤利西斯》中送牛奶的老妇、斯蒂芬的母亲、莫莉等，都被刻画成了爱尔兰民族的象征。

③ 《每日快报》是都柏林的一家亲英国的报纸，其政治立场保守，对爱尔兰的民族自治持反对态度。其办报宗旨主要在于"开发爱尔兰的工业资源"，以便在"爱尔兰民族的权利、意愿和帝国自治领的需求、义务"之间保持一种平衡。该报于 1851 年创刊，于 1921 年在爱尔兰自由邦成立前停刊。参见 Don Gifford, Joyce Annotated：Notes for Dubliners and A Portrait of the Artist as a Young Man（Berkeley：U of California P, 1982）116.

咐夫人格丽塔在雨雪天气外出时穿"套靴",让儿子汤姆晚上看书时"用绿灯罩保护眼睛",健身时"叫他练哑铃","逼着"女儿伊娃"吃麦片糊"(15)。在加布里埃尔看来,这些生活习惯在欧洲大陆很"新潮",值得落后的爱尔兰人效仿。另外,他对自己的两位姨妈、表妹、姨妈家的女仆莉莉和那些应邀前来姨妈家参加主显节聚会的客人有不屑的看法,认为"他们的文化档次不能跟他比",在这些人面前演讲时"引用罗伯特·布朗宁的诗句","只能让他自己显得可笑",因为"他们会觉得,他在炫耀自己的高人一等的教育水平,他同他们的交流就会失败"(14)。显然,乔伊斯笔下这位歆羡大陆和英国文化的"假洋鬼子"与自己的同胞在心理上保持了相当的距离。

这个故事中的另一个人物是艾弗丝小姐,这位女士曾经是加布里埃尔在皇家大学的同学,现在与他在同一所中学任教,她也是应邀前来参加聚会的客人之一。艾弗丝是"一个心怀坦白、健谈的青年女士,脸上有些雀斑,一对棕色的眼睛略显突出。她没有穿低领的胸衣,领子正面别着一枚很大的胸针,上面刻着爱尔兰文的题铭和格言"(21-22)。她的打扮与参加聚会的其他女士迥然不同,颇有女权主义的风格,她那枚"刻着爱尔兰文题铭和格言"的"很大的胸针"表明她是盖尔语协会的会员,她是一名热衷于盖尔语复兴的民族主义者。在这次的主显节聚会上,①她碰巧在跳"四对舞"时成为了加布里埃尔的舞伴。在跳舞的过程中,她对加布里埃尔为《每日快报》这样一份"破报纸"写文学评论一事冷嘲热讽,称他为"西不列颠人"。② 而加布里埃尔却认为"文学是超越政治的",写文学书评与政治没有关系(22-23)。她邀请他夏天去爱尔兰西部的爱兰岛去体验凯尔特文化,却遭到了拒绝。当她得知加布里埃尔每年夏天都去欧洲大陆度假时,她咄咄逼人地问道:

　　——可你为什么不去你自己的国土上看看……而偏要去法国和比利时呢?

　　——哦,加布里埃尔说,一来是要跟那几种语言接触,二来是也想换

---

　　① 虽然乔伊斯并没有明确交待故事发生的具体时间,但是学者们认为:这个故事的时代背景大约是1904年1月6日。这一天是主显节,爱尔兰也称"小圣诞节"(small Christmas)。莫肯姊妹在每年的这一天都举办这样的晚会,三十年来从未中断过。

　　② "West Briton"(西不列颠人)是爱尔兰人对亲英分子的贬称,指那些效忠于大英帝国的爱尔兰人,他们与英国人一样,把爱尔兰当成英国的一个省份,即"西英格兰"。参见 Don Gifford, *Joyce Annotated*: *Notes for* Dubliners *and* A Portrait of the Artist as a Young Man (Berkeley: U of California P, 1982) 116.

换环境。

——可难道你就没有自己的语言，爱尔兰语，要保持接触吗？艾弗丝小姐问。

——啊，加布里埃尔说，要说到这儿，你知道，爱尔兰语不是我的语言。（24）

加布里埃尔的上述回答使艾弗丝小姐越发感到恼怒，她当然不肯善罢甘休。她谴责他对自己的祖国和人民一无所知，更让她失望和吃惊的是，加布里埃尔居然说出了如下的话语："跟你说真心话吧，我讨厌自己的国家，讨厌透了！"（D 350）

从这段对话可以见出，艾弗丝小姐对自己的民族怀有深厚的感情，她认为盖尔语就是自己的民族语言，凯尔特文化就是自己的民族文化，她的民族意识很强烈。在爱尔兰这样一个长期被英国统治的国度，在 20 世纪初这个充满"文化和政治混乱"（Levenson，"Living History in 'The Dead'" 164）、"备受思想折磨"和"不太宽松的时代"（《精选》37），艾弗丝小姐的这种民族观具有广泛的代表性。但是，乔伊斯似乎并不完全认同这样的观念。在他看来，爱尔兰并不是一个单一的、纯之又纯的民族，它的文化是在历史中形成的一种多元复合体，因此，"想要寻找一条没有受到邻线的影响、原本纯洁和未受玷污的主线是徒劳的。今天的哪个民族或哪种语言……能够夸耀其纯洁性呢？如今生息在爱尔兰的这个民族最没有权利来说出这样的夸耀之词"（CW 165 - 166）。显然，如果没有海纳百川的包容心态，在种族、血统、宗教、语言等问题上不能求同存异，对爱尔兰文化中业已存在的其他文化因子采取一味排斥的态度，那么，现代爱尔兰人可能会重蹈历史的覆辙，无法建构一种健康、能够为全体国民所认同的民族自我意识。即使真正实现了凯尔特民族文化和盖尔语的大复兴（历史已证明那是不可能的），爱尔兰不见得就能实现民族大统一。迄今为止，北爱尔兰还是不愿意脱离英联邦，南北爱尔兰的统一依然是一个难圆的梦。

乔伊斯同样不能忍受加布里埃尔的"假洋鬼子"心态。在他的笔下，这个迷失了民族自我意识的"假洋鬼子"，满脑子想着布朗宁的诗句和欧洲大陆的生活时尚，演讲中喜欢套用陈词滥调，瞧不起文化层次比自己低的人，对家人摆出一副家长的派头，他俨然是"君权和父权"意识的化身；① 他"厌恶"自己的国家，不认同盖尔语为自己的母语，不愿意"接触"凯尔特文化，他的民族主体意识陷入了瘫痪；他对来自爱尔兰西部的妻子格丽塔只有性的欲望，没有爱的激情，与那位为爱情献身、至今还令妻子魂牵梦绕的西部少年迈克尔·福雷相比，他显得多么渺小，他真是既"可怜又愚蠢"（《精选》52）。迈克尔虽然已经作古，格丽塔的"这张脸已经不再是迈克尔·福雷当年宁愿为之去死的那张脸了"（54），但是，这位痴情少年却仍然活在格丽塔的心中，他虽死犹生，他的爱情成为不朽。加布里埃尔虽然活着，但是在格丽塔的心中，他已经死去；相比之下，他"在她的一生中扮演着一个多么可怜的角色"，"仿佛他和她从来没有像夫妻那样一起生活过"（54）。他虽生犹死，他才是一位真正的"亡人"，死去的是他对妻子的爱、对同胞的认同和他的民族自我意识。

当然，在《亡人》中，乔伊斯并没有满足于仅仅揭示加布里埃尔民族自我意识的迷失。在故事的结尾，他更是通过设置一个极富诗意的"显现"，来呈现加布里埃尔的民族自我意识从迷失走向复苏和觉醒的心路历程。在这个"显现"中，加布里埃尔在旅馆的客房里看着格丽塔从伤心抽泣到倦然熟睡，望着窗外纷纷飞扬的雪花，他的民族自我意识渐渐苏醒："该是他动身到西部去旅行的时候了"，他"最好能在激情洋溢的盛年，勇敢地走进那另一个世界，而不要等到老之将至，凄惨地凋谢消亡"（55）。这时的他仿佛是一位"天使"，一位传报施洗约翰和耶稣诞生的福音、"把慰藉与同情赐给人类"的"上帝之人"加百列（Gabriel）（Gifford，*Joyce Annotated* 113）。他要毅然摒弃那种自以为是的"假洋鬼子"心态，告别自己的过去，勇敢地走向西部这片凯尔特文化的沃土，重新审视自己民族的文化传统；他的胸怀变得博大起来，开始同情、包容、接纳、认同和敬佩迈克尔，那位让妻子无法忘怀的西部少年，那位"击败了恶龙与撒旦"、"像上帝一样"的"天使"米迦勒（Michael）（113，125）。也许，只有在爱尔兰的西部，在妻子曾经生活和热恋过的这片土地，在迈克尔安息的奥格里姆这个印刻着痛苦的民族文化记忆的西

---

① 加布里埃尔在刚刚到达姨妈家时这样说："我在这儿呢，跟邮车一样准时。"（《精选》13）在这里，乔伊斯利用英语的谐音与一词多义设置了一种巧妙的语义双关，原文"... as right as the mail"也可以解读为"像男人一样正确"（as right as the male）；在殖民时期，爱尔兰的"邮车"当然属于"陛下"，是英国殖民统治的象征，英语词"mail"和"male"同音，正好把君权与父权绑在了一起。参见 Vincent J. Cheng, *Joyce, Race, and Empire*（Cambridge：Cambridge UP, 1995）135.

部村落，①他才能找回对格丽塔的激情，找回自己安身立命的民族自我意识，找回自己的文化之根，从而重新得到妻子的爱，获得亲友和同胞的认同，成为与这个民族水乳交融的一名真正的爱尔兰人。

当然，加布里埃尔在雪夜即将开启的西部之旅，是他决心摒弃"假洋鬼子"的文化心态、"勇敢地走进那另一个世界"、找回民族自我意识的寻根之旅。但是，尤为重要的是，这一由东向西、追寻着太阳运行轨迹的旅程，更是包括加布里埃尔在内的全体爱尔兰人走出困境、从瘫痪的民族文化心理中复苏的精神之旅。如果说死亡意味着新生的开始，那么也许只有在这个主显节的夜晚，通过这场三十年不遇、纷纷扬扬飘飞在爱尔兰每个角落的大雪的洗礼，爱尔兰民族才能从信仰沦丧、良知缺失、情感瘫痪、精神麻木和自我迷失中脱胎换骨，重新获得崭新的生命。在《都柏林人》的结尾，乔伊斯对爱尔兰民族文化心理瘫痪的焦虑，也终于在飘落在生者和死者身上的这场皑皑白雪中得到了暂时的消解。

---

① 1691 年 7 月 12 日，英国殖民者在这个村落彻底打败爱尔兰军队。爱尔兰历史称这场战役为"奥格里姆战役"，这是继"博因河战役"之后英国侵略者与爱尔兰人的最后一场激战，是"爱尔兰历史上最不幸的一场战役"，标志着英国对爱尔兰的征服大功告成。参见 Vincent J. Cheng, *Joyce, Race, and Empire* (Cambridge：Cambridge UP, 1995) 143－144.

# 第二章 《一个青年艺术家的画像》：
# 民族艺术心灵成长的焦虑

——这个民族、这个国家、这种人生孕育了我，他说道。我一定要真实地表达自我。

——灵魂，他含混地说，就是在我和你说过的那些时刻中诞生的。它的诞生缓慢而幽暗，比肉体的分娩更神秘……

——乔伊斯：《一个青年艺术家的画像》

如果《都柏林人》是一部集体的心灵史，那么《一个青年艺术家的画像》（以下简称为《画像》）①则可以称作"一部个人的心灵成长史"（Gorman 133）。这部长篇小说发端于乔伊斯一篇被退稿的散文，取材于他自己个人的成长经历，从未完成的传记体小说《英雄斯蒂芬》改写而成。② 在庞德的大力举荐和帮助下，这部差一点被乔伊斯焚毁（幸亏他的胞妹眼明手快，从火中救出手稿）的作品，最初于1914年2月2日（乔伊斯三十二岁生日）至1915年9月1日以分期连载的形式，在维

---

① 也有学者将这部小说译为《一个青年艺术家的肖像》、《艺术家青年时期写照》、《艺术青年画像》。

② 题为《一个艺术家的画像》（"A Portrait of the Artist"）的散文写于1904年2月，乔伊斯写完之后投给了埃格林顿（John Eglinton）主编的《丹娜》（*Dana*）杂志，但是，该文未被发表。《英雄斯蒂芬》写于1904至1906年间，乔伊斯学者肯纳认为这部作品"既不是一部小说，也不是自传，也不是精神或社会沉思录"。参见 Hugh Kenner, "The Portrait in Prospective，" in Mark A. Wollarger, ed., *James Joyce's* A Portrait of the Artist as a Young Man：A Casebook（Oxford：Oxford UP，2003）30.

弗女士（Harriet Shaw Weaver）主编的刊物《自我主义者》（*The Egoist*）上发表。1916年12月29日，这部被他称之为对自己"精神自我的写照"的成长小说在大西洋彼岸美国集结成书出版（Potts, *Portraits of the Artist in Exile* 132）。翌年2月12日，维弗经营的自我主义者书局购买了样书之后在伦敦推出了该书的英国版。①

与《都柏林人》和《尤利西斯》一样，《画像》的问世曾经也"引起了一阵喧闹"（Johnson viii），公众与评论界对它的反应不一，褒贬之声都很强烈。褒扬者们十分看好这部作品在语言、叙事、文体和艺术风格上的别具一格。庞德盛赞该书是一部"用出色的散文所写"和"值得一读"的小说杰作（Deming 82），②它"硬朗、清晰、没有浪费辞藻、不堆积无用的语句、页面上不拖泥带水"，是"我们现在的英语散文中最接近福楼拜风格的作品"（84，83）；克莱恩（Hart Crane）说："除了但丁之外，从精神上说，《画像》是我读过的最鼓舞人心的书"，它的主人公"是升华为九级天使的班扬"（124）；福特（Ford Madox Ford）认为《画像》是"一部文字如此优美、感受如此清晰、对生活的爱和趣味如此宁静的作品"（128）；马西（John Macy）赞赏这部小说的"坦率、刚健、新颖与秀美"；哈里斯（John F. Harris）则称该书"不仅别出心裁，而且还让我们感到基本上真实可信"（121）。

贬责者们则主要针对《画像》所谓"肮脏"、"淫秽"的内容和"不体面"的语言提出批评。例如：1917年2月23日刊登在伦敦《凡人》（*Everyman*）报上的一篇题为《垃圾研究》（"A Study in Garbage"）的文章认为，"乔伊斯先生的新书《一个青年艺术家的画像》对耶稣会士对一位青年的培养所做的研究，实乃肮脏得出奇，威力也大得惊人"（85）；英国小说家威尔斯将该书与斯威夫特的《格列佛游记》相提并论，称"乔伊斯先生迷恋阴沟，他总是把那些在日常交往和谈吐中已经被现代排污系统和现代礼仪排除出去了的东西，重新纳入到生活的全景中去。粗俗、生僻的语汇令人生厌地充斥全书，在许多人看来这似乎大可不必"（86）；1917年4月7日，都柏林《自由人报》（*Freeman's Journal*）发表的题为《一幅消化不良的画像》（"A Dyspeptic Portrait"）的书评写道："乔伊斯先生将他后面的读者投进和拖入了臭水沟的污泥之中……这在一定程度上归因于一种错误的美学理论。"（98）

---

① 关于《画像》的写作和出版过程，乔伊斯学者肖尔斯、凯恩和乔伊斯版本研究专家加布勒的考证颇为详尽。参见 Robert Scholes and Richard M. Kain, eds., *The Workshop of Daedalus*: James Joyce and the Raw Materials for A Portrait of the Artist as a Young Man（Evanston: Northwester UP, 1965）; Hans Walter Gabler, "Introduction," *A Portrait of the Aritist as a Young Man*, by James Joyce（New York: Garland, 1993）1–18.

② 这里所提到的庞德和其他评论家对《画像》的各种批评观点均引自 Robert H. Demming, ed., *James Joyce*: *The Critical Heritage*, Vol. 1, Vol. 2（London: Routledge, 1970）.

同年 5 月，另一家报纸《爱尔兰书迷》(*Irish Book Lover*)上一篇未署名的书评甚至相信："任何一位心灵干净的人都不会把这本书摆在他的妻子、儿子或女儿拿得到的地方。"(102)

不过，尽管这些卫道士们对《画像》中的那些在他们看来有些"伤风败俗"的性描写、性隐喻大加诟病，他们也不得不承认：这还是一部"可以买、可以读、可以锁进柜子，但是却不能错过"的"最难忘的小说"(H. G. Wells)(86, 88)；它是对"爱尔兰生活的真实写照"(99)，在艺术手法上"它试图更贴近人生，通过摒弃小说家共同遵循的大多数条条框框，来更忠实、更准确地保留那些饶有趣味而又让人感动的东西"，凸现了"乔伊斯与前人最显著的不同之处"(V. Woolf)(125)。日月流转，时序迁变，人们早已不再满足于一味赞美这部作品在艺术形式方面的新颖和奇特，也不再纠缠于对其进行非此即彼的伦理或道德价值评判。后来的批评家和读者，出于不同的批评倾向和阅读期待，似乎都能对这部创造性地"融合了成长小说(Bildungsroman)和艺术家成长小说(Kunstlerroman)的传统"(Spinks 78)而被誉为"现代主义成长小说的典范之作"做出自己见仁见智的阐释和解读(Wollaeger 3)。

# 一、一部民族艺术心灵成长史

但凡成长小说和艺术家成长小说都有很强的自传性，如狄更斯的《大卫·科波菲尔》(*David Copperfield*, 1849)、曼(Thomas Mann)的《布登勃洛克一家》(*Buddenbrooks*, 1901)、劳伦斯的《儿子与情人》(*Sons and Lovers*, 1913)、普鲁斯特(Marcel Proust)的《追忆似水年华》(*A la recherche du temps perdu*, 1913—1927)，都或多或少取材于作者的个人成长经历。与上述小说相比，《画像》的自传性则更为明显。在乔伊斯批评家卡伦斯看来，这部作品的自传特征主要体现在如下几个方面。

其一，作者与主人公的生活和成长经历高度吻合。卡伦斯认为："乔伊斯求学于克郎高士森林公学、贝尔弗迪尔中学和都柏林大学学院，斯蒂芬也一样；乔伊斯是一位才华横溢的学生、圣母马利亚兄弟会的会长、一位早熟的狎妓者、一位天主教的叛逆，斯蒂芬也是如此。"(Carens 267)其二，在作品中，主人公所创作的诗歌和阐述的美学理论完全是作者的诗歌创作和美学理论的翻版。根据乔伊斯胞弟斯坦尼斯劳斯所述，《画像》里斯蒂芬创作的《妖女的维拉内拉》("The

Villanelle of the Temptress"）一诗是保存下来的乔伊斯五首早期诗作中的一首。而且，斯蒂芬的美学理论也源于乔伊斯大学时代的思考和他后来所做的笔记。① 其三，作品中的情节和事件具有历史真实性。例如，从代达勒斯家道的江河日下同样可以见出乔伊斯家道的败落，这一由盛转衰的颓势是由约翰·乔伊斯（即乔伊斯的父亲）的挥霍无度和不谨慎一手造成的。其四，作品中的主要人物在现实生活中都有真实的原型（prototypes）。除了西蒙·代达勒斯和他的妻子玛丽是乔伊斯的父母约翰·乔伊斯和玛丽·简的真实写照之外，读者也能够"从大多数斯蒂芬的耶稣会师长中见到乔伊斯的老师，就像从斯蒂芬的学友和同伴中可以见到乔伊斯的学友和同伴一样"（267）。于是，在《画像》众多的人物素描中，"克兰利是J. F. 伯恩的写照，林奇就是文森特·科斯格雷夫，达文是乔治·克兰西，坦普尔是约翰·埃尔伍德，麦卡恩是弗朗西斯·斯凯芬顿，多纳文是康斯坦丁·柯伦"（268）。

这些特点使众多的学者倾向于将斯蒂芬视为青年乔伊斯的化身，把《画像》看成青年乔伊斯的一部精神自传。在他们看来，这部精神自传"不仅真实地刻画了乔伊斯，而且也真实地揭示了 20 世纪初艺术家与社会的关系"（Abrams and Greenblatt 2232）。学者们普遍认为：作品中的主人公斯蒂芬就是"乔伊斯本人的艺术形象"（Farrell 175），乔伊斯实际上是在"以斯蒂芬·代达勒斯的名义来刻画他自己"（Potts, *Portraits of the Artist in Exil* 110）。他就是要通过斯蒂芬这一艺术形象，以其童年、少年和青年三个成长阶段为主要的情节线索，透过这个人物发展、变化的"心理和意识"、回忆和自由联想所构成的那一面色彩斑斓的"三棱镜"（Gabler 91），生动而真实地呈现一个爱尔兰青年艺术家的心灵在爱尔兰特定的社会、历史、文化语境中艰难成长的故事。在 1917 年 4 月 9 日写给庞德的一首打油诗中，乔伊斯对斯蒂芬艰难的成长历程作了这样的描述：

> 从前有个懒汉名叫斯蒂芬，
>
> 他的青年时代极坎坷不平。
>
> ……他长大是靠吸食
>
> 可怕地狱的气味，

---

① 《画像》第五章斯蒂芬关于美学和艺术的思考均源于乔伊斯在 1903 年至 1904 年在巴黎和普拉所写的美学札记。关于这些札记，参见 Ellsworth Mason and Richard Ellman, eds., *The Critical Writings of James Joyce*（New York：Viking, 1959）141 –48。

就连霍屯督人都不会相信。(《乔伊斯诗全集》169)

乔伊斯传记家艾尔曼在《乔伊斯传》一书中说:作为一部精神自传,"《画像》实际上写的就是关于心灵的'孕育',乔伊斯在这个隐喻中找到了他新的结构原则"(JJ 296-7)。根据这一"新的结构原则",乔伊斯摒弃了《英雄斯蒂芬》繁琐、散漫、杂沓的叙事风格:他将这个成长故事的冗长篇幅压缩成五章,又把每章、每节分为若干个片段。虽然"每一个片段看起来与前面和后面的片段很不连贯",并且"不仅在时间上,而且在文本、体裁上都存在着不连贯"(Parrinder 90);但是,这些不连贯的片段按照主人公的成长时序与场景的变化组合为一个叙事有机整体,①并通过一系列相关意象的"反复再现和发展变化",使这些不连贯的片段在主题上形成形散而神不散的"意合"(paratactic)关系(郭军,《〈一个青年艺术家的肖像〉:文本的"不连续"与主题意象的"连贯"》52,51)。

此外,为了形象地呈现主人公斯蒂芬心灵的孕育,乔伊斯还创造了一种独特的叙事节奏模式。在批评家费什巴赫看来,构成这一叙事节奏模式的基本"部件"是斯蒂芬的"五声叫喊",这些叫喊正好与他心灵的发育过程形成巧妙的对应:"在《画像》五章的每一章,一系列身体和心理事件总是按照一种单一的模式或叙事节奏发展至高潮,譬如受体罚那一情景,当这些高潮所引起的心理反应加剧,直到斯蒂芬的内心发出呼唤之时,一声喊叫出现了"。每一声喊叫都是一次挣扎、一次抗争、一次胜利、一次升华、一次洗礼、一次超越。这五声喊叫——"植物

---

① 《画像》的叙事结构为:第一章:童年时代,分为四个片段:①序曲(1~41行),场景为代达勒斯家;②小学岁月(42~715行),场景为克郎高士公学(球场、教室、医务室);③圣诞节晚餐(716~1151行),场景代代达勒斯家;④小学岁月(1152~1848行),场景为克郎高士公学(同性爱抚、摔坏眼镜、作文课、体罚、向校长投诉)。第二章:少年时代,分为五个片段:①都柏林南郊布莱克罗克的岁月(1~185行),场景为代达勒斯的新家,事件包括斯蒂芬与查尔斯叔叔的晨练、阅读《基督山伯爵》、与伙伴去奶牛场;②都柏林市的岁月(186~455行),事件包括斯蒂芬市区漫步、阅读期刊、乘地铁遇见"E—C—"、给"E—C—"写诗、老代达勒斯遇见康眉神父;③就读贝尔弗迪尔学校(456~945行),事件包括斯蒂芬圣灵降临周的剧目表演、遭遇同学的欺侮、回家嗅到大街上的"马尿和腐草臭";④科克之旅(946~1275行),事件包括斯蒂芬与父亲乘火车去科克、在科克走访父亲曾经就读的"女王学院";⑤斯蒂芬在全爱尔兰中学作文竞赛中获奖、与妓女发生性关系(1276~1458行)。第三章:罪感的折磨,分为三个片段:①淫欲罪感意识(1~230行);②参加静修、听布道(231~1201行);③忏悔、回到家中(1202~1584行)。第四章:精神的修炼,分为三个片段:①忏悔后的沉思(1~235行);②神职的诱惑(236~605行);③海滩漫步、拒绝神职、选择艺术的人生(606~922行)。第五章:青年时代,分为四个片段:①大学生活剪影(1~1522行);②创作维拉内拉诗行(15231767行);③在国立图书馆台阶前观鸟、与同学克兰利交谈(1768~2608行);④斯蒂芬的日记、放飞心灵(2609~2792行)。

的、动物的、理性的、天使的与神灵的"——经由"精神完善之梯"从低级向高级依次递进，生动地演绎着一个爱尔兰青年艺术家"缓慢而幽暗"的心灵成长历程（Feshbach，"A Slow and Dark Birth" 131 - 132）。

心灵的成长为何如此"缓慢而幽暗"？"灵魂的诞生"为何甚至"比肉体的分娩更神秘"？在《画像》的第五章，乔伊斯通过斯蒂芬对大学同学达文的表白给出了这样的回答："在这个国家，当一个人的灵魂诞生之时，总是有罗网向它投去，阻止它飞翔。你跟我谈民族、语言、宗教，我就是要飞越那些罗网。"（P 230）心灵的成长必须经历一个从"破网"到"飞翔"的历程。一个爱尔兰青年如果想要献身艺术、成为一名特立独行的艺术家，他必然会遇到阻碍心灵"飞翔"的重重"罗网"；只有冲破包括"民族、语言、宗教"在内的这些文化"罗网"，他才能放飞心灵、获得精神自由，从而"将日常的经验之饼变成光芒四射的不朽生命之躯"（249），最终"在自己灵魂的铁匠铺里铸造从未创造过的民族良知"（282）。在这里，斯蒂芬充当了乔伊斯的代言人，乔伊斯通过自己的人物说出的话语，直白而形象地道出了他自己对艺术心灵成长的焦虑。

众所周知，民族、语言、宗教通常是一个民族国家（nation-state）的人民构建他们的民族身份和获得民族自我认同不可或缺的三大文化要素，是一个民族国家区别于其他民族国家的重要文化标志。然而，在爱尔兰，这三大文化要素为何成了禁锢一个艺术家心灵成长的三大精神"罗网"？这不仅是《画像》所要揭示的一个重要主题，同时也是乔伊斯对艺术心灵成长深感焦虑的根由所在。

在《画像》中，民族、语言、宗教被乔伊斯赋予了丰富和深刻的文化内涵。"民族"（乔伊斯的原文是"nationality"）一词就把"民族"（nation）、"民族主义"（nationalism）和"民族性"（distinctive national or ethnic character）这三层语义囊括在一起。虽然它指的是爱尔兰这个曾经独立自主、拥有灿烂辉煌的文化成就，后来却沦落为一个"一仆二主"的民族（《尤》30），①但是它更多的是指涉爱尔兰的民族主义政治、文化、社会思潮（Cheng 58）、狭隘的民族意识和民族劣根性。"语言"指英语和盖尔语及其背后的价值观念与意识形态，英语是"英国压迫者"强加给爱尔兰的官方语言，斯蒂芬"使用这种语言时总是意识到自己是一个外人"；盖尔语属于"爱尔兰的过去"，是在1893年成立的"盖尔语协会"宣扬和倡导复兴的

---

① 在《尤利西斯》的第一章，斯蒂芬用"一仆二主"来形容自己和爱尔兰的境遇。在他的心目中，所谓"二主"就是"大英帝国"和"神圣罗马普世纯正教会"（即天主教）。

爱尔兰民族语言，在斯蒂芬的心目中，这种民族语言"与英语相比既不天然也不自然"。"宗教"虽然主要指的是罗马天主教，它的"神父们主宰着斯蒂芬的学业与前程"（59），但是它也影射英国殖民者和宗主统治者信奉的新教，由于政治和历史的原因，爱尔兰的天主教民众大都将其视为异端。在殖民文化语境下的爱尔兰，这些"民族、语言、宗教"的因素相互关联、相互交织，构成了19世纪80年代到20世纪初这个民族独特的文化生态。① 乔伊斯深感焦虑的是，这种文化生态沉闷而压抑，"不允许个性的发展"（CW 171），不利于艺术心灵的健康成长，"制约了斯蒂芬自由、全面地实现自己的精神价值"（Carens 301）。

## 二、斯蒂芬·代达勒斯——爱尔兰艺术心灵的化身

人是社会、历史、文化的产物，心灵的成长离不开特定的社会、历史、文化环境。斯蒂芬·代达勒斯也不能例外。他对达文表白道："这个民族、这个国家、这种生活孕育了我。"（P 230）他的思想、精神、情感、意识、潜意识自然会要受到爱尔兰社会、历史和文化的影响与制约。在《画像》的开篇，当斯蒂芬还是一个咿呀学语的幼童，他就注定要与那头"哞牛"相遇："从前，那可是一段非常美好的时光，有一头哞牛从那条路上走来，从那条路上走来的哞牛遇上了一个乖乖小男孩，名字叫作馋嘴娃娃……"（25）这是斯蒂芬的父亲西蒙·代达勒斯（Simon Dedalus）给年幼的儿子讲述的一个爱尔兰童话故事，同时也是乔伊斯在《画像》中设定的第一个"戏剧性显现"，②目的在于揭示斯蒂芬的命运和为作品的主题发展作铺垫。从某种意义上说，这段话语预设了《画像》的中心主题，这个中心主题就是"关于馋嘴娃娃与哞牛的相遇"（Kenner，"The Portrait in Perspective" 33），"馋嘴娃娃"就是斯蒂芬，那头"哞牛"隐喻爱尔兰民族，"从前"那"一段非常美好的

---

① 文化学者认为：文化生态是"一定时代的文化各构成要素之间的相互关系所呈现的形态，所形成的一种具有特征性的文化结构"。文化生态包含着"一定时代的政治文化氛围，物质经济水平，社会生活的样态，主体的人文精神情怀、话语立场以及受众的文化境界"等诸多因素。参见丁晓原：《文化生态演化与百年中国报告文学流变》（苏州大学博士学位论文，2001年5月），第4页。

② 斯各勒和卡恩将乔伊斯的大约四十个"显现"分为两种类型：即"叙事性显现"和"戏剧性显现"。后来，肖明翰先生将这种归纳修正为"抒情性显现"和"戏剧性显现"。他认为"戏剧性显现"的主要功能在于"通过一个平凡但寓意深刻的场面或情境把某个人物性格深处的品质或作品的主题结构间接地表现出来"。参见 Robert Scholes and Richard M. Kain, eds., *The Workshop of Daedalus* (Evanston: Northwestern UP, 1965) 3–4；肖明翰：《现代小说中的"显现"手法》，载《外国文学评论》1990年第3期，第66页。

时光"缅怀这个民族历史上曾经有过的文化辉煌。

"哞牛"（moocow）是一个承载着丰富文化意蕴的象征。首先，它使人联想到凯尔特传说中的"牛中魁首"（silk of the kine），爱尔兰最优秀的民族史诗《库林格的夺牛大战》（*Táin Bó Cúailnge*）①和民间流传着的爱尔兰传说；其次，它也指涉古希腊神话中代达罗斯（Daedalus）创造的那头木牛。在古代凯尔特的传说中，"牛中魁首"是对爱尔兰诗意化的指称，在《库林格的夺牛大战》中，康诺特的梅弗女王（Queen Medb of Connacht）夺得的那头美丽、强悍的神牛就是爱尔兰民族的象征。另外，在爱尔兰西部丘陵康尼玛拉（Connemara）至今还在流传着一则民间传说：一只神牛邂逅一个聪明的小男孩，然后将他带到一个岛上教导其长大成人，使之成为了一位骁勇善战的民族英雄。这个故事在爱尔兰几乎家喻户晓，在乔伊斯的童年时代，他的父亲就经常给他讲述这个故事（Gifford, *Joyce Annotated* 131）。

在古希腊神话中，能工巧匠代达罗斯受命于克里特国王弥诺斯（Minos）建造一座迷宫，用来囚禁王后帕西法厄（Pasiphae）和一头白色公牛交媾所生下的牛头人身怪物弥诺陶洛斯（Minotaur）。后来，在这头公牛被弥诺斯杀死之后，王后又命令代达罗斯雕刻一头木牛来满足她的淫欲。此举触怒了弥诺斯，他把代达罗斯父子关进迷宫。为了逃离迷宫，代达罗斯用蜡和柳条做了两对翅膀，与儿子双双飞离了克里特，但是儿子伊卡罗斯（Icarus）却不听父亲的劝告，终因飞得太高，其翅膀被太阳熔化而葬身大海。"哞牛"背后的多重文化意蕴及其与"馋嘴娃娃"的相遇表明，斯蒂芬从小就"决心创造前所未有的艺术"（P 23），"改变自然规律"，成为一名爱尔兰的"代达罗斯"。② 然而，同克里特岛一样，爱尔兰也是一座禁锢艺术心灵的"迷宫"，在成长历程中，斯蒂芬无法回避爱尔兰的社会、历史和文化；如果他离经叛道、不循规蹈矩，"决不侍候"他的"家庭"、"祖国"或"教会"（275），那么他也许会像伊卡罗斯一样付出生命的代价。

"从前"那"一段非常美好的时光"使人想到爱尔兰历史上的"黄金时代"（the Irish Golden Age）。在 5 至 8 世纪，在爱尔兰岛上繁衍生息了一千多年、讲盖尔语

---

① 又译《夺牛长征记》和《夺牛记》。这部史诗原文为盖尔语，有多个英语译本，其中，爱尔兰当代诗人托马斯·金塞拉的英译本已由曹波先生译为中文，于 2008 年 4 月出版。参见托马斯·金塞拉：《夺牛记》，曹波译，长沙：湖南教育出版社，2008 年。

② "于是，他决心创造未知的艺术"（And he sets his mind to work upon unknown arts）是乔伊斯置于《画像》卷首的题记，该题记引自古罗马诗人奥维德的《变形记》（Metamorphoses）第 8 卷第 188 行，第 189 行为"从而改变了自然法则"（and changes the laws of nature）。参见 Don Gifford, *Joyce Annotated*：*Notes for Dubliners and A Portrait of the Artist as a Young Man* (Berkeley：U of California P, 1982) 130 – 131.

的爱尔兰先民凯尔特人以开放的胸怀，热情拥抱来自欧洲大陆的基督教和异教文化，并对其兼收并蓄、推陈出新，创造了闻名欧洲和独具特色的爱尔兰宗教与世俗文明，为爱尔兰赢得了"圣贤之岛"的美誉。这四百年间既没有外侵也没有大的社会动荡，通常被史学家描述为"幸福的年代"(Fry and Fry 42–43)，盖尔语史诗《库林格的夺牛大战》即产生于这个时代。然而 9 世纪以降，那个"幸福的年代"却一去不复返。随着北欧维京人(the Vikings)、盎格鲁–诺曼人(the Anglo-Normans)的入侵，特别是自 17 世纪中叶大英帝国在政治、经济和文化上实施全面殖民统治以来，爱尔兰丧失了民族独立和自己的民族语言。① 在 19 世纪 80 年代至 20 世纪初，虽然民族自治运动风起云涌，政治领袖帕内尔和达维特(Michael Davitt)联合领导爱尔兰民众，发动了一场声势浩大的争取民族独立的土地改革运动，史学家称其为"土地战争"(the Land War)(252)；但是，由于民族主义政治党人醉心于内斗和天主教会对政治的全面干预，帕内尔这位颇具领导才能的爱尔兰"未加冕的国王"因其"不检点"的私生活遭到法院起诉，他的政治生命终结，民族自治宣告"流产"。1891 年 10 月 6 日(即所谓的"常春藤日")，这位深受爱尔兰民众爱戴的政治家在英伦抑郁而终。乔伊斯对自己民族的不幸遭遇深感忧患，在《爱尔兰乃圣贤之岛》一文中，他发出了如下感慨："由于几个世纪徒劳无益的斗争和协议被撕毁，这个国家的灵魂已虚弱不堪，她的肌体被警察、税政和驻军套上了枷锁，教会的权势和清规戒律使个体的创造力陷入了瘫痪。"(CW 171)爱尔兰成了"一个只有过去的民族"(Givens ix)，这个民族的内忧外患成为了长期困扰爱尔兰人的"历史噩梦"，一个爱尔兰青年艺术家心灵的成长就是要"设法从梦里醒过来"(《尤》55)。

如果说古代爱尔兰是"牛中魁首"，那么现代爱尔兰却沦为了一头"吞噬自己幼崽的老母猪"(P 230)，她就像"一个在黑暗和孤独中偷偷觉醒、意识到自我的蝙蝠般的灵魂，通过一个老实巴交的女人那双眼睛、声音和手势，呼唤着那个陌生人与其同床共枕"(210)。② 这是一种巨大的历史"落差"，对此乔伊斯深感焦虑。在他看来，现代爱尔兰之所以沦落为一个被殖民的民族，内忧是决定性因

---

① 爱尔兰批评家迪恩认为：大约在乔伊斯出生前四十五年，即 1837 年左右，爱尔兰的民族语言在爱尔兰大部分地区基本上已被英语所取代。参见 Seamus Deane, "Joyce the Irishman, " in Derek Attridge ed., *The Cambridge Companion to James Joyce* (Cambridge: Cambridge UP, 1999) 31.

② "蝙蝠"这个英文词含有"妓女"之意。在乔伊斯的心目中，那个"呼唤着那个陌生人与其同床共枕"的第一个爱尔兰女人显然就是 12 世纪那位卖国求荣的伦斯特国王德莫特·麦克马拉的女儿伊芙(Affe)，其父将其许配给帮助他收复了领地的盎格鲁–诺曼首领克莱尔的理查德·斐茨吉尔伯特。

素。爱尔兰民众虽然满怀爱国激情，但是却不懂得如何尊重、爱护、捍卫和包容自己的政治领袖和民族文化精英；他们心胸狭隘、缺乏宽容精神，并且热衷于窝里斗，甚至还不惜背叛和出卖忠良。这种成事不足、败事有余的民族劣根性成为了现代爱尔兰民族悲剧的根源。他对这种国民性的焦虑和愤懑情怀也被写进了他于 1912 年创作的一首题为《火炉冒出的煤气》（"Gas from a Burner"）的讽刺诗中："这可爱的国土，她总是遣送／她的作家和艺术家们去流亡，／并以一种爱尔兰的玩笑精神，／一个个地背叛她的领导人。／正是爱尔兰式幽默，又湿又干，／把生石灰抛进了帕内尔的双眼"（《乔伊斯诗全集》139－40）

帕内尔事件是 19 世纪 90 年代发生在爱尔兰的一场政治悲剧，它历史地见证了许多爱尔兰人出卖和背叛自己政治领袖的卑劣行径。在许多人看来，这一事件是爱尔兰民族劣根性的最好表征，对乔伊斯一生的思想和创作产生了深刻的影响，他的每一部小说几乎都对这一事件进行了直接或间接的描述。在《画像》的第一章第三节，正值 1891 年的岁末，①适逢正在读小学的斯蒂芬从克郎高士森林公学回家度假，在圣诞节的家庭晚宴上，他目睹了一场关于帕内尔事件的争论。这场充满火药味的争论发生在斯蒂芬的父亲、凯西先生和丹蒂姨妈之间，争论的焦点是政治与宗教的关系。斯蒂芬的父亲是一位帕内尔派的民族主义者，凯西先生是他的政治盟友，曾经因参加反抗英帝国殖民统治的运动蹲过监狱。他们两人对帕内尔这位新教政治家所倡导的立宪民族自治情有独钟，但是对爱尔兰天主教会干预政治和对帕内尔落井下石的卑劣行径感到十分愤慨。丹蒂是一位狭隘、偏执、狂热的天主教徒，最初她也拥护达维特倡导的土地改革和帕内尔主导的民族自治，但是后来在帕内尔因"不道德"的私生活遭到起诉和罢免之后，她的立场立刻发生了改变。斯蒂芬小时候经常发现"丹蒂在她的衣柜里放了两把刷子，那把绛紫绒背面的刷子代表迈克尔·达维特，那把绿绒背面的刷子代表帕内尔"（P 26）。然而有一天他碰巧看见"丹蒂用剪刀把代表帕内尔的那把刷子背面的绿绒拆掉了"，还听见她说"帕内尔是一个坏蛋"（35）。

在 19 世纪 90 年代，帕内尔事件是爱尔兰民众普遍关心的政治热点问题，"每天的报纸全都是关于这方面的一些文章"（36）。与那些爱尔兰民众一样，斯蒂芬的长辈们对帕内尔事件也持有不同的立场，"丹蒂是一边，父亲和凯西先生是另

---

① 虽然乔伊斯在《画像》中并没有对这一事件发生的具体时间做出明确的交代，但是，根据帕内尔病故的日期（1891 年 10 月 6 日）可以推断，这应该是在 1891 年的圣诞夜。

一边，母亲和查尔斯大叔哪一边都不是"（35－6）。① 正是在那个寒冷的圣诞夜，当一家人围坐在餐桌上共进晚餐之时，对立的两派就开始激烈争吵起来。斯蒂芬的父亲和凯西先生坚信，牧师理应"把心思放在宗教上"（51），不能"将上帝之屋变成一座投票亭"（50），"我们之所以走向上帝之屋……是去谦卑地对我们的造物主做祷告的，而不是去听竞选演讲的……只要他们不干涉政治……谁也不会说一句反对他们的话"（51）。更为龌龊的是，自从19世纪初大不列颠与爱尔兰合并以来，为了"获得天主教的解放"，那些神父们不是"出卖国家的希望"，就是"在讲坛上和告解厢里谴责芬尼亚勇士的运动"（58）。民族自治之所以总是"流产"，帕内尔之所以在被罢免爱尔兰国会党主席的职务不到一年之后抑郁而终，天主教会是罪魁祸首。正是那些主教和神父们以维护公德的名义，把这位才华横溢的政治领袖送上了法庭。这些人"在英国人的吩咐下将他抛弃"（52），他们的"爪牙撕裂了他的心，将他送进了坟墓"，并且"在他倒下的时候攻击他、背叛他，像在阴沟里撕耗子一样把他撕得粉碎"（53）。他们为了教会的私利不惜出卖民族利益，把爱尔兰糟蹋成"一个神父横行但却被上帝遗弃了的民族"（58）。由此可见，教会神职人员这种卑劣的行径践踏了一个民族的良知。

丹蒂的立场则针锋相对。在她的心目中，"宗教是一个公德问题"，主教和牧师们之所以干预政治，是因为"他们是在为告诫人们而尽自己的义务"。"假如一个神父不对教众指明是非，那么他就不配做神父"（51）。帕内尔之所以"再也不配当领袖"，是因为"他是公众的罪人"（52），他是"一个叛徒、一个奸夫！神父们抛弃他做得对。神父们永远都是爱尔兰的忠实朋友"（58），"他们永远都是对的，上帝和道德高于一切"（59），"当我的教会和宗教受到那些变节的天主教徒侮辱和被吐唾沫的时候，我一定要捍卫它们"（54）。她甚至还引述《圣经·路加福音》来对帕内尔进行诅咒："那做丑事的人有祸了……就是把磨石拴在他的颈项上，丢在大海的深处，以免他中伤我的这些年纪最小的小子里的一个。"（52）②丹蒂显然是在暗示，如果帕内尔不道德的私生活得不到应有的惩罚，那么在这个天主教家庭里，最大的心灵受害者非斯蒂芬莫属，因为作为"年纪最小的小子里的一个"，斯蒂芬居然"在自己的家里听到了反上帝、反宗教、反神父的语言"。而斯

---

① 斯蒂芬的母亲是一位虔诚的天主教徒，她对上帝笃信不疑。"查尔斯大叔"是斯蒂芬的叔祖，他也是一名虔诚的天主教徒。

② 与钦定本《圣经》和新标准修订版《圣经》相对照，丹蒂所引的这段福音仅仅改动了几个单词。此处的汉译参照新标点和合本《圣经》的译文稍稍作了改动，以符合丹蒂的引述。

蒂芬的父亲和凯西先生却要让斯蒂芬"长大成人后记住"：断送帕内尔政治生命并将他迫害致死的恰恰是爱尔兰的天主教神职人员(53)。在乔伊斯的笔下，丹蒂是爱尔兰天主教势力的忠实捍卫者和代言人。

在这场被斯蒂芬的母亲称之为"可怖的争论"中(54)，斯蒂芬始终是一个不知所措的旁观者和目击者。他年纪太小、不谙世事，"对于政治是什么意思不太懂，这让他很痛苦"(36)，他只是依稀觉得"在争吵中有两派，那就叫政治"(35)。更让他感到困惑的是，"凯西先生拥护爱尔兰和帕内尔，父亲也一样，丹蒂也如此"，而且"有一天晚上，当乐队在广场空地上最后演奏《上帝保佑女皇》时，因为有一位先生行了脱帽礼，丹蒂还用雨伞敲了他的脑袋"(57)。既然他们三人都热爱自己的民族，但为什么还要互相争吵、那么疾恶如仇呢？父亲和凯西先生都信奉天主教，但他们"为什么反对那些神父呢"？另外，既然帕内尔也热爱爱尔兰，可丹蒂为何要"对帕内尔那么刻薄呢"？(55)是不是因为他是一位新教徒？这些长辈们为什么就不能求同存异，在民族自治的问题上达成统一的共识呢？斯蒂芬陷入了一种无所适从的心理焦虑之中："他不知道哪种选择是正确的，是拥护绿色呢还是拥护绛紫色"(35)。这种心理焦虑带来的困惑是乔伊斯幼年时期成长经历的真实写照。

熟悉爱尔兰文化的读者都知晓，爱尔兰素有"翡翠岛"(the Emerald Isle)之称，三叶草(shamrock，象征圣父、圣子、圣灵三位一体)是爱尔兰的"国草"，而翡翠和三叶草的"绿色"则成了爱尔兰的"国色"。因此，在爱尔兰独立之前和独立之后的国旗上，"绿色"始终都是体现爱尔兰民族文化元素的一个重要象征。① 与之相对照，"绛紫色"象征爱尔兰人信奉的罗马天主教，"红色"则使人想到英国历史上著名的"玫瑰之战"(Wars of the Roses)和英国兵的"红制服"(redcoats)。"玫瑰之战"是1455年至1487年间英国两个家族为争夺王位而进行的一系列腥风血雨的内战，战争以佩戴"红玫瑰徽章"的兰卡斯特家族战胜以佩戴"白玫瑰徽章"的约克家族而告终。爱尔兰在这场战争中因支持约克家族付出了惨重的代价，随着亨利七世的登基和都铎王朝的建立，这个民族开始步入被英国全面殖民的时代(Fry and Fry 103)。因此，"白色"和"白玫瑰"也常常用来指代爱尔兰。另外，"红制服"是饱受殖民统治的爱尔兰人对英国兵的蔑称，譬如在《尤利西斯》的第十五章，那位老妪就把对斯蒂芬施暴的英国士兵卡尔和康普顿称作"红制服"

---

① 爱尔兰的国旗由绿、白、橙三种颜色构成，绿色代表盖尔族(凯尔特－爱尔兰人)，橙色代表奥伦治的威廉(即威廉三世)的支持者(盎格鲁－爱尔兰人)，中间的白色象征绿色和橙色之间永久的休战。

（《尤》820）。于是，"红色"也就成为了大英帝国的象征。

乔伊斯是一个善于巧用颜色的象征意蕴来揭示主题意义的作家，在《画像》中，上面提及的那些颜色都被赋予了丰富的文化意蕴。如果丹蒂的那把绿刷子象征着爱尔兰民族，那么她的那把绛紫色刷子则代表了罗马天主教。从某种意义上说，她与斯蒂芬的父亲、凯西先生的那场争吵实际上也是一场"民族"与"宗教"之争。这场纷争不仅体现了不同政治派别（开明的民族主义与狭隘的民族主义）的冲突，而且也折射出不同种族（盎格鲁－爱尔兰人与凯尔特－爱尔兰人）、不同教派（天主教与新教）、政治信念与宗教信仰之间的矛盾。对爱尔兰而言，这些矛盾和冲突是一种涣散民族凝聚力的内乱，这种内乱在本质上与英国的"玫瑰之战"没有什么区别：两个对立的阵营为了自身的利益不惜反目成仇。在内斗的伎俩上，与他们的统治者英国人相比，爱尔兰人似乎也并不逊色。普通民众如此，政治家和神职人员也一样。难怪克郎高士森林公学的阿纳尔神父在他的课堂上要求他的那些不谙世事的小学生们以模仿"玫瑰之战"的方式，让杰克·洛坦所代表的"红玫瑰"一方与斯蒂芬所代表的"白玫瑰"一方进行一场"你死我活"的算术比赛。作为一名天主教耶稣会的神父，他非但不给他的学生们宣扬和平和普世之爱的宗教理念，反而给他们灌输一种狭隘的民族敌对意识。

斯蒂芬的长辈们之间的"民族"与"宗教"之争是乔伊斯所熟知的19世纪末20世纪初爱尔兰文化生态的一个缩影。在这种文化生态中，政治势力和宗教势力之间的矛盾和冲突无法调和，在关于民族自治和民族独立的问题上，他们都不能顾全大局、求同存异，始终无法达成统一的共识。乔伊斯对这种文化生态的焦虑和忧患，通过童年斯蒂芬对"颜色"和"玫瑰"的思考象征地表现出来：

> ……白玫瑰和红玫瑰：那都是能够想到的漂亮的颜色呀。第一名、第二名和第三名的卡片也都是漂亮的颜色：粉红色、奶黄色和淡紫色。淡紫色、奶黄色和粉红色的玫瑰想起来都漂亮。也许一朵野玫瑰也会像那些颜色一样；而且他想起了那首关于野玫瑰在那小小的地方含苞怒放的歌谣。但是你却不能拥有一朵绿色的玫瑰。然而也许在世界的某个地方你会拥有。（P 31）

既然所有的颜色都是"漂亮的颜色"，所有的花朵——白玫瑰、红玫瑰、绿玫瑰、淡紫色玫瑰、奶黄色玫瑰、粉红色玫瑰——都是一些美丽的花朵，那么它们之间也就没有高下和优劣之分。乔伊斯显然是在暗示：既然每一个族裔、每一种宗教信仰、每一种政治信念都有其存在的理由，那么，不同族裔、不同宗教信仰、不同政治派别之间为什么就不能互相理解、相互包容、和平共处？斯蒂芬渴望"在世界的某个地方"能够"拥有一朵绿色的玫瑰"，正好传达了乔伊斯对爱尔兰文化生态的焦虑和希望突破、超越爱尔兰丑陋的社会现实的心理诉求。

## 三、啄眼的老鹰：阻碍艺术心灵成长的文化超我

英国著名批评家伊格尔顿在《英国小说》一书中指出，在乔伊斯的成长年代，爱尔兰是"一个平庸、宗教压制、政治纷争、经济落后的殖民地"（Eagleton, *The English Novel* 285）。爱尔兰社会保守、封闭、压抑、人心涣散，布满了各种思想樊篱，各种价值观念——天主教、民族主义、中产阶级道德规范、民族文化复兴等——都成了禁锢个体心灵成长的文化超我。在《画像》中，这些文化超我通过斯蒂芬的父母、长辈、师友、同学不断发出各种"权威"之声，总是"在他的耳边空空作响"。在家庭和学校，他"在身边总是听到父亲和老师们的声音，鞭策他首先成为一个绅士，要求他首先成为一名优秀的天主教徒"；在运动场上，"他又听到另外一个声音，要他强健、像一个男子汉"；"当民族复兴的运动在学校风起云涌之时，另外一个声音又嘱咐他忠于自己的国家，为振兴她失落的语言和传统助一臂之力"；在现实生活中，"一个世俗的声音总是嘱咐他通过自己的努力来拯救父亲败落的命运"；此外，他还会听到"同学们的声音，要求他做一个讲义气的伙伴，使其他人免受责备或者为他们说情，竭尽全力为全体同学获得假期"（*P* 106）。这些"空空作响"的声音使他的心灵不堪重负，它们的背后"潜伏"着各式各样的社会意识形态。在批评家克希纳看来，这样的社会更像一座由各种社会意识形态所把持的"全景监狱"（panopticon）。① 作为一种"虚假的意识形态"，天主教总是处

---

① "全景监狱"是18世纪英国哲学家、法学家和社会改革家边沁（Jeremy Bentham）发明的一种环形建筑样式，在其所著的《全景监狱》一书中，他借此来影射统治者"获得用思想来统治思想的权力的一种新形式"（a new mode of obtaining power of mind over mind）（Bentham 29）。后来，法国思想家福柯在《规训与惩罚：监狱的诞生》（*Discipline and Punish：The Birth of the Prison*, 1977）一书中借用和引申这一概念来分析和批判西方社会的权力结构及其功能。在福柯看来，作为"一座监狱的建筑样式"，"全景监狱是一架用来分离看/被看二价结构的机器；处在外环的某个人全被看得清清楚楚，而他却永远也看不见；处在中心塔楼的某个人则能看到一切而又不被别人看见"参见 Michel Foucault, *Discipline and Punish：The Birth of Prison*（London：Penguin, 1991）201 - 02.

在这座"全景监狱"的"中心位置",对社会个体进行全程"监控";个体的感知、情感、欲望、思想、想象、意识、无意识等,无一不在这种宗教意识形态的统摄之下(Kershner, *A Portrait of the Artist as a Young Man* 374)。

克希纳的分析切中肯綮。的确,爱尔兰是一个以天主教意识形态为主导的社会。乔伊斯曾经形容"爱尔兰从古到今一直都是天主教最真实的女儿"(*CW* 169)。一方面,这个社会的绝大多数民众是天主教徒,新教徒是少数,这些新教徒几乎全是英帝国殖民者及其后裔;另一方面,作为一种宗教文化传统,天主教对爱尔兰的影响源远流长,"爱尔兰作为基督教精神中心的历史长达六百或八百年"(*CW* 169)。早在 5 世纪上半叶,在以圣帕特里克(St. Patrick)为代表的罗马传教士的"感召"之下,①爱尔兰就已皈依基督教。圣帕特里克被膜拜为爱尔兰的保护神,他的生日(3 月 17 日)"圣帕特里克节"(St. Patrick's Day)成为了这个民族的国庆节。从 5 世纪至 8 世纪的四百年间,爱尔兰人创造了独具特色的"凯尔特基督教"(Celtic Christianity)——即宗教史家所称的"隐修制基督教"(Peterson 125)。这种不同于罗马教会主管教区制的基督教体制不仅极大地促进了罗马文化和爱尔兰文化的融合,而且也吸引了苏格兰、英格兰和欧洲大陆的大批人士到爱尔兰学习和"取经"。不仅如此,爱尔兰人也纷纷赴上述地区传教。从某种意义上说,"苏格兰人、半个英格兰的盎格鲁 – 撒克逊人乃至北欧大量日耳曼人还是经他们的传教才皈依了基督教"(肖明翰,《诺曼征服后英格兰民族性之发展》118 – 119)。

在 9 世纪初维京人入侵之后,爱尔兰教会遭到了严重的破坏。但是,在 12 世纪上半叶,在"欧洲一位最伟大的教士"、法国西多会领袖圣伯纳德(St. Bernard)的大力扶持下,爱尔兰阿尔马的主教圣马拉基(St. Malachy)引入了主教管区制,并对隐修制进行了一系列改革,最终将"在名义上是基督教,但实际上是异教"的爱尔兰教会,改造成"直接与罗马相连"的天主教会(Fry and Fry 61)。经过改造后的爱尔兰教会在体制上虽然已经与罗马天主教"接轨",但在一些方面依然保留了隐修制的某些特色。譬如修道院仍然是宗教生活的中心,"教堂不是建在由主教们统治的城镇,而是建在由修道院院长主持的修道院周围";"在复活节日期的确定和施洗仪式方面",爱尔兰天主教也不同于罗马天主教;此外,"爱尔兰的修

---

① 在 431 年,罗马教皇切莱斯廷一世(Pope Celestine I)派遣帕拉迪厄斯(Palladius)和帕特里克去爱尔兰传教,并任命前者为爱尔兰的主教,不料次年帕拉迪厄斯因病去世,遂由帕特里克出任主教。爱尔兰的基督教化和天主教会的建立主要归功于帕特里克,他成为了爱尔兰民族的守护神。"圣帕特里克节"(3 月 17 日)成为了爱尔兰的国庆节。

士也不必立誓不婚"（Peterson 125）。自 17 世纪以来，随着英国对爱尔兰的殖民统治日益加剧，特别是在 18 世纪初新教宗主统治者在爱尔兰实行所谓"惩戒法"（Penal Laws）和推行新教之后，爱尔兰天主教会曾一度被取缔，天主教徒的宗教活动被禁止。然而在 19 世纪 20 年代末，被誉为爱尔兰的"解放者"、民族主义领袖奥康内尔（Daniel O' Connell）领导了一场影响深远的"天主教解放"运动，迫使英国议会在 1829 年通过了"天主教解放法案"，这一法案的通过使曾经遭到残酷打压的天主教势力迅速扩张成一种强势的社会意识形态并渗透到爱尔兰社会的各个角落。在 19 世纪下半叶，都柏林大主教和爱尔兰的红衣主教保罗·卡伦（Paul Cullen）又对爱尔兰天主教进行了一系列改革。一方面，为了抵制英国的影响，他强化了教会与民族主义政治之间的联系；另一方面，在教理和教义上，他引入了英国清教主义的道德观（Gibson, *James Joyce* 102 – 103）。爱尔兰天主教会虽然不能直接掌握国家机器，但是却能对爱尔兰的政治、经济、文化、教育和日常生活产生广泛的影响，支配和左右人们的言行、思维方式和生活习俗。

与现实生活中的乔伊斯一样，《画像》中的斯蒂芬生长在一个具有浓厚宗教气息的天主教家庭，他的祖先还和奥康内尔沾亲带故，他的思想和言行自然会受到天主教价值观念的影响与制约。在小说的开篇，当他还是一个咿呀学语的"馋嘴娃娃"时，这种价值观念就通过长辈的言传身教开始侵扰他幼小的心灵：

> 万斯家住在七号。他们有着不一样的爸爸和妈妈，他们是艾琳的爸爸妈妈。长大以后他要娶艾琳。
> 他躲到了饭桌下面。他的妈妈说：
> ——哎呀，斯蒂芬一定要谢罪。
> 丹蒂说：
> ——哎呀，如果不谢罪，那些老鹰就会过来啄掉他的眼睛。
>
> 啄掉他的眼睛，
> 谢罪，
> 谢罪，
> 啄掉他的眼睛。
>
> 谢罪，

　　　　啄掉他的眼睛，

　　　　啄掉他的眼睛，

　　　　谢罪。（P 26）

　　艾琳是斯蒂芬童年时代的邻居和伙伴，她的父母是新教徒。天主教徒家的孩子怎么能爱上新教徒家的孩子呢？天主教徒怎么能和新教徒结婚呢？这不是有悖于天主教会的教规吗？① 此外，小小年纪怎么就能心存淫欲呢？这不是冒犯了天主教教义吗？他这种天真无邪的美好愿望立刻遭到了母亲和丹蒂姨妈的断然反对，无奈他只好"躲到了餐桌下"。不仅如此，她们还双双嘱咐他立刻向上帝谢罪。这一情节是乔伊斯在《画像》的开篇设定的第二个"戏剧性显现"，其寓意是如果斯蒂芬胆敢对抗天主教权威，那么他将被"老鹰"啄掉双眼，永远坠入地狱般的黑暗之中。在这里，"老鹰"是来自"罗马的老鹰"，它们是"那个长着一张毛茸茸的脸的上帝的特使"（Kenner，"The Portrait in Perspective" 35），代表上帝对违反其意志的"罪人"进行惩罚；而那张"餐桌"也使人联想到天主教神父举行弥撒和圣餐仪式的圣坛和圣餐台（communion table），乔伊斯旨在通过斯蒂芬"躲到了餐桌下"这一颇具象征意味的举动表明，这种以播撒"普世之爱"为宗旨的宗教与它所宣扬的博爱精神背道而驰，这种宗教不过是一种"以折磨、恐吓和禁欲为基础"（Parrinder 111）的虚假的意识形态，其目的是要压抑个性、禁锢心灵和规训个体的思想言行；在这种强势的社会意识形态面前，个人的欲望、情感、思想、意志、自我、意识和无意识是那么渺小和微不足道。

　　在一个人的心灵成长历程中，家庭所起的作用不容忽视，但是与家庭相比，学校的影响则更为重要。在爱尔兰，小学、中学和大学几乎都由不同的教会把持，天主教和新教家庭出生的孩子只能在各自不同的教会学校接受教育。克郎高士森林公学是天主教耶稣会所属的一所著名小学，堪与英格兰的伊顿公学相媲美，乔伊斯在此度过了一段小学时光。从《画像》第一章的相关描述可以看出，这所学校的校规苛严、宗教仪式繁琐、课程刻板、生活压抑、气氛阴森而恐怖。在那里，斯蒂芬常常感到困惑、孤独和无助，总是觉得自己是一个局外人，一个经常受到戏弄、讥笑、嘲讽与欺侮的"他者"。有一次，由于他不肯与威尔斯交换自

---

　　① 根据天主教教规，不同教派的男女不能结为夫妻，若要结为夫妻，两人中的一方必须改变信仰，与另一方的宗教信仰相一致，并经过教堂举行的受洗仪式之后方能成婚。

己心爱的鼻烟盒，这位恃强凌弱的学长便把他推进了校舍后面那个"冰冷、污秽的"污水池（P 33），使他患上了重感冒。他被送进了校医务室，在那里他顿然产生了对死亡的焦虑，担心自己也会像惨遭天主教会陷害的帕内尔一样不治身亡。①"他们将会抬着棺材慢慢走出那座教堂，他将被埋葬在石灰大道旁边的那片教区的小墓地里"（43），他仿佛还听到那个教区的教堂为自己的病逝敲响了丧钟。乔伊斯的这一叙述把斯蒂芬和帕内尔的命运巧妙地联系在一起，目的在于揭露天主教意识形态的"吃人"本质。

更让斯蒂芬感到气愤和不安的是，他的那些师长们动辄会因为学生违反校纪、回答不出问题或作业出错而恼羞成怒，甚至还会无缘无故地严厉体罚学生。有一次，他的眼镜被同学撞碎，根据校规本来可以不用做功课，但是在阿纳尔神父的拉丁文课堂上，碰巧前来巡查课堂纪律的教务长多兰神父看到他坐在课桌上无所事事，这位严苛、跛脚的神父根本就不听解释，不分青红皂白地用戒尺（pandybat）对他进行了严厉的体罚，说他本来就是"一个游手好闲、无所事事的小无赖"，还狡辩"摔坏了我的眼镜！一个男生的旧把戏罢了！"（71）多兰神父还声色俱厉地说道："你们全都要做功课！……我们这儿不需要游手好闲、无所事事的无赖。"他还威胁说："多兰神父每天都会到这里来看你们，多兰神父明天一定会来……明天、明天、还有明天。"（70）在这里，"老鹰"的惩罚终于通过戒尺这只"火鸡"（turkey）变成了现实。② 身为一名教务长，多兰神父公然违反校规体罚无辜的学生，斯蒂芬感到义愤填膺，他鼓足了勇气跑到校长那里去告状。此举虽然赢得了同学们的阵阵喝彩，但是几年以后他从父亲那儿得知，他的这一英雄壮举却成了他的师长们席间的一个笑谈。那位已经晋升为爱尔兰主教的校长这样回忆道："吃晚餐时我对他们大伙都讲了这件事，多兰神父和我还有大家全都笑破了肚皮。哈哈哈！"（94）极为可悲的是，在这些居高临下的神父们面前，斯蒂芬的抗争纯粹徒劳无益。在那种蛮横、霸道、窒息人性的教育体制之下，他的反抗和对正义的诉求只不过"像一座喷泉上的水滴轻轻地落入满溢的池盆"，一阵"噼啪、乒乓、噼啪、乒乓"之后（80），转瞬便在那一汪池水中消失得无影无踪。那"满溢的池盆"不就是象征着天主教的意识形态吗？

———————————

① 帕内尔在被罢免爱尔兰国会党主席之后仍然积极投身爱尔兰民族自治事业，1891 年 9 月 27 日，他冒雨在爱尔兰西部的戈尔韦郡与罗斯科门郡交界处的一个小镇发表演说，染上伤寒后久治不愈，于同年 12 月 6 日病故。

② 在爱尔兰的教会学校，用来体罚学生的"戒尺"通常被俗称为"火鸡"。

贝尔弗迪尔中学是一所耶稣会的模范中学，在那里，斯蒂芬学习勤奋、成绩优异，并多次在学校和全爱尔兰中学作文比赛中获奖；在课外，他博览群书，不仅喜欢阅读红衣主教纽曼（Cardinal Newman）的散文，① 而且还特别钟爱《基督山伯爵》，雪莱、拜伦的诗歌。虽然由于品学兼优，他被选为该校圣母马利亚兄弟会的会长，成为了全校的一名"模范青年"（98），但是这些荣誉、这种地位、这种生活并没有给他带来自由和快乐。一次，由于他的一篇作文中出现了"根本没有走近造物主的可能性"的语句，他的英文老师泰特先生居然在学生面前"用手指着他生硬地"责备道："这个家伙在文章中发表异端邪说。"（101）这种当众指责使其他同学对他有些幸灾乐祸。几天之后的一个黄昏，在回家的路上，在关于"谁是最伟大的诗人"的问题上他与同学发生了争执。在他看来，拜伦是最伟大的诗人，丁尼生"只是一个蹩脚诗人"。而领头的那位同学希伦却认为："人人都知道丁尼生是最伟大的诗人"，拜伦"只不过是那些没有受过教育者的诗人"，"一位叛逆和道德败坏的人"（103）。希伦和其他两个同学逼着他承认"拜伦是一个坏蛋"，还威胁说要把这件事告诉泰特先生。斯蒂芬没有屈服，他们便把他视为一个离经叛道者，对他拳打脚踢。一阵扭打和挣扎之后，"折磨他的人开始朝琼斯路走去，讥笑、嘲讽着他，泪水几乎使他双目失明。他发疯似的紧握拳头，抽泣着、跌跌撞撞地往前走着"（104）。

这是《画像》第二章中通过斯蒂芬的回忆所呈现的一个精彩片段，在这一情节中，"老鹰"再一次对斯蒂芬进行了惩罚。只不过在这里，这只"老鹰"变成了一只凶残的鹭，这只鹭就是希伦，在英语中，他的姓氏"Heron"就是"鹭"的意思。斯蒂芬恐惧地意识到，虐待他的"文森特·希伦不仅有一个鸟的名字，而且还长着一张鸟脸。一束灰白的头发像竖起的羽冠搭在前额：那前额狭窄、多骨。在轻佻、凸出、间距最近和毫无表情的两眼之间还耸立着一只瘦削的鹰钩鼻子"（98）。这个长着"鹰钩鼻子"的希伦充当了天主教意识形态的卫道士，他代替泰特先生对背离天主教正统价值观念的斯蒂芬进行了严厉的惩罚。虽然斯蒂芬并没被老鹰的

① 　纽曼即 John Henry Newman（1801—1890），英国散文家、教育家、历史学家、天主教神父和红衣主教。他原来是一名英国国教牧师，在"牛津运动"中因致力于提高英国国教会的地位和使其回归天主教本源而闻名。纽曼于 1845 年 10 月皈依天主教，后来升为红衣主教，著有《四世纪的阿里乌教派》（Arians of the Fourth Century）、《英国圣人传》（Lives of the English Saints）、《论基督教教义的发展》（Essay on the Development of Christian Doctrine）、《大学的理念》（Idea of a University）等多部著作。乔伊斯就读的都柏林大学学院就是他创办的。参见 Don Gifford, Joyce Annotated: Notes for Dubliners and A Portrait of the Artist as a Young Man （Berkeley: U of California P, 1982）168.

尖喙啄掉双眼，但是受到希伦等人的施暴后夺眶而出的那些委屈的泪水几乎使他双目失明。这种残酷的肉体折磨与他在克郎高士森林公学曾经受到的不公正的体罚如出一辙，难怪那里的"巴雷特先生把他的戒尺称作火鸡"（49）。这些凶悍的"老鹰"、"鹭"和"火鸡"俨然成了天主教意识形态的帮凶。

## 四、冲破天主教意识形态樊篱

　　比肉体摧残更为可怕的莫过于天主教意识形态对精神的折磨，这种精神折磨源自于灵与肉、道德与欲望之间的矛盾和冲突所产生的罪感意识。随着岁月的流逝，斯蒂芬进入了青春期，十六岁的他萌发了性的冲动，他经常受到性幻想和性梦的困扰，"他渴望缓解心中强烈的欲望"（P 121），"渴望与他同类的另一个人一起犯罪"，"和她一起在罪孽中欣喜如狂"（122）。一天晚上，在欲望的驱使下他来到了都柏林红灯区。"一个穿着一件粉红色长睡袍的年轻女子用手搭在他的一个手臂上截住了他"（123），"他渴望被她的胳膊紧紧地搂着……在她的怀抱中，他突然变得强壮、无所畏惧、自信起来"。于是，"他闭着双眼，把身体和心灵交给了她。在这个世界上，他能意识到的只有她那微微张开的嘴唇的黑暗压强。这嘴唇压着他的嘴唇、他的大脑，仿如一段含糊话语的载体；在这双唇之间，他感到有一种陌生而羞怯的压力，比陶醉于罪孽更幽暗，比声音或颜色更柔和"（124）。与《圣经·创世纪》中所描述的人类始祖亚当一样，斯蒂芬不能抵制女色的诱惑，他偷吃了禁果，犯下了"七宗罪"（seven deadly sins）中的"贪色"（lust）之罪。[①] 根据天主教的教义，犯有"贪色"罪的人如果拒不忏悔，死后其灵魂必将坠入地狱，在烈焰中永受折磨，永世不能进入天堂。作为一名天主教徒，斯蒂芬感到自己已经不可救药，他又一次感到了死亡的焦虑："上帝有权力在他睡觉的时候夺走他的生命，在他还来不及祈求宽恕时就把他的灵魂扔向地狱"（127）。

　　正当斯蒂芬为自己所犯的"罪孽"惴惴不安时，一年一度的圣弗朗西斯·沙勿略节（12月3日）来临，[②]贝尔弗迪尔中学举办了一场盛大的静修，听布道、做弥

---

　　① 所谓"七宗罪"包括"贪色"（lust）、"贪食"（gluttony）、"贪财"（covetousness）、"妒"（envy）、"骄"（pride）、"惰"（sloth）、"怒"（wrath）。在《神曲》的"净界图"中，但丁将"贪色"一罪放在第七层。

　　② 圣弗朗西斯·沙勿略（St. Francis Xavier）（1506—1552）是西班牙罗马天主教的著名传教士，他与圣伊格内修斯·洛尤拉（Ignatius Loyola）（1491—1556）一道创立了耶稣会，其足迹遍及世界五大洲。相传他到中国传教时遇上台风，只好在离广东十五公里的一个小岛上暂住，因患伤寒不治，不幸于1552年12月3日在这个中国南海的小岛上去世。后来，每年的12月3日成为了天主教的"圣弗朗西斯·沙勿略节"。

撒、领受圣餐、祷告、忏悔常常是静修中必不可少的项目，而布道者正好是曾经在克郎高士森林公学给斯蒂芬上拉丁文课和算术课的阿纳尔神父。在连续三天的布道中，这位神父首先讲述了静修的目的就是要暂时远离尘嚣，沉思默想人生的终极意义。在他看来，人生的价值就是要"实现上帝的神圣意志和拯救我们不朽的灵魂"，除此之外，"其余一切都微不足道"（133）。然后，他又谈到亚当和夏娃、伊甸园、撒旦、耶稣、罪孽、死亡、地狱、肉体惩罚、精神惩罚、最后审判、上帝的公正。他的布道沿用了耶稣会创始人圣伊格内修斯·洛尤拉所著的《精神修炼》（*The Spiritual Exercises*，1548）的篇章布局，在语言和文体上模仿了意大利耶稣会士乔凡尼·皮埃特罗·皮纳芒蒂（Giovanni Pietro Pinamonti）在1688年所写的一篇题为《劝诫基督徒勿入向其洞开的地狱》（"Hell Opened to Christians, To Caution Them from Entering into It"）的祷文（Gifford, *Joyce Annotated* 177）。这篇长达七百多行、被乔伊斯置于《画像》中心位置（第三章第二节）的布道辞对可怖的地狱和最后审判的极度渲染，通过这位神父"嘶哑的嗓音把死亡吹进了斯蒂芬的灵魂"。"没救了！没救了！他、他自己、他曾经交出的身体正在死去。把它扔进坟墓吧！把尸体放入一个木箱用钉子钉死，让雇工们用肩膀扛着木箱从屋里出来，把它扔进人们看不见的一个长长的地穴中，扔进坟墓，让其腐烂，喂养大量的蠕虫，让那些疾跑着的大肚子老鼠们吞食吧"（*P* 135）。他忐忑不安地听着这位神父的布道，心情变得越发沉重。他仿佛觉得神父的"每一个字眼都是说给自己听的，上帝全部的愤怒都是针对自己的罪孽，这种罪孽肮脏而隐秘"（138）。他悲伤地意识到：

> 布道者的刀子已经深深地刺入了他病态的良知，此刻他觉得自己的灵魂正在罪孽中溃烂。是的，神父是对的，上帝的机会来了。他的灵魂像一只入穴的野兽，卧躺在自己肮脏的洞穴中。天使的号角吹来的阵阵狂风已经把他从罪孽的黑暗中驱赶到光明之下，天使喊出的审判之词在瞬息之间粉碎了他傲慢的宁静。世界末日之风穿透了他的心灵；他的罪孽、他想象中那些眼睛像宝石的妓女在飓风中逃窜，像惊恐的老鼠一样尖叫，长发飘飘、缩成一团。（138-9）

一切都完了，他已经罪不可赦，他觉得自己的肉体和灵魂都已经被上帝抛入了黑洞洞的地狱，他将万劫不复。

人非草木，孰能无欲，人非圣贤，孰能无过。性欲的萌发是每个人在成长过程中的自然生理现象，从心理学的角度看，性冲动、性梦、梦遗只不过是"力比多"的宣泄，是"本我"（快乐原则）在"自我"（现实原则）和"超我"（道德原则）压迫之下的一种本能反抗。斯蒂芬无法抵制性的引诱与妓女发生了性关系也不过是一种性越轨，这是介乎天使与魔鬼之间的芸芸众生难免会犯的一种道德过失，并非不可饶恕的"死罪"。然而，在宣扬禁欲主义和道德至上的天主教神学体系中，既然"任何违反上帝律令的言辞、行为或思想都是罪孽"（Aquinas 569），那么无论是性欲、性冲动、性梦、梦遗这些自然的生理、心理现象，还是不正当的性关系，只要是触犯上帝的禁令，都被视为不可饶恕的"大罪"。因为在本质上"罪孽无轻重之分，肉体之罪和精神之罪都是大罪"（571）。由于人类始祖夏娃和亚当未能抵制魔鬼的诱惑，犯下了"好色"（concupiscence）之罪，他们将这种"罪孽"传给了他们的子孙后代，因此"好色"的本性也就自然成了人类"丧失原始正义"的"一种原罪"，一种既伤身体又腐蚀心灵的"恶习"（674）。

天主教将人与生俱来的本能和欲望神秘化、罪恶化的价值取向显然是一种不人道和反科学的意识形态，这种价值观对斯蒂芬的长期熏陶使他无法坦然面对自己的性冲动和所犯的道德过失。他的心灵被一种强烈的罪感意识所困扰，为了缓解这种罪感意识带来的心理焦虑，除了遵循天主教的教义和教规，通过忏悔来赎罪和获得上帝的宽恕之外，他别无选择。于是，在听完阿纳尔神父冗长的布道之后，他走出校园，穿过街道，来到了教堂街一座偏僻的小教堂。在一间静僻的告解厢里，他对一位神父忏悔了自己的各种"罪孽"。在回家的路上，他有一种如释重负的感觉，"他已经忏悔，上帝已经饶恕了他，他的灵魂又一次变得洁净而神圣，神圣而快乐"（P 170）。那天晚上，他梦见自己在第二天清晨来到学校领受圣餐，"他纯洁而羞涩地跪在那儿：他要用舌头接过圣体，上帝一定会进入他净化的身体"。这是"另一种生活！一种优雅、高尚、幸福的生活！这是真的，这不是一场他要醒来的梦。过去的已经过去"（170 - 1）。

经历了一场痛苦的精神折磨之后，斯蒂芬不得不屈服。他的欲望、情感、思想、自我、意识统统消融在这种强势的天主教意识形态之中，无奈他只好按照天主教的教义、教规来规范自己的思想言行。为了赎罪他必须每天都坚持做祷告，必须不厌其烦地履行着那些繁缛、刻板、乏味的宗教仪式。他把"星期天献给圣三位一体的奥秘"，把"星期一献给圣灵"，把"星期二献给护卫天使"，把"星期三献给圣约瑟夫"，把"星期四献给圣坛最神圣的圣餐"，把"星期五献给受难的耶稣",把"星期六献给圣母马利亚"(172)。为了改过自新,他极力抵御外界对感官的所有诱惑;他不断地忏悔,不断地掏空脑海中那些"不健康"的欲望和意念。尽管他的心中仍然存有许多的疑虑,但是"即使怀疑某位师长的某些说法,他也不再冒昧公然提出质疑",更不会"让那些好斗的伙伴们引诱他改变默然顺从的习惯"(181)。在临近中学毕业的时候,他居然还把自己修炼成了一名"上帝决心召唤的男孩"。贝尔弗迪尔中学的教务长看中了他,鼓励他加入耶稣会,成为一名权力大于"地上的国王、皇帝",大于"天上的天使、主天使",大于"圣人、甚至大于圣母本人"的"上帝的神父"。这样的神父掌握着"天国的钥匙",拥有"约束、赦免罪孽的权力"和"招魂的权力",不仅能够"把那些控制着上帝创造物的恶魔赶走",而且还能够"让天上伟大的上帝降临于圣坛,变成面饼和酒"(183)。这位教务长对神权的夸张描绘给斯蒂芬展示了一幅诱人的图景,如果斯蒂芬听命于神职的召唤,他不仅将获得至高无上的神权,享有令人歆羡的社会地位,而且未来的生活也将衣食无忧。究竟是服膺于这种强势的意识形态,成为一名神父,还是听从自己内心的呼唤,选择一种别样的人生,他终于站在了何去何从的十字路口。

对一个涉世未深的少年来说,君临一切的神权无疑是一种极大的诱惑,在这种诱惑面前,斯蒂芬经历了一番痛苦的思想斗争。最后,他毅然决定放弃担任圣职。这是他心灵的成长历程中一次重要的思想转折。他平生第一次清醒地认识到,圣坛是一座囚笼,成为一名神父意味着作茧自缚,意味着他将丧失独立的自我,永远失去精神的自由。他无法忍受这种与世隔绝的神职人员的生活,"他注定要独自一人去获得自己的智慧,或者漫步在世界的各种罗网中自己去学习别人的智慧";而"世界的各种罗网就是世界的各种罪孽之道,他会堕落,虽然现在还没有堕落,但一会儿就会一声不响地堕落。不堕落太难、太难:就像在即将到来的某个时刻会要发生似的,他感到自己的灵魂正在悄然坠落,正在坠落、坠落,但还没有落下,虽然没有落下但马上就会落下"(188)。既然世间的芸芸众生都不是天使,他们所生活的现实世界原本就不是天堂,而是一个充满了"罪孽"的世界;既然每一个人生来就打上了"原罪"的烙印,每一个人都难免"犯罪"和"堕落",那么"罪孽"和"堕落"又有什么可怕?恰恰相反,只有勇于冲破神学的精神束缚,直面纷繁的社会现实,坦然地面对"堕落"和"罪孽之道",他才能自由地吸取生活的经验和智慧,获得人生的真知,把自己塑造成一名真正的艺术家。

斯蒂芬对艺术生活满怀着美好的憧憬,这种向往和追求在孩提时代就已经初露端倪。在《画像》的开篇,当他听到父亲唱着那首"啊,在那小小的翠绿的地方/

那朵野玫瑰含苞怒放"的歌谣时，他情不自禁地用含混不清的儿语唱出了一支不同于父亲所唱的歌："啊，那朵绿梅（玫）瑰含包（苞）怒放。"①这是属于"他自己的歌"（25），歌中的"绿玫瑰"就是他心向往之的艺术世界。在他即将告别少年时代之时，那朵"绿玫瑰"又在向他频频招手。"那个他生来就要为之献身然而却还没有看见的目标引领他从一条看不见的路上逃了出来：现在这个目标又一次在向他招手，一次新的历险将呈现在他的面前"（191）。他必须勇敢地抛弃原来那种死气沉沉的生活，开启崭新的精神之旅。于是，他穿过都柏林这座脏兮兮的城市，朝着都柏林湾和公牛岛的方向走去。在公牛岛的防洪堤上，他听到一群在海中游泳的同学调皮地用希腊语叫唤着自己的名字："斯蒂芬诺斯·代达罗斯！博斯·斯蒂芬努斯曼诺斯！博斯·斯蒂芬内弗勒斯！"（194）在希腊语中，"斯蒂芬诺斯"（Stepnanos）是"头冠"和"殉道之冠"的意思，"代达罗斯"（Dedalos）不仅是能工巧匠"代达罗斯"，而且也含有"智者"（a cunning one）之意，"博斯"（Bous）是一头献祭的"公牛"，"斯蒂芬内弗勒斯"（Stephaneforos）就是主持公牛献祭仪式的祭司。有学者指出，乔伊斯之所以把这些寓意巧妙地"编织"到斯蒂芬的名字中，目的在于揭示如下的主题意蕴：在即将开启的精神之旅中，斯蒂芬"既是戴冠的祭司，又是戴冠的公牛"，他将亲自主持自己为艺术而献身的崇高仪式，"在公牛的鲜血中接受洗礼"（Fortuna 206），脱胎换骨、获得崭新的艺术生命。

斯蒂芬似乎从同学的喊声中获得了灵感，他陡然意识到："此刻他那古怪的名字对他来说就像是一种预兆，这种感觉以前从未有过。"而且"现在，当听到这位神话中的能工巧匠的名字之时，他似乎听见了幽暗浪涛的拍击声，似乎看见了一个长着双翼的形体正在海浪上飞翔，正在缓慢地向天空爬升"。这个"形体"是"一个像鹰一样的人，正在海空朝太阳的方向飞去"。这不就是"他一生下来就要为之献身、在童年和少年的迷雾中一直在追寻着的那个目标的一个预兆吗？"这不就是"那个在自己的工场用尘世间那些了无生气的材料重新铸造一个新的、翱翔的、不可触摸的不朽生命的艺术家的一个象征吗？"（P 195）此时此刻，他终于有了一种强烈的艺术使命感："他的灵魂踢开了她的裹尸布，从少年的坟墓中腾空而起"。他的少年已经死去，他即将告别过去那种充满恐惧和罪感的生活，他获得了成长为一名青年艺术家的新的生命力。"是的！是的！是的！他要与自己同

---

①　这一行诗的原文有两种版本，一种是"O, the green wothe botheth"，另一种是"O, the geen wothe botheth"。它们是对斯蒂芬口齿不清的话语的文字记录，相当于"O, the green rose blossoms"。

名的那个伟大的能工巧匠一样，用自己心灵的自由和力量创造出一个鲜活的生命，崭新、翱翔、美丽、不可触摸和不朽"（196）。他终于体悟到这种生命的意义和价值，他找到了自己的精神之父——古希腊神话中的代达罗斯，这位精神之父激励他冲破禁锢心灵的各种枷锁，去创造一种自由的艺术人生。

斯蒂芬离开了正在戏水的同学，信步来到位于都柏林湾的多利山海滩。在海滩上他看见一位少女站在海边，"正孤零零、一动不动地眺望着大海，她好像已被某种魔法变成了一只奇异而美丽的海鸟"。"裸露着的大腿像鹤腿一样修长而纤细"，"像象牙一样柔和"，"石板蓝的裙子大胆地上提到腰间，像鸽尾一样在身后飘动。她的胸脯像鸟胸一样柔和、纤细"，"宛如一只长着黑色羽毛的鸽子的胸脯"（197）。斯蒂芬久久凝视着这位美丽的少女，他充满着崇敬，情不自禁地发出了由衷的赞叹。这位少女不就是现实生活中的圣母马利亚吗？她不就是"俗间的青春、美丽天使"吗？她不就是"来自人生美丽的院落，在欣喜若狂的一刹那在他面前打开所有错误和荣耀之道大门的那位使者"吗？（198）既然现实生活中原本就存在着"世俗之美"（197），那又为何对此视而不见，非得要到那遥远、可望而不可即的天国去寻觅那种虚无缥缈的神性之美呢？这个少女的形象不就是他一直在苦苦追寻的那个审美的艺术形象吗？而现在，这个"形象已经永远地进入了他的灵魂"，"她的眼睛已经在向他召唤，他的灵魂也已经在这种召唤中跳跃"。一条崭新的人生大道已经铺展在他的眼前，"去生活，去犯错误，去堕落，去取得胜利，到生活中去再创生活！"（198）

斯蒂芬与海边少女的巧遇是乔伊斯在《画像》第四章的结尾设定的一个极富象征意蕴和浓郁抒情色彩的"戏剧性显现"，它艺术地昭示了斯蒂芬心灵成长历程中的一次重要的情感、思想和精神升华。"那象征青春、生命的少女形象……在他的心里点燃了生命的火花，催促他去生活，去开创一个新的天地，并给了他勇气和力量去选择，去决定"（肖明翰，《现代小说中的"显现"手法》66）。与先前他在都柏林红灯区邂逅的那位不知名的风尘女子相比，这位海边少女对他来说已经具有了完全不同的意义。如果说那位妓女在他的心中点燃的仅仅是欲望之火，使他沦为了性欲的"奴隶"，成为了有罪感意识的"囚徒"，那么，这位海边少女则在他的心中唤起了一种生命的美感，这种美感震撼了他的心灵，净化了他的情感，不仅把他从欲望的"牢笼"和神学的"桎梏"中解放出来，而且还使他获得了直面现实人生、战胜困难的勇气和放飞心灵的精神力量。

# 五、飞越民族主义和母语情结之网

人生原本就没有坦途，心灵的成长往往不可能一帆风顺。斯蒂芬虽然挣脱了天主教意识形态的禁锢，选择在世俗的人生中塑造自己的艺术心灵，但是这只是他追求精神自由、走向艺术殿堂跨出的第一步。在塑造艺术心灵的历程中，他还会遇到影响和制约心灵成长的其他因素。在乔伊斯看来，阻碍斯蒂芬心灵"飞翔"的"罗网"还有民族主义和语言意识形态。

民族主义是以某个民族为中心的一种意识形态、一种情感、一种文化形式或一种社会运动，它是强调某个具体民族集体性的一种集体主义。关于民族主义的历史渊源，在西方学术界有两种不同的观点：一种观点认为民族主义的传统源远流长，早在罗马帝国消亡和民族国家出现之时，它就"在罗马帝国的废墟中缓慢地诞生了"（Kamenka 6）；另一种观点则认为，民族主义"是在法国大革命之后形成的"，它仅仅"是一个不到二百年的现象"（Seton-Watson 3）。尽管学者们对民族主义究竟起源于何时看法不一，但是他们都认为：民族主义是特定社会、历史、文化背景下的产物，欧洲的每个民族国家几乎都产生过不同形式、不同特点的民族主义。从历史上看，爱尔兰的民族主义滥觞于 12 世纪中叶盎格鲁－诺曼入侵之后。自 18 世纪末以来，随着殖民与被殖民的矛盾日益加剧，它发展成为一种广泛的政治、文化和社会思潮。一方面，爱尔兰在地域上与英国临近，在政治、经济、文化上又是大英帝国的附庸，爱尔兰民族主义的形成显然受到了英国殖民主义意识形态的影响；另一方面，爱尔兰和法国都是天主教国家，爱尔兰人常常把法国人视为自己的盟友，因此，从崇尚武力革命的爱尔兰武装民族主义中自然可以见出法国大革命的影响。在文化史学者鲍伊斯看来，爱尔兰的民族主义具有三大显著特征：即"种族"意识、"宗教"意识和"领土完整"意识（Boyce 19）。这种分析和论断颇有见地，但是却并不全面。鲍伊斯忽视了另外一个重要的因素——即民族语言意识。他似乎没有看到，在爱尔兰这样一个长期遭受殖民统治的民族国家，当她的民族语言不断被边缘化并最后被一种外来语完全取代之时，那些爱尔兰的民族主义者在强调爱尔兰的"种族"、"宗教"的独特性和"领土完整"的同时，无论如何也不会对自己母语的失落无动于衷。

爱尔兰的近代史上有过三种不同形态的民族主义思潮：政治民族主义、天主教民族主义和文化民族主义。政治民族主义主要有 18 世纪末 19 世纪初沃尔夫·

托恩(Wolfe Tone)、罗伯特·埃米特(Robert Emmet)领导的"团结的爱尔兰人"的现代爱尔兰共和运动,19 世纪 40 年代卡文·达菲(Charles Cavin Duffy)、托马斯·戴维斯(Thomas Davis)、约翰·米切尔(John Mitchel)领导的"青年爱尔兰运动",19 世纪 50、60 年代詹姆斯·斯蒂芬斯(James Stephens)领导的"爱尔兰共和兄弟会",19 世纪 80 年代达维特和帕内尔领导的"土地改革"和"民族自治"运动,20 世纪 10、20 年代的"复活节起义"和新芬党领袖阿瑟·格里菲思领导的民族独立运动。天主教民族主义主要包括 19 世纪 20 年代末奥康内尔发动的"天主教解放"运动,19 世纪 70 年代的"废除爱尔兰教会"(英国国教)运动。文化民族主义则主要以 19 世纪 80 年代的爱尔兰体育复兴、90 年代的爱尔兰语复兴和爱尔兰文艺复兴为代表。这些民族主义思潮有的温和、理性,有的偏执、狭隘,有的激进、崇尚暴力,它们的共同目标都是要通过政治上的去殖民化和文化上的去英国化来确立爱尔兰的民族身份,构建爱尔兰的民族性格,最终实现爱尔兰的民族独立。

乔伊斯在情感上并不反对去殖民化和去英国化,他也非常向往祖国的民族自治和民族独立。在他早年写给胞弟斯坦尼斯洛斯的一些书信中,他甚至认为爱尔兰新芬党的政治纲领"如果不固守爱尔兰语",他也可以"把自己称为一名民族主义者"(SL 125)。但是他更崇尚世界主义的普世价值,并不认同狭隘、庸俗和妄自尊大的民族价值观。在他看来,任何形式的民族主义一旦走向极端,落入种族主义或民族沙文主义的糟粕,就有可能人为地制造民族隔阂、埋下民族仇恨的种子,不利于实现世界大同。爱尔兰的民族主义也"只不过是大不列颠和罗马天主教帝国主义的一种延伸"(Nolan 18)。他作品中那些满怀爱国激情的民族主义者,如《都柏林人》的《亡人》中的艾弗丝小姐,《画像》中的丹蒂姨妈,《尤利西斯》中对温文尔雅的布卢姆大打出手的独目巨人"公民",几乎都是一些平庸、偏执、刻薄、好斗之辈。他们对大英帝国充满仇恨,对罗马天主教却表现出十分的忠诚;他们坚决反对大不列颠的政治压迫,却又能坦然接受罗马帝国的精神奴役。这些滑稽可笑的人物被描绘成了狭隘民族主义的化身(Manganiello 25)。

在《画像》的第五章,达文是乔伊斯塑造的另一个爱尔兰民族主义的典型代表,此人是斯蒂芬在都柏林大学学院的大学同学。这位生长在爱尔兰偏远乡村、"笨头笨脑"的小伙子从小就开始接受凯尔特文化的熏陶,"他的保姆教他爱尔兰语,用爱尔兰神话那些零碎的知识塑造了他笨拙的想象"。他不仅"崇拜爱尔兰忧伤的传说",而且还热衷于爱尔兰传统体育项目。在大学期间,他更是"拜倒在盖尔人迈克尔·丘萨克的脚下"。① 他笃信罗马天主教，对外来文化却采取一味排斥的态度。"无论任何思想或情感，只要来自英格兰或出自英国文化，他的心灵都服从于一种口令，保持着高度的警惕。对于英格兰以外的世界，他只知道自己宣誓效忠的法国外籍军团"（*P* 207）。他非常自豪地对斯蒂芬宣称："我首先是一个爱尔兰民族主义者，而你压根什么都不是，你天生是一个嘲讽者。"（229）他坚信"国家是第一位的，爱尔兰是第一位的"，"然后你才能成为一名诗人或一名神秘主义者"（230）。在达文的身上，那种夜郎自大、唯我独尊、故步自封的民族价值观凸显无遗。

斯蒂芬与达文是好友，虽然他们之间几乎无话不谈，但是他们的民族价值观却迥然相异。在斯蒂芬看来，"从托恩到帕内尔的时代，每一个体面、真诚的人都为你们献出了自己的生命、青春和爱情，而你们却把他们出卖给敌人，谩骂他们，在紧要关头将他们抛弃，丢掉一个捡起另一个。你让我成为你们中的一员，我倒要看到你们先遭天谴"（230）。斯蒂芬之所以拒绝成为一名民族主义者，是因为他透过爱尔兰的历史清楚地看到，爱尔兰的民族自治之所以屡战屡败，英国殖民者的多次围剿和残酷镇压固然是重要因素。但任何一个有良知的爱尔兰人都应该意识到，在历次抗击殖民统治的斗争中，那些狭隘的民族主义者总是一次又一次地出卖和背叛自己的领袖和民族精英。从这种意义上说，爱尔兰人最大的敌人与其说英国殖民者，不如说是他们自己。上述斯蒂芬所说的那番愤愤不平的话语，真切地表达了他对爱尔兰民族劣根性的深刻焦虑。在他看来，如果爱尔兰的民族主义者只能看到自己民族优秀的一面，缺乏自我审视和自我批判的勇气，对自己民族的劣根性视而不见，那么即使某一天在政治、经济上获得了民族独立，爱尔兰民族也不可能在精神上获得解放、实现真正的民族独立。

爱尔兰民族最大的不幸莫过于爱尔兰语的丧失。爱尔兰语即盖尔语，根据乔伊斯的考证，盖尔语是"印欧语系中的一支"，它"拥有自己独特的字母、文字体系和大约三千年的历史"（*CW* 155）；"这种语言源于东方，许多语文学家认为它就是贸易和航海发明者腓尼基人古老的语言"（156），它"与英语之间的差别几乎就像在罗马所讲的语言与在德黑兰所讲的语言之间的差别一样大"（155）。早在12世纪下半叶，"为了把爱尔兰人变成英国人"，英国殖民者就"把英语和英国习

---

①　Michael Cusack（1847—1906）是爱尔兰体育复兴运动的领袖，他在 1884 年创建了旨在复兴和推广爱尔兰传统体育项目（如爱尔兰曲棍球、盖尔足球）、抵制外国体育项目的"盖尔体育协会"。他是《尤利西斯》第十二章中民族沙文主义者独目巨人"公民"的原型。

俗强行塞给了爱尔兰人"。从 19 世纪下半叶开始,英国统治当局规定"爱尔兰的学校只能使用英语,只能讲授英国史,不能教爱尔兰史,举国都只能从事英国的体育运动"(Fry and Fry 262)。根据爱尔兰文化史学者的统计,在 19 世纪初,在全爱尔兰的六百万人口中,说爱尔兰语的人口有二百万,既说爱尔兰语又说英语的人有一百五十万。但是到了 19 世纪中叶,能说爱尔兰语的总人口降至一百五十万,仅占全国总人口的百分之二十五,且主要集中在西部的康诺特省(Tuathaigh 43)。从 1881 年(乔伊斯出生前一年)到 1926 年的四十五年间,说爱尔兰语的人口又下降了百分之四十一,总人数不到九十万(Finnegan 68)。如今,最新的统计数据显示,在 2008 年,说爱尔兰语的人已经减少到了十四万,比例仅占爱尔兰共和国总人口的百分之三。

爱尔兰的文化精英们对爱尔兰语的境遇深感忧虑。为了"鼓励使用爱尔兰语"和"保存用爱尔兰语创作了一千五百多年的文学"(Fry and Fry 262),在 1892年,爱尔兰文化复兴的倡导者、著名爱尔兰学者海德发表了一篇题为《爱尔兰去英国化之必要性》("The Necessity for De-Anglicising Ireland")的著名演说。他告诫国人"不要在没有变成英国人的时候就不再成为爱尔兰人","不要丢掉自己的语言去说英语","不要读英语书就对盖尔语文学一无所知";虽然他"并不是反对模仿英国人最优秀的东西,因为那样会很荒唐",但是,他一定要"揭露那种对爱尔兰的东西视而不见,那种仅仅因为每一样东西都是英国的就对其匆匆忙忙、不加区分、仓促地予以采纳的愚蠢行为"(Riquelme 264,263)。颇为尴尬的是,由于广大的听众听不懂爱尔兰语,他的演讲却不得不用英语来进行。为了复兴和普及爱尔兰语,1893 年,海德在都柏林创建了"盖尔语协会",并担任该协会的首任主席。① 这些努力和举措反映了那个时代的爱尔兰文化精英们对复兴爱尔兰文化和民族语言的政治诉求。

在爱尔兰文化和政治精英们的大力倡导和鼓动之下,爱尔兰语成为了学校的必修课,爱尔兰大多数的小学、中学和大学都开设了爱尔兰语课程。此外,"除了反对爱尔兰自治的喉舌之外,每一家爱尔兰报刊至少要刊登一条用爱尔兰语撰写的特别重要新闻,主要城市之间的通信也用爱尔兰语"(CW 155)。"在都柏林,街道名都用两种语言标示","在大街上,你经常看到成群的年轻人说着爱尔兰语

---

① 道格拉斯·海德(Douglas Hyde, 1860—1949)是爱尔兰著名学者、政治家,他精通爱尔兰语、英语、拉丁语、法语、德语、希腊语、希伯来语,1909 年至 1932 年在都柏林大学学院任爱尔兰语教授,1925 年和1938 年两次当选爱尔兰国会参议员,1938 年至 1945 年担任爱尔兰共和国第一任总统。

从身边经过"；"'协会'还举办音乐会、辩论会和社交活动，在这些场合讲英语的人觉得好像鱼儿离开了水"，"'协会'的成员还用爱尔兰语互相通信，可怜的邮递员常常看不懂地址，为了解开谜团只好向上司求助"（156）。不仅如此，"爱尔兰自由邦"（即后来的爱尔兰共和国）脱离英国获得独立之后，新宪法（1937年通过的第二部爱尔兰宪法）把爱尔兰语提升为爱尔兰的第一官方语言，爱尔兰的国名、地名、校名、街道名、政府机构名称、各种公文等都必须同时使用爱尔兰语和英语两种文本。尽管这样，英语的"霸主"地位仍然没有本质的改变，爱尔兰语充其量也只能充当爱尔兰民族文化的一个象征符号，民族语言的复兴至今还是一个没有实现的民族梦。

乔伊斯对爱尔兰语复兴运动持怀疑的态度，他甚至为自己的儿子出生在异国他乡，"说另一种语言、在一种不同的传统中成长"而"感到自豪"（*LII* 255）。在他看来，既然在爱尔兰英语已经取代了爱尔兰语，"他者"的语言成了"母语"，而真正的母语却变成了"外语"，那么，在上至达官贵人、政治领袖、文化精英、神职人员，下至普通百姓都已经把英语作为共同的交流媒介的文化语境中，向广大的民众推广和普及爱尔兰语纯粹是一种不切实际的幻想。在《画像》的第五章，他通过斯蒂芬之口这样表述道："我的祖先扔掉了他们的语言，捡起了另一种语言……他们任凭一小撮外国人来征服自己。你想我会用一生来亲自偿还他们欠下的债务吗？为了什么？"（*P* 230）

拒绝认同已经失落的民族语言，不愿偿还祖先在历史上欠下的文化债务，并不意味着就能心甘情愿地接受殖民者的语言。对于这种依靠武力征服和文化霸权强加给爱尔兰的外来语，乔伊斯同样感到焦虑和不安。这种焦虑和不安通过斯蒂芬关于英语——即都柏林大学学院那位来自英格兰的教务长所说的语言——的内心独白十分真切地表达出来：

　　——我们说话所用的语言在成为我的语言之前是他的。"家园"、"基督"、"啤酒"、"主人"这些字眼，他的嘴唇和我的嘴唇说出来是多么的不同！无论是说还是写这些字眼，我都感到精神不安。他的语言非常熟悉又非常陌生，对我来说总会是一种习得的言语。我没有创造也没有接受这种语言的词汇，我的声音把它们拒之于千里之外，在他的语言的阴影之中，我的灵魂感到烦恼。（216）

一个被殖民的民族失去了自己的民族语言，这个民族的人民被迫使用殖民者的语言来交流思想和情感，这是爱尔兰民族的奇耻大辱和莫大的不幸。斯蒂芬在使用英语时的"精神不安"和"烦恼"真切地反映了爱尔兰民族面对文化"失语"的普遍焦虑。

当然，既无法认同自己的母语又不能接受"他者"的语言，但是又不得不使用这种既"熟悉"又"陌生"的"习得的言语"来交流思想和表达情感，这的确是一种无可奈何的文化窘境。然而，语言毕竟只是一种交流工具，既然母语的失落已经不可逆转，英语也已经成为了爱尔兰的通用语，爱尔兰人难道就不能超越爱尔兰语和英语背后的政治意识形态，创造性地利用英语来真实地表现爱尔兰的社会现实和娴熟地表达自己的生活经验吗？在与教务长关于"漏斗"的对话中，斯蒂芬脱口说出了一个古雅的英文词"tundish"，把这位"本·琼森的同乡"弄得不知所云。斯蒂芬与教务长的对话可以被看成是一场语言的文化竞赛，斯蒂芬的胜出证明，作为一个爱尔兰人，他对英语的熟悉程度远在他的英国老师之上。难怪他后来在心里这样诅咒道："该死的教务长和他的漏斗（funnel）！他到这儿来是为了什么，是来教我们他自己的语言还是来跟我们学习这种语言？"（280）显然，乔伊斯是在暗示：如果一个爱尔兰艺术家能够摒弃狭隘的民族观念，突破英国与爱尔兰、殖民与被殖民、民族主义与殖民主义之间的二元对立，即便使用"他者"的语言来进行写作，他也一定能赋予这种语言更多的爱尔兰民族特色，用"爱尔兰英语"（Hiberno-English）创作出优秀的民族文学。这是一种博大的爱国情怀，这种情怀与狭隘的民族主义价值观有着本质的差异。

## 六、精神流亡——爱尔兰艺术心灵成长的必经之道

摆脱了天主教、民族主义和语言意识形态的精神束缚之后，斯蒂芬的心灵成长产生一次质的飞跃，他走进了一个审美的艺术世界。他自豪地对好友林奇说："亚里士多德没有定义怜悯和恐惧，而我对此进行了界定。"他认为"怜悯是遇到任何沉重而恒久的人间苦难之时心如止水并将这种苦难与人间的受难者联系在一起的那种情感，而恐惧是遇到任何沉重而恒久的人间苦难之时心如止水并将这种苦难与其隐因联系在一起的那种情感"（P 231）。这两种"静态的情感"构成了"悲剧情感"的一体两面，而"悲剧情感"是纯粹的"审美情感"，它超越了"欲望和厌恶"，与"色情或说教"那些"不恰当的艺术"所唤起的"动态的情感"迥然有别

（232）。他信奉阿奎那"悦目者，谓之美"的美学观（234），坚信"完整、和谐和闪耀"是美"不可或缺的三大要素"（239），并且认为真、善、美在本质上是统一的。他把艺术分为抒情、史诗和戏剧三种形态，认为在抒情艺术中"艺术家呈现的形象与他本人直接相关"；在史诗艺术中"艺术家呈现的形象与他本人和其他人间接相关"；在戏剧艺术中"艺术家呈现的形象与其他人直接相关"（241）。在他看来，艺术创作可以分为"艺术构思、艺术孕育和艺术再现"三个过程（237）。在艺术创作中，"艺术家的人格首先是一声呐喊、一个节拍、一种基调，然后变成一种流畅、巧妙的叙述，最后被提炼得无影无踪，没有了个性"。换言之，一个"艺术家就像创造万物的上帝，藏身在其作品之中、之后、之外或之上，隐而不现、无动于衷、无影无踪，修剪着自己的指甲"（242）。然而，令他感到悲哀的是：这种美学、艺术观却不能引起林奇的思想共鸣，这位长着"一双爬行动物似的眼睛"、拥有"一个枯萎的灵魂"的肤浅、平庸之辈似乎只对女性的臀部感兴趣（233）。他不以为然地对斯蒂芬说："在这个被上帝遗弃的可怜的岛上，你空谈美和想象有什么意思？怪不得那个艺术家糟蹋了这个国家之后，就躲到了他的作品之中或作品之后去了呢"（243）。

　　林奇的态度反映了爱尔兰社会一部分民众对美学和艺术的冷漠和无知，他斥责的"那个艺术家"使我们想到了叶芝和19、20世纪之交发生在都柏林的一次文化事件。1899年5月8日晚，叶芝的诗剧《伯爵夫人凯瑟琳》在都柏林爱尔兰文学剧院（后改名为阿比剧院）首演，该剧叙述了19世纪40年代爱尔兰大饥荒时期一位伯爵夫人为了拯救饥民将自己的灵魂出卖给魔鬼以换取食粮的感人故事，乔伊斯和他在都柏林大学的同学观看了这场演出。然而戏未演完，剧场就发生了骚乱。煽动骚乱的正是乔伊斯的那些同学，他们认为这部戏剧诬蔑爱尔兰天主教、宣扬异端邪说、诋毁爱尔兰民族精神，唯独乔伊斯对演出大加赞赏。演出之后，为了声讨叶芝，那些同学撰写了一封抗议信，并且在校园发起了签名运动。他们要求乔伊斯签名，不料却遭到了他的断然拒绝。后来，这封抗议信寄给了《自由人报》，并于5月10日在该报发表。尽管乔伊斯并不完全认同叶芝的文化民族主义立场，但是他十分欣赏《伯爵夫人凯瑟琳》的艺术主题。他认为这部作品中的"基督教"主题"是象征而不是教义"，叶芝"把爱尔兰农民描绘成无知、迷信之辈"完全"符合实情"；剧中的主人公"伯爵夫人富有崇高的自我牺牲精神"，她"甘愿为自己的民族而受难"（JJ 67）。在乔伊斯看来，"叶芝是当代爱尔兰最重要的作家"（66），那些攻击叶芝的人不过是一些愚昧无知的"乌合之众"。1901年10月15日，他以"乌合之众的节日"（"The Day of the Rabblement"）为题，写下了一篇痛斥媚俗的爱尔兰社会、捍卫艺术自由和艺术家尊严的批评论文。①

这场骚乱被乔伊斯写进了《画像》之中。在小说的第五章第三节，当斯蒂芬站在爱尔兰国立图书馆的柱廊下仰望空中飞翔的燕子时，他想起了《伯爵夫人凯瑟琳》中优美的诗句和那天晚上骚乱发生时的情形：

> ……那些诗句在他记忆的耳中低吟，民族剧院开张的那天晚上剧场上的那一幕徐徐展现在他回忆的眼前。他独自坐在楼厅的那一侧，疲惫的双眼注视着正厅前座上的那些都柏林文化人，注视着那些花哨俗丽的幕布和被舞台上耀眼的灯光映衬的那些人间玩偶。在他的背后，一名魁梧的警察流着汗，似乎时刻准备采取行动。分散在剧场各处的那些同学发出了一阵又一阵粗鲁的嘘声、尖叫声、嘲笑声。
>
> ——对爱尔兰的诽谤！
>
> ——德国制造！
>
> ——亵渎上帝！
>
> ——我们从来没有出卖过我们的信仰！
>
> ——从来没有爱尔兰女人这样做过！
>
> ——我们不要业余的无神论者。
>
> ——我们不要刚入门的佛教徒。（P 254）②

无独有偶，就在这场骚乱过去不到 8 年之后的 1907 年 1 月 26 日晚，当爱尔兰剧作家辛格（John Milicent Synge）的戏剧《西方世界的花花公子》（*The Playboy of the Western World*）在阿比剧院（此时爱尔兰文学剧院已改为此名）首演之时，历史又一次重蹈了覆辙。稍稍不同的是，这一次带头讨伐辛格的"乌合之众"不是那些血气方刚的青年学子，而是以阿瑟·格里菲思等人为首的民族主义激进分子和文化人。在格里菲思看来，辛格"用我们从公众的舞台上听过的最肮脏的语言讲述了一个可耻和野蛮的故事"。颇有影响的《自由人报》还在 1 月 28 日刊发了一系列剧评，强烈谴责这部戏剧蓄意"诋毁爱尔兰"、"下流淫秽"、"极不真实"，完全

---

① 《乌合之众的节日》写完之后，乔伊斯将其投给都柏林大学学院主办的刊物《圣斯蒂芬》（St. Stephen's），这家刊物拒绝发表。后来，他自费在一家文具店将文章印了 85 份，分发给了学院的师生。参见 *CW* 68 – 69.

② 叶芝是一个东方神秘主义者，他虽然出生于新教家庭，但是不信奉基督教。

"不适合都柏林的戏剧舞台"（Kilroy 7）。

这两场文化闹剧表明：爱尔兰的许多民众已经丧失了审美趣味，他们不能欣赏、接受真正的艺术和匡正时弊、疗救心灵的艺术家，社会已经变得俗不可耐，这个国家已经没有了艺术家的容身之所。斯蒂芬清醒地意识到，如果他想要"发现一种生活或艺术的方式，用这种方式自由、无拘无束地表达自己的心灵"（P 274），他必须像古希腊神话中的巧匠代达罗斯逃离克里特岛一样，从这个窒息艺术心灵的社会"迷宫"中走出来。只有离开爱尔兰远走高飞，他才能超凡脱俗、获得精神自由、实现自己的艺术理想。大学毕业前夕，斯蒂芬做出了一个让家人和同学感到吃惊的决定：他准备远赴欧洲大陆追求自己的艺术人生。他把这个决定告诉了好友克兰利并与其进行了一次心灵的交流，在与克兰利的谈话中，他宣称："我不会侍候我不再信仰的那一切，不管那一切自称是我的家、我的祖国或者是我的教会：我一定要设法以某种生活或艺术的方式，把沉默、流亡和巧智作为我让自己用来进行自卫的唯一武器，尽可能自由、完整地表达自我。"（275）此时的斯蒂芬充满着自信，他已经不再犹豫、不再彷徨、也不再恐惧："我不怕孤身一人，不怕别人为了另一人而将我抛弃，不怕舍弃我不得不舍弃的一切。我不害怕犯错，即使是大错甚至是一生或许是长达永恒的错误也不怕。"（276）斯蒂芬终于从精神桎梏中彻底解放出来，他确立了自己的世界观和人生观；一个在"民族"、"语言"、"宗教"的文化"罗网"中经历了种种坎坷的爱尔兰青年终于找回了自己真实的自我，获得了心灵的自由。

充分展示斯蒂芬的真实自我和心灵自由的篇什莫过于《画像》的结尾。这个采用人物第一人称叙述视角、由斯蒂芬的二十二篇长短不一的日记所构成的篇什，真实地记录了斯蒂芬离开爱尔兰之前一个多月（3月20日至4月27日）的生活经历和思想活动。这些看似零乱的"文字和思想碎片"，虽然"像受潮、失效的烟花一样掉落下来"（JJ 404），并且堆积着"许多琐事和未经解释的所指"（Grose 39），但是它们的主题意蕴却是非常明确的。在这里，我们看到人物、叙事者、作者的"声音"艺术地融为一体，原先散布在前面各章节中的那些俗套的叙述话语已经消失，取而代之的是斯蒂芬鲜活、灵动、生机勃勃的个性话语，他开始以与众不同、超然、反叛的方式和独特的个人语言来表述自己的感知、经历、情绪、欲望和思想。这种个性化的表达方式旨在展现一种艺术生命的"形态"（Levenson，"Stephen's Diary" 36），表明斯蒂芬心灵成长的焦虑已经趋于缓解，他的艺术个性得到了前所未有的张扬。

斯蒂芬即将告别自己的亲友，离开自己的家园、离开爱尔兰，去欧洲大陆开辟新的艺术生活，他"渴望用自己的双臂去紧抱那尚未来到这个世界的美丽"（P 280）。他听到了自己的内心在发出"走啊！走啊！"的呼唤，一幅广阔、美丽的图景徐徐呈现在他的眼前，"那迷人的臂膀和声音：那些道路的白色臂膀，它们将会紧紧地拥抱，还有高耸在月光下的那些帆船黑色的臂膀，它们在诉说着遥远民族的故事"（281）。这样的场景与他早先在都柏林湾邂逅海边少女时的情形何其相似，那激荡着浩渺烟波的大海又一次在催他奋进，那些象征着艺术创造的风帆的臂膀正在向他招手："来吧……我们是你的亲人。"（281）他对未来充满了信心，他要勇敢地迎接新的生活，"啊人生，欢迎你！我要百万次地面对经验的现实，在我灵魂的铁匠铺里铸造我的民族从未创造过的良知。"（282）他坚信"抵达塔拉那条最近的路就是要经过霍里黑德"（278），①只有突破爱尔兰岛国寡民的狭隘心态，融入源远流长、底蕴深厚的欧洲文化，他才能扩大视野、兼容并蓄、博采众长，用文学来塑造爱尔兰从未有过的民族良知，实现爱尔兰民族文化的伟大复兴。他向引领自己心灵成长的精神之父——那位和自己的名字相同的古希腊巧匠代达罗斯——默默祈祷："古老的父亲，古老的巧匠啊，现在和永远都让我展翅高飞吧"（282）。至此，"民族"、"宗教"、"语言"的"罗网"给斯蒂芬带来的种种焦虑终于得到了彻底消解，他坚定地踏上了一条艺术心灵的成长之路。这条道路也许前途未卜，也许还会布满荆棘、充满着坎坷，然而他深信：只要不畏艰险、勇敢、自信，他就一定会成长为一名具有崇高的艺术理想和强烈的道德使命感，洋溢着深厚民族情怀的青年艺术家。

这个青年艺术家斯蒂芬既是青年乔伊斯的艺术化身，也代表了在大英帝国殖民统治下、在天主教意识形态和民族主义政治文化生态中苦苦挣扎和彷徨徘徊的爱尔兰民族。斯蒂芬在心灵成长中的焦虑既是乔伊斯本人心灵成长的焦虑，也反映了他对爱尔兰民族精神成长的焦虑。在乔伊斯看来，一个先知先觉、以"铸造民族良知"为己任的爱尔兰艺术家就是爱尔兰民族的精神之魂，他心灵的自由成长需要经历一个"远走高飞"的精神流亡之旅，这一痛苦而又不得不走的心路历程是爱尔兰这个苦难的民族走向精神独立的一个重要标志。

---

① 位于爱尔兰韦克斯福德郡（County Wexford）的塔拉山（Tara Hill）是爱尔兰文明的发源地，那里孕育了辉煌灿烂的凯尔特文化，爱尔兰"黄金时代"的国王们均在塔拉建都。霍里黑德（Holyhead）是位于威尔士西北海岸的一个海港，是爱尔兰通往英国和欧洲大陆的海上必经之途，是爱尔兰人流亡、移民海外的始发站。

# 第三章  《尤利西斯》：民族文化身份的焦虑

——可是你知道什么叫民族吗？约翰·怀士说。

——知道，布卢姆说。

——是什么呢？约翰·怀士说。

——民族吗？布卢姆说。民族就是生活在同一个地方的同一群人……要不，生活在不同地方的也行。

——乔伊斯：《尤利西斯》

在1906年至1907年间，当《都柏林人》的写作接近尾声之时，乔伊斯在罗马给他的胞弟斯坦尼斯劳斯写信说，他还要给这部短篇小说集增加"一个新的故事"。这个故事将刻画一位住在都柏林、名为"亨特先生"（Mr Hunter）的爱尔兰犹太人，一个被不贞的妻子背叛的"乌龟"（cuckold）（*SL* 112），①故事的标题定为《都柏林的尤利西斯》（*Ulysses at Dublin*）（Levin and Shattuck 51）。但是，标题出来后这个故事的写作却一直"毫无进展"（*SL* 145），数年之后乔伊斯一改初衷，决定

---

①  1904年6月22日晚，乔伊斯在都柏林的一个街区为一个女孩与人发生斗殴，"他的眼睛被打青，手腕和足踝被扭伤，手和下巴被打裂"，此时，一个名叫阿尔弗雷德·亨特的好心的都柏林犹太人站出来干预，"拍掉了他身上的灰尘"，把他送回家。亨特先生的见义勇为之举在乔伊斯的心中留下了难忘的印象，于是，亨特成为了布卢姆的人物原型，那场经历也被写进了《尤利西斯》的第十五章（喀耳刻）。参见 Richard Ellmann, *Ulysses on the Liffey* (New York: Oxford UP, 1972) xv – xvi.

将这篇在脑海中孕育了几年的短篇小说扩展成一部长篇，并使之成为《画像》的"续篇"（Litz, "The Design of Ulysses" 28）。这就是后来他花费了长达近八年（1914 年至 1921 年）的时光写成的鸿篇巨制——《尤利西斯》。与《画像》"出世"的情形极为相似，这部作品也是在庞德的大力举荐之下，最初于 1918 年 3 月至 1920 年 12 月在美国一家知名文艺季刊《小评论》（The Little Review）上分章连载。不料这家刊物在登出第十三章（瑙西卡）之后，就被纽约法院以非法出版淫秽读物的指控勒令停止继续连载（Bowen 421）。所幸关键时刻总是有"贵人"鼎力相助，在 1922 年 2 月 2 日乔伊斯四十岁生日这一天，旅居巴黎的美国人西尔维娅·比奇（Sylvia Beach）女士侠肝义胆，在她经营的"莎士比亚书局"（Shakespeare and Company）推出了《尤利西斯》的第一版。

《尤利西斯》的出版在欧美引发了一场不小的文化风波，各国文化当局纷纷将其贴上了"淫秽色情读物"的标签，任何再版、转载、传播、走私该书的行为都被视为非法。另外，对于这部以前所未有的方式，大胆、直率地呈现"人类赤裸裸的动物性"（Potts, Portraits of the Artist in Exile 131）的惊世骇俗之作，劳伦斯、伍尔夫、贝内特（Arnold Bennett）等英国作家均表现出相当的不适与厌恶。20 世纪 30 年代，在美国兰登书屋的出版商瑟夫（Bennet Cerf）、著名法官伍尔西（John M. Woolsey）与一批知名作家和知识分子的奋力抗争下，《尤利西斯》的禁令终于得到解除。随后，该书先后在美国和英国出版，各种译本也相继在其他欧洲国家问世。不过，乔伊斯在英国似乎是一位不太受欢迎的作家，在这部小说出版之后的近五十年间，"许多大学仍然将其排除在本科课程之外"。另外，在 20 世纪 50 年代末就以《詹姆斯·乔伊斯》一书蜚声于欧美批评界且著述甚丰的美国乔伊斯传记家和爱尔兰文学批评家艾尔曼，直到 1970 年才获准在牛津大学担任教授职位（Kiberd, Introduction to Ulysses xix）。爱尔兰虽然没有正式颁布过禁止出版该书的有关法规，但是在爱尔兰公众的眼中，乔伊斯似乎"仍然是一个淫秽作家"和"疯子"。事实上，爱尔兰"是最后一个解除《尤利西斯》禁令的国家"（JJ 3）。由美国著名导演斯特里克（Joseph Strick）于 1967 年改编、执导的同名影片也直到 2000 年 9 月才被爱尔兰官方解禁。① 对于这种文化现象，英国批评家伊格尔顿在 2005 年出版的《英国小说》中评论道："《尤利西斯》本身已经成为了一场噩梦，爱尔兰正

---

① 参见 Jane Robins, "After 33 Years, Censor Lets Irish Audiences See Banned 'Ulysses' Film, "The Independent 28 September 2000, 20 May 2008 < http://www.independent.co.uk/arts - entertainment/films/news/after - 33 - years - censor - lets - irish - audiences - see - banned - ulysses - film - 701740. html > .

在设法从这场噩梦中苏醒"（Eagleton，*The English Novel* 281）。

## 一、一部彰显民族文化身份的民族史诗

《尤利西斯》是一部关于三个都柏林人的长篇小说或"反小说"（antinovel）
（Attridge，*James Joyce's Ulysses* 3），它的叙事时间被"锚定"在 1904 年 6 月 16 日早
上 8 点至 17 日凌晨 3 点左右，约为十九个小时。小说共有十八章，分为三个部
分：第一部分为第一至第三章，第二部分为第四至第十五章，第三部分为第十六
至第十八章。① 叙述框架模仿了荷马史诗《奥德赛》的故事结构，小说中的三位主
人公——以兜揽广告为生的犹太裔爱尔兰中年男子、三十八岁的利奥波尔德·布
卢姆，在都柏林市郊一所私立学校任教的爱尔兰青年艺术家、二十二岁的斯蒂
芬·代达勒斯，具有西班牙血统的爱尔兰歌唱演员、布罗姆的妻子、三十三岁的
莫莉·布卢姆——分别对应于奥德修斯（拉丁化的名字为"尤利西斯"）、忒勒马
科斯和珀涅罗珀。乔伊斯通过这些人物的意识流、自由联想和内心独白，用不同
的叙述声音、变化的叙述视角和流动的文体，融合神话戏仿、自然主义、象征主
义、超现实主义的相关艺术技巧，"客观"、真实地呈现了他们在这一天中的所
见、所闻、所为、所感、所思、所忆、所欲、所困和所惑。只不过在人物塑造上，
他运用了反讽的手法，因此，三位主人公与荷马笔下的那些人物形象——足智多
谋、骁勇善战的父亲，勇敢、忠实、孝顺的儿子，恪守妇道、坚贞的妻子——相去
甚远。

艾尔曼在《利菲河上的〈尤利西斯〉》一书中说，《尤利西斯》是"最有趣的小说
中最难读、最难读的小说中最有趣的一部"（Ellmann，*Ulysses on the Liffey* xi）。之
所以"最有趣"，是因为它巧妙地融合了"引人发笑"、"快乐"、"滑稽"、"民主"、

---

① 根据乔伊斯的构思，《尤利西斯》的每一部分、每一章原来都有标题的。即：第一部分为"忒勒玛基
亚"（Telemachia），第二部分为"漂泊"（Odyssey），第三部分为"回家"（Nostos）；第一章为"忒勒玛科斯"
（Telemachus），第二章为"涅斯托耳"（Nestor），第三章为"普洛透斯"（Proteus），第四章为"卡吕普索"
（Calypso），第五章为"食落拓花之人"（Lotuseaters），第六章为"哈得斯"（Hades），第七章为"埃俄罗斯"
（Aeolus），第八章为"勒斯特里冈尼亚人"（Lestrygonians），第九章为"斯库拉与卡律布狄斯"（Scylla and
Charybdis），第十章为"游动山崖"（Wandering Rocks），第十一章为"赛壬"（Sirens），第十二章为"库克罗普
斯"（Cyclops），第十三章为"瑙西卡"（Nausicaa），第十四章为"太阳神牛"（Oxen of the Sun），第十五章为
"喀耳刻"（Circe），第十六章为"欧迈俄斯"（Eumaeus），第十七章为"伊塔刻"（Ithata），第十八章为"珀涅罗
珀"（Penelope）。后来，在小说出版时乔伊斯删去了这些标题。但是，批评家们仍然习惯于使用这些标题。
本书作者在论述中亦遵循沿用这些标题的习惯。

"讽刺"、"仿拟英雄史诗"的喜剧元素；之所以"最难读"，是因为它几乎涵纳了包罗万象的人类知识和一切优秀神话所具有的"叙事"、"伦理"、"审美"、"寓意"的艺术品质。因此艾尔曼认为，即便我们对它进行反复的阅读，"它的某些奥秘也依然存在"（Ellmann，*Ulysses on the Liffey* xiii）。对于这些不易破解的"奥秘"，乔伊斯似乎颇为得意。在 20 世纪 30 年代，他自豪地对《尤利西斯》的法语译者伯努瓦 - 米琴（Benôist-Méchin）解释说："我在书中设置了许许多多的谜语和难题，它们会让教授们忙乎几个世纪，为了弄清我的意思而争论不休。这是一个人获得不朽的唯一方式。"（*JJ* 521）他还反复告诫读者始终要通过小说中的那些"暗示而非直接的陈述"来揣摩和领会他的创作意图（Budgen 17）。

乔伊斯在《尤利西斯》中"设置"的那些"谜语和难题"让学者们"忙乎"了九十多年，他们对这部作品展开了全方位的研究，发表和出版的研究成果亦可谓汗牛充栋，令人叹为观止。尽管如此，有关《尤利西斯》的争论却仍然还在延续。学者们似乎并不满足于将它视为一部"人体"或"心灵"的史诗（Kiberd，Introduction to *Ulysses* xxviii），①仅仅只对其独特的艺术形式、叙述技巧、文体特征、叙事内容等层面进行新批评式的"内部研究"。自 20 世纪 80 年代以来，随着文化研究、新历史主义和后殖民理论的兴起，《尤利西斯》的研究明显呈现出某些新的转向，对它的"外部研究"开始成为西方世纪之交的批评主流，②众多的学者将其视为探究爱尔兰社会、历史、文化的一个重要窗口和文学标本。③ 他们普遍认为，《尤利西斯》不仅是一部寓意深邃的"社会、政治、历史小说"（Schwarz，*Reading Joyce's*

---

① 乔伊斯是一个喜欢对自己的作品"说三道四"的作家，他曾经对两位友人说，《尤利西斯》既是一部"人体的史诗"，又是一部关于"两个民族（即爱尔兰和以色列）的史诗"。参见 Frank Budgen, *James Joyce and the Making of* Ulysses（New York：Harrison Smith and Robert Haas, 1934）21；Richard Ellmann, ed., *Selected Letters of James Joyce*（London：Faber and Faber, 1975）271.

② 美国新批评家雷奈·韦勒克（Rene Wellek）把文学研究分为"内部研究"（intrinsic study）和"外部研究"（extrinsic study）两大类。在他看来，"内部研究"关注的是文学作品本身的结构，是对作品的艺术"存在方式"、"悦耳"、"节奏"、"格律"、"风格"、"文体"、"意象"、"隐喻"、"象征"、"神话"、"叙事虚构的性质和方式"、"文学体裁"等"内因"层面的研究；而"外部研究"注重作品与作家的"生平"和"心理"、作品与"社会"、作品与"观念"、作品与"其他艺术"等外在因素之间的关系。参见 Rene Wellek and Austin Warren, *Theory of Literature*, 3rd ed.（New York：Harcourt Brace Jovanovich, 1977）73 – 272.

③ 自 1995 年以来，由美国著名乔伊斯批评家扎克·鲍恩（Zack Bowen）主编、弗罗里达大学出版社组稿的"弗罗里达詹姆斯·乔伊斯系列丛书"（The Florida James Joyce Series）迄今已经出版了五十一部，其中的绝大部分都是关于《尤利西斯》的专题研究。这些专题研究几乎都涉及西方和爱尔兰的社会、历史、政治、宗教、神话、民俗等方面的内容。2010 年，该套丛书又将推出《乔伊斯、医学和现代性》（*Joyce, Medicine, and Modernity*）和《谁怕詹姆斯·乔伊斯？》（*Who's Afraid of James Joyce?*）两部专著。

Ulysses 1），更是一部充满民族忧患意识的爱尔兰“民族史诗”（Gibson，*James Joyce* 121）、“帝国主义统治之下的那座都市的史诗”（Jameson，“Ulysses in History” 134）和“爱尔兰民族文学的杰出文本”（Duffy 2）。一方面，乔伊斯“通过边缘化的犹太裔爱尔兰人布卢姆，用人道主义的世俗话语对英雄主义进行了重新界定”；另一方面，他“在考察爱尔兰近代历史和文化时，不但把布卢姆视为帕内尔的继承者，而且还把他当作治疗凯尔特复兴的恐外症和幻想症的一剂良方”（Schwarz，*Reading Joyce's* Ulysses 1）。

英国批评家吉卜森在《詹姆斯·乔伊斯》一书中指出，作为爱尔兰的一部“民族史诗”，《尤利西斯》旨在揭示一个重要的民族主题。他认为现代“爱尔兰文化中缺失的就是布卢姆那样的人格”，乔伊斯塑造这个人物的目的是要为“现代爱尔兰创建一种人格范式”，昭示“爱尔兰需要转变的一种方向”（Gibson，*James Joyce* 125）。加拿大学者昂格甚至把《尤利西斯》视为爱尔兰的一部现代“史诗寓言”（Ungar 1），他对《尤利西斯》、《奥德赛》和《埃涅阿斯纪》（*Aeneid*）（又译《伊尼特》、《伊尼德》）进行比较研究之后得出如下结论：乔伊斯通过“斯蒂芬·代达勒斯和利奥波尔德·布卢姆的相遇”，将爱尔兰的“民族性”、“民族身份”、“民族自我意识”、“民族历史命运”等问题纳入了《尤利西斯》的“主题视域”，以一种独特的艺术方式对上述问题进行了“广泛而全面的思考”。他认为，乔伊斯成功地完成了一部“建构现代爱尔兰”的“民族史诗”，正如维吉尔在《埃涅阿斯纪》中写出了建立罗马帝国的英雄故事一样(9)。

的确，爱尔兰的民族文化身份始终是乔伊斯所关注并为之焦虑的一个中心主题，而这种焦虑在《尤利西斯》中也体现得最为充分。虽然乔伊斯的大半生都在海外度过，《尤利西斯》也是在流亡异乡的岁月中写成，但是他的心灵却从未离开过自己的祖国，“他与故土、与她的历史和文化的联系在这部作品中随处可寻”（Levine 136）。在他的心目中，爱尔兰是一个拥有自己的一片领土，具有数千年的历史、自己的民族语言、独特的宗教和世俗文化传统的民族国家，它的“习俗和传说可以追溯到铁器时代，并一直延续到 19 世纪”（Ranelagh vii），这些因素奠定了爱尔兰民族文化身份认同不可或缺的历史基础；另外，爱尔兰又是一个历尽磨难的民族，在 1921 年建立“爱尔兰自由邦”、政治上获得自治之前，它经历了七百多年被外族殖民统治的历史沧桑。它的领土被掠夺、被占领，母语被边缘化、被剥夺，宗教信仰受到残酷压制，原有的政治、经济、文化体制被摧毁，它的民族文化身份遭到了彻底颠覆。乔伊斯深感忧患的是，“英国人几个世纪以来在爱尔兰所做的一切，就是比利时人今天在刚果自由邦和日本矮人明日将在其他领土上的所作所为"。英国殖民者热衷于"挑起爱尔兰的内讧，把它的财富据为己有"，他们"通过引入一种新的农业体制来削弱本土领主的势力，并把大量地产分给自己的士兵"。不仅如此，当爱尔兰的"罗马教会谋反之时"，他们"对其进行迫害"，只有"当它变成一种有效的统治工具之时"，这种迫害才告"终止"。英国人的"主要兴趣就是要把这个国家弄得四分五裂"（*CW* 166），因此，人们"一点也不难理解为什么爱尔兰人在诅咒的时候，总是把克伦威尔和撒旦的名字联系在一起"（168）。爱尔兰人甚至还常常将"牛角、马蹄和英国佬的微笑"视为日常生活中需要提防的三种不祥之物（《尤》34；Kiberd，*Inventing Ireland* 22）。

　　英国殖民者在爱尔兰所推行的高压统治，极大地摧残了这个民族的文化心理，挫伤了爱尔兰人的民族自尊，使他们"觉得并相信自己低人一等"。英国人就是要把爱尔兰民族变成"一个彰显英国美德的陪衬"，"一间"殖民者"用来做实验的实验室"，"一个能遇到精灵与怪兽的幻想之境"和"一个叫作爱尔兰的新英格兰"（Kiberd，*Inventing Ireland* 1，15）。特别值得注意的是，16 世纪末至 17 世纪初，经历了"九年战争"（the Nine Years' War）的屡战屡败和凄惨的"伯爵大逃亡"（the Flight of the Earls）之后，①爱尔兰民族固有的文化传统、绵延了数千年的盖尔族人的政治结构、经济体制和宗教、社会、生活习俗开始全面走向式微。随着克伦威尔及其后来者对爱尔兰四省三十二郡的武力征服和文化压制，爱尔兰彻底丧失了自己的文化主体地位，这个比英国还要古老的民族终于沦为了大英帝国的附庸，它的民族文化身份被消解得支离破碎。一位当代爱尔兰历史学家发出了如下的感慨："这是一个民族或种族对另一个民族或种族所做的最糟糕的一件事"（Ranelagh vii）。在英国殖民者的眼中，爱尔兰这个"圣贤之岛"只不过是一个落后、劣等、有待开发的蛮夷之地，无论是世世代代在此繁衍生息的本地人，还是那些完全本土化了的外族入侵者和迁徙者的子孙们——他们甚至"比爱尔兰本地

---

　　① 16 世纪发生在英国的宗教改革加深了爱尔兰与英国之间的矛盾，1594 年，爱尔兰盖尔族的两位酋长（Hugh O'Neill，Hough Roe O'Donnell）联合其他盟友发动抗击英国统治的战争，战争于 1603 年结束，持续了 9 年，以爱尔兰失败告终。1607 年 9 月 14 日，两位酋长率领 90 多名追随者离开爱尔兰去欧洲大陆，该事件史称"伯爵大逃亡"。

人更像爱尔兰人"（*CW* 161），统统都被视为为贫穷、愚昧、自负、粗俗、暴躁之徒。① 一些英国的文人墨客甚至还把爱尔兰人描绘成"白种黑人"（white negroes）和"类人猿"（Cheng 19，34）。乔伊斯认为英国殖民者对爱尔兰人的妖魔化之举，恰恰源于一种"在历史上从来并非完全鲜为人知"的文化霸权意识形态，正像古希腊人总是"把那些生活在希腊那一片极其神圣的土地之外的人民称作野蛮之人"一样（*CW* 154）。他们对爱尔兰民族的所作所为和古希腊人对异邦以及古罗马人对古希腊的强权征服并无二致，爱尔兰被殖民的历史"是一场噩梦"，任何一位有良知的爱尔兰人必须"设法从梦里醒过来"（《尤》55），才有可能摆脱殖民统治、获得民族解放，重构爱尔兰民族的文化身份。

乔伊斯对殖民主义的强烈谴责并不意味着他就赞同爱尔兰的民族主义价值观。他对爱尔兰的传统文化深感失望，认为这种已经作古的本土文化无法起死回生，对塑造"一个质朴的爱尔兰"和构建"本真的爱尔兰民族文化身份"于事无补，那些爱尔兰的民族主义者"在民族复兴的名义下因袭了帝国主义所有的陈规旧律"（Kiberd，*Inventing Ireland* 336，333），在很大程度上模仿和内化了殖民主义的意识形态。另外，在他看来，爱尔兰是一个多元文化相杂糅的民族，在历史上"丹麦人、袋人、西班牙来的米利都人、诺曼入侵者、盎格鲁－撒克逊定居者，可以说在一个本地神明的影响之下已经融合成一个新的整体"。它虽然"落后、低劣"，但是"在凯尔特大家族中，它是唯一不愿意为了一碗菜汤而出卖生存权的民族"（*CW* 166）。这个民族就像"一块织物，要想在它上面寻找一根没有受到过邻线的影响和纯洁无暇的线是徒劳无益的"（165），任何人想要"把那些异族的子孙排除在现在这个民族之外是不可能的"（161－162）。乔伊斯深感焦虑的是，爱尔兰民族主义者总是罔顾历史事实、独尊盖尔族，把其他种族文化因素排除在这个民族大家庭之外。这种狭隘的民族文化价值观只不过是一种"便利的虚构"，对建构爱尔兰的民族文化身份有害无益（166）。

"民族"通常"被界定为一个拥有一片历史疆域、共同的神话和历史记忆、一种大众公共文化、一种共同的经济、为全体成员所共享的法权和义务、具有某种

---

① 16 世纪 80 年代至 90 年代任爱尔兰总督秘书的英国诗人埃德蒙·斯宾塞（Edmund Spenser）在 1596 年写的《爱尔兰现状一瞥》（*A Vewe of the Present State of Irelande*）中将生活在爱尔兰的居民分为三大类：即盖尔族爱尔兰人（Gaelic Irish）、信奉天主教的旧英格兰人（Old Catholic English）和信奉新教的新英格兰人（New Protestant English）。他认为新旧英格兰的"垦殖者现在已经沦为了下等爱尔兰人"，他们中的"一些人已堕落为野蛮的爱尔兰人"，他们甚至"放弃了原有的英国姓氏，改用了爱尔兰姓名"。参见 Edmund Spenser, *The Works of Edmund Spenser*：*A Variorum Edition*，Vol. Ⅱ（Baltimore：John Hopkins UP，1957）346.

称谓的人类群体"（Smith 14）。美国文化批评家安德森指出，"民族"不过是一种想象的构造，这个概念的形成与欧洲现代工业国家的发展和18世纪末、19世纪初民族主义运动的兴起密切相关。究其本质，一个"民族"就是"一个想象的政治共同体"，它"被想象为在实质上既有界限又拥有主权"；即使这个"共同体"中的成员可能"既不认识也不与他们的绝大多数同胞相遇，甚至从来都没有听说过这些同胞"，但是，"他们相互联结的那个意象却活在了每一个成员的心中"（Anderson 6）。"联结"这些成员的相关因素——祖国、神话、历史记忆、语言、宗教、文化、习俗等——构成了一个民族文化身份认同的基本要素，成为一个民族区别于其他民族必不可少的重要标志。由于每一个成员都会受到自己所归属的民族文化的影响，每一位个体都有认同这种民族文化的心理诉求，因此在殖民文化语境下，民族文化身份的认同就是"某一文化主体在强势与弱势文化之间进行的集体身份选择"，由这种选择所产生的"强烈的思想震荡和巨大的精神磨难"构成了民族文化身份认同的焦虑（陶家俊 465）。

乔伊斯对民族和民族文化身份有着自己的独特见解。在《尤利西斯》第十二章（独目巨人）中，他借用主人公布卢姆的话说："民族就是生活在同一个地方的同一群人"，或者"要不，生活在不同地方的也行"（《尤》503－504）。这种看似简单的定义具有极大的开放性和包容性，它彻底颠覆了那些狭隘的爱尔兰民族主义者所认可的民族价值观。在乔伊斯的心目中，那些享有相同的文化传统，宗教信仰，社会、生活和语言习俗的"同一群人"，无论是否居住在"同一个地方"，都属于同一个民族。因此，不管是世世代代在爱尔兰这片土地上生活的那些凯尔特人，还是迁徙至此的外来者，或者是那些客居海外的"大雁"们，①只要他们愿意认同，都是地地道道的爱尔兰人。他们的爱尔兰民族文化身份无可置疑。然而可悲的是，对于长期被外族殖民的爱尔兰人来说，他们的民族文化身份总是"永久地纠缠在现实和理想的张力之中"，它"既在场又不在场"，"既是历史的已然又需要在现实中塑造"（Eagleton, *Heathcliff and the Great Hunger* 237）。面对这种尴尬的民族境遇，作为一个怀有强烈的民族忧患意识的爱尔兰作家，乔伊斯怎能不感到深深的焦虑？

---

① 在爱尔兰英语中，"大雁"（the wild goose）原来是指1690年博因之战溃败之后逃亡到欧洲大陆的那些盖尔族的贵族后裔，后来被用来泛指流亡和生活在海外的爱尔兰人。

# 二、找回迷惘的爱尔兰民族自我

爱尔兰民族文化身份的"不在场"，一个重要的表征就是民族自我的缺失。乔伊斯认为，"民族正如个人一样也有它们的自我"（*CW* 154），一个民族一旦失去了自我，就会沦为一个没有独立的文化身份和毫无民族个性的"仆人"（《尤》8）。在他看来，爱尔兰民族自我的缺失可以归咎于两大外因：其一是大英帝国的殖民统治，其二是罗马天主教会的精神奴役。在《尤利西斯》的开篇，斯蒂芬对海因斯所说的那番话语，十分真切地表达了乔伊斯对民族自我缺失的深刻焦虑："我是一仆二主……一个是英国的，一个是意大利的……一个是大英帝国，一个是神圣罗马普世纯正教会。"（30）在这段充满愤懑和忧伤的话语中，乔伊斯显然运用了举隅（synecdoche）的表述方式，"我"不仅是斯蒂芬，而且也喻指整个爱尔兰民族。

在《尤利西斯》的第一章（忒勒玛科斯）中，1904 年 6 月 16 日清晨发生在马泰楼碉楼（Martello Tower）里的那一幕，象征地揭示和演绎了爱尔兰民族丧失其自我的悲惨历程。马泰楼碉楼是从巴黎回国的斯蒂芬在都柏林为亡母守孝期间租住的一个寓所，它位于都柏林市郊国王镇（现名丹莱里）、俯瞰都柏林湾，是一座带有鲜明殖民历史印迹的建筑。据史料记载，这座由花岗石砌成的圆形塔楼曾经是英国殖民者的一个重要军事要塞。19 世纪初，爱尔兰的民族独立运动风起云涌，为了抵御支持爱尔兰共和主义的法国军队的"可能性入侵"，英国殖民当局在爱尔兰海岸建造了十几座大小不一的碉楼，马泰楼就是其中最大的一座（Kiberd，Notes 942）。① 我们从《尤利西斯》第一章的叙事中得知，除了斯蒂芬之外，碉楼里还居住着一个爱尔兰人和一个英国人。斯蒂芬是一个贫穷、落寞、孤傲、伤感和愤世嫉俗的爱尔兰青年艺术家，马利根是一个道貌岸然、能说会道、举止粗俗的爱尔兰医科生，从英格兰来的海因斯是马利根在牛津大学的同窗，是一个反犹主义者，一个"笨重的英国佬"（《尤》4），一位英国富商的后代，"他的钱多得发臭"，"他的老头子是靠卖贾拉普泻药给祖鲁人发的财，要不就是别的什么乱七八糟的骗局"（8）。他来到都柏林是想通过马利根结识爱尔兰的文人墨客，收集爱尔兰的民俗民谣，并以这种特殊的"田野研究"方式来获取自己的学术"利益"（Cheng

① 在 1903 年至 1904 年间，乔伊斯的好友奥利弗·戈加蒂（Oliver Gogarty）租下了这座废弃的碉楼，邀请从巴黎回都柏林为母亲奔丧的乔伊斯在此小住。小说第一章的情节取材于乔伊斯的这段人生经历，戈加蒂成为了"壮鹿马利根"的人物原型。

156）。作为海因斯的好友，马利根竭尽所能为海因斯提供方便，介绍他与斯蒂芬交往。一方面，马利根要讨好他的同胞斯蒂芬，使他心甘情愿地充当海因斯的学术"仆人"，把自己对爱尔兰文化、文学艺术的真知灼见"奉献"给这位"英国佬"；另一方面，他又要不惜出卖自己的民族良知，通过巴结和"操纵海因斯"来赚取这位"英国人的钱财"（155）。马利根的嘴脸使人想起了爱尔兰历史上那些无耻的卖国求荣者和中国抗日战争年代的那些"汉奸"。在海因斯的眼里，虽然斯蒂芬才华横溢，但压根就不是一个"绅士"（《尤》8）。这是殖民者对被殖民者的一种根深蒂固的民族偏见。斯蒂芬厌恶居高临下的海因斯，更看不起奴颜媚骨的马利根，他不愿也不屑与他们为伍。尽管他是马泰楼的合法主人（他支付房租），但是，由于在深夜总是被海因斯"哼哼唧唧闹什么开枪打黑豹"的梦呓吵醒（4），他毅然决定离开这座碉楼。于是，马利根从斯蒂芬的手里轻而易举地夺取了碉楼的钥匙，成为了一个可耻的"篡夺者"（35），他和海因斯成为了马泰楼的实际主人。斯蒂芬沦为了一个失去家园的"他者"。

斯蒂芬在马泰楼碉楼里的遭遇是一个极具象征意蕴的情节，如果说这座碉楼是"爱尔兰的一个形象和比喻"（Cheng 151），那么碉楼的钥匙则是爱尔兰民族自我和文化身份的象征。斯蒂芬痛失碉楼钥匙这一结局清楚地表明，几乎与所有不幸的民族一样，爱尔兰也有许多为了一己之私、不惜出卖民族利益的民族败类。他们与殖民者狼狈为奸、里应外合，把一个独立、自主的民族变成了他国的政治附庸。这个丧失了自我的民族既像失去了钥匙、被迫离家的爱尔兰青年艺术家斯蒂芬，又像那天清晨到碉楼来给马利根和海因斯送牛奶的爱尔兰"老妪"：

> ……牛中魁首，穷老太婆，都是她自古以来的名称。模样卑贱的神仙，一个四处奔波的老妪，侍候着征服她的人和寻欢作乐出卖她的人，他们都占有她而又随意背弃她，这个来自神秘的清晨的使者。是来侍候人还是来谴责人……老太婆俯首敬重的是大声对他说话的人，给她正骨的人，给她医药的人……她也敬重将来听她忏悔、给她涂油准备入土的人，涂全身而不涂妇女下身不洁部位，用男人身上的肉而不按天主形象制成，蛇的引诱对象。她也俯首听着现在和她大声说话的人，那说话声使她闭上了嘴，睁着迷惑不解的眼睛。（《尤》19－20）

在大英帝国入侵之前，爱尔兰享有自己独特的民族文化和民族语言，它拥有自己独立的民族自我、自由的民族文化身份。那时，它是令人欣羡的"牛中魁首"，而如今却沦为了一个"四处奔波"和"卑贱"的"穷老太婆"，尽心"侍候"统治着它的大英帝国和罗马天主教会。更为可悲的是，作为一个道地的爱尔兰人，这位"老妪"居然听不懂爱尔兰语，她的这种情形不就是对爱尔兰民族的悲惨境遇的一个真实写照吗？

对爱尔兰民族来说，大英帝国的殖民统治固然恐怖，但是比这更可怕的莫过于罗马天主教的精神奴役。乔伊斯对这种精神奴役的焦虑，通过《尤利西斯》开篇中叙述者对"壮鹿马利根"滑稽可笑的描述真实地表现出来：

> 仪表堂堂、结实富态的壮鹿马利根从楼梯口上走了上来。他端着一碗肥皂水，碗上十字交叉地架着一面镜子和一把剃刀。他披着一件黄色梳妆袍，没有系腰带，被清晨的微风轻轻托起，在他身后飘着。他把碗捧得高高的，口中念念有词：
> ——我将登上天主的圣坛。(2)①

马利根登上这座碉楼的塔顶是要修脸剃须，他的模样有几分像君士坦丁堡的牧首、基督教早期教父圣约翰·克里索斯托默(St. John Chrysostomos, c. 345 – 407)(*U* 3)，又有几分像爱尔兰"中古时期一位庇护艺术的高级教士"(《尤》3)。他把盛满肥皂水的脸盆视为抛洒圣水的圣器，把这座碉楼当成了"天主的圣坛"。在修脸之前，"他庄严地跨步向前，登上了圆形的炮座。他环顾四周，神色凝重地对塔楼、周围的田野和正在苏醒过来的群山作了三次祝福"(2)。他俨然就像一个神父，煞有介事地主持了一场不伦不类的天主教弥撒仪式。

"我将登上天主的圣坛"(原文为拉丁文)是《尤利西斯》中的人物说出的第一句话语，这种刻意的安排寓意深刻。首先，这句话引自《圣经·诗篇》第四十三篇第四段，源于一首希伯来伤感诗篇，这首诗篇表达了流亡巴比伦的希伯来人"祈求摆脱压迫和苦难"与"希冀重返上帝的殿堂和圣坛"的强烈愿望(Gifford, *Ulysses Annotated* 13)。他之所以让马利根这个爱尔兰人"在一座属于英国的爱尔兰碉楼里"吟诵这行诗句，目的是要把希伯来和爱尔兰的共同命运联系在一起，而这两

---

① 这里的原文为拉丁语："Introibo ad altare Dei."，金隄先生译为"我登上天主的圣坛"。他可能没有注意到这句拉丁文中的将来时态，我将他的译文改为"我将登上天主的圣坛"，这样似乎更符合原文语义。

个不幸的民族都失去了自己的民族家园和独立的民族文化身份(Cheng 151)。另外，这行诗句也是罗马天主教神父在主持"旧式拉丁弥撒仪式时说的第一句话语"(Kiberd，Notes 943)，乔伊斯让马利根在这座碉楼的楼顶上用拉丁语说出这句话语，恰恰旨在暗示罗马天主教在爱尔兰已经变成了一套君临一切的文化话语，这套强势话语体系是统治爱尔兰民族的精神主宰。

熟悉爱尔兰历史的读者都知晓，爱尔兰虽然早在4世纪就已经开始了基督教化，但是在从4世纪至12世纪上半叶的这八百多年间，它"从来没有成为罗马帝国的领地"。然而，在12世纪中叶之后，时任罗马教皇的英格兰人阿德里安四世(Adrian IV)下达了一个被后世史学家称之为"阿德里安捐赠"(Adrian's Donation)的教皇诏书，该诏书"把爱尔兰授予卓越的英国国王亨利二世"，并"赐给其统治"这片领地的"世袭权"；让其"进入爱尔兰岛，目的是要使那个民族服从律法和根除那里的罪恶之草"。阿德里安四世相信，只有这样，"爱尔兰和那些在正义的太阳基督普照之下并已接受基督信仰之教义的全部岛屿，无疑都会服从圣彼得和神圣罗马教会的律法"(Fry and Fry 69-70)。就是打着基督之光普照世界的这种幌子，阿德里安四世与亨利二世一道，利用爱尔兰封建领主之间的倾轧和纷争，把一个"圣贤之岛"变成了罗马天主教的一个教区和大英帝国的殖民地。原来，罗马教皇就是剥夺爱尔兰民族自我和文化身份的始作俑者，乔伊斯对这种悲惨的民族际遇忧心如焚，他在一首题为《火炉冒出的煤气》的讽刺诗中写下了这样的诗句："啊，爱尔兰，我最初和唯一的爱人，/在那里基督和凯撒是手和手套!"(《乔伊斯诗全集》140)诗中的"基督"和"凯撒"影射神权与王权(Kiberd，Notes 1031)。长期以来，这两种文化霸权彼此渗透、相互配合，在爱尔兰社会形成了一种强势的"宏观政治语境"。任何试图抵制和与之抗衡的"微观政治"力量不是屡战屡败，就是在势单力薄中寻求"妥协退让"或"与其串通一气"(Gibson，"Macropolitics and Micropolitics" 27-28)。

《尤利西斯》第十章(游动山崖)是真实地展示这种"宏观政治语境"的一个篇什，①在某种意义上说，这一章既是"一部微型的《尤利西斯》"(Gilbert 227)，又与《都柏林人》形成了一种主题上的呼应(Gibson，"Macropolitics and Micropolitics" 28)。在该章第一和第十九片段，作为神权和王权的化身，爱尔兰天主教耶稣会

---

① 第十章由十九个在情节上互不相干的片段组成，其中，第一和第十九片段的叙事聚焦于康眉神父和亨波尔总督，另外的十七个片段描写其他都柏林人(包括斯蒂芬和布卢姆)在这座都市里的一些活动。

会长康眉神父与爱尔兰总督亨波尔爵士，恰似古希腊神话中的那两块令人生畏的"游动的岩石"（Wandering Rocks）。① 在 1914 年 6 月 16 日下午 3 点至 4 点之间，这两位权贵一圣一俗、一前一后，分别从都柏林的不同地点、以步行和乘坐马车的方式穿过这座爱尔兰首府，引来无数市民歆羡、崇敬和畏惧的目光。在这座都市的一边，无论是相识还是不相识的人遇见"十分可敬"的康眉神父时都要向他"鞠躬致意"（《尤》339）。在从寓所前往亚坦教堂的途中，康眉神父首先想到的是那位"对上帝也像对国王那样忠心耿耿"的英国红衣主教沃尔西（336），②然后，他又想到那些需要拯救的"黑色、棕色、黄色人种的灵魂"，想到"自己关于耶稣会的圣彼得·克拉弗和非洲传道问题的讲道"，想到"信仰如何传播的问题"和"那千百万没有接受洗礼的黑色、棕色、黄色的人，在大限突然像半夜的小偷来到时该怎么办"。他觉得"那千百万由天主按照他自己的形象所创造的人"虽然"还没有获得信仰"，但是"他们究竟也是天主的人，是由天主创造的"，因此，把"这些人的灵魂全都推出不要，似乎很可惜，是不是可以说是一种浪费呢"（342）。这位神父满脑子想到的都是上帝、灵魂救赎和教会的事务，表明他不仅在骨子里已经成为了罗马天主教的忠实的奴仆，而且还以宗教领袖的身份代表罗马教会对爱尔兰民众进行合法的精神统治。另外，在这座都市的另一边，当总督的"车马从凤凰公园的南大门出来，门口有毕恭毕敬的警察向他们敬礼。总督一行沿着北岸码头过了国王大桥，浩浩荡荡地穿行全市，一路上受到极其真诚的致意"（387）。几乎所有的都柏林市民，甚至包括未成年的"派特里克·阿伊修斯·狄格南"（391），都在争先恐后地向这位国王的代表举手致敬或者行脱帽礼。

《尤利西斯》第十章生动而逼真地呈现了 20 世纪初一个被神权和王权所异化

---

① 在希腊神话中，"游动山崖"指的是两块盘踞在黑海之口的游动的巨石，被称为"叙姆普勒加得斯"（the Symplegades）或"撞岩"（the Clashing Rocks）。在《奥德赛》第十二卷中，海妖喀耳刻（Circe）对被困的奥德修斯说，在返回家乡伊塔刻（Ithaca）的途中，他只有两条航道可走：要么穿越连鸟儿都飞不过去的"游动的岩石"，要么穿越由斯库拉（Scylla）和卡律布狄斯（Charybdis）两个怪兽把守的那条狭窄的通道。她还告诫奥德修斯，关于第一条航道，除了伊阿宋（Jason）在其情人赫拉（Hera）的帮助下，驾着那条叫作"阿尔戈"（Argo）的帆船成功通过之外，从未有其他人敢冒此风险。奥德修斯选择了第二条航道，终于成功通过。

② 沃尔西（Thomas Cardinal Wolsey）是 16 世纪英国著名政治家和罗马天主教会的一位红衣主教，与英王亨利八世（1509 至 1547 年在位）关系密切，曾出任大法官职务。1529 年，因反对亨利与第一任妻子阿拉贡的凯瑟琳（Catherine of Aragon）离婚，他被解除了大法官的职务，财产被没收，并遭到囚禁，但"约克主教"的职务得以保留。次年 11 月，他在北约克郡又以叛国罪被指控，在被押往伦敦受审途中病逝。临终前他发出感叹说："假如我对我的上帝也像对国王那样忠心耿耿，那么他决不会在我两鬓霜白之时把我抛弃"。参见 Don Gifford and J. Seidman, Ulysses *Annotated*：*Notes for James Joyce's* Ulysses, 2nd ed. （Berkeley：U of California P）260.

的精神萎缩的都柏林市民社会。在神父和总督面前，那些爱尔兰芸芸众生表现得如此谦卑、顺从，如此唯唯诺诺和了无个性，他们的自我、思想、情感、意识、潜意识统统淹没在由神权和王权所构成的那种"宏观政治语境"之中。需要指出的是，为了真实地揭示这种令人窒息的市民生态，乔伊斯还特别设计了一种颇具意味的文本形式，他将神父和总督的叙事分别置于该章的篇首和篇尾，把其余十七个关于都柏林人的片段夹裹于其中。这种夹心饼式的文本形式形象地表明：神权与王权是主宰这个被殖民的民族国家的两种主流意识形态，它们像两块难以撼动的巨石盘踞于爱尔兰社会的各个角落，牢牢地控制和支配着每一位社会个体的精神和物质生活。乔伊斯深感焦虑的是，在这样的社会"当罗马暴政还在占据着心灵殿堂之时"，仅仅只"对英国暴政发出怒号"是远远不够的（ *CW* 173）。在他看来，爱尔兰人如果要找回自己的民族自我，建构自己的民族文化身份和获得精神的独立，他们必须像斯蒂芬在《尤利西斯》第十五章（喀耳刻）中所发的誓言那样："我必须在这里头把神父和国王一齐杀死"（《尤》807），在内心深处彻底摆脱神权和王权这两种霸权意识形态的精神束缚。

## 三、摒弃恐外、仇外、自满的国民心态

在爱尔兰，大英帝国的殖民统治和罗马天主教会的精神奴役不仅造就了许多奴化的心灵，而且还催生了一种恐外、仇外的国民心态。这种国民心态具体表现为：其一，既仇视又惧怕殖民统治，对自己的民族既感到自卑又充满了盲目的自豪感；其二，绝对服膺于天主教的权威，把天主目为至高无上的精神主宰，视其他宗教信仰为异数；其三，独尊凯尔特文化，对一切外来文化（即便是优秀的外来文化）一律加以排斥；其四，恐惧和仇视除爱尔兰之外的其他民族。乔伊斯深感焦虑的是，这种恐外、仇外的国民心态表面上似乎充满了爱国情怀，然而在本质上却是一种妄自尊大的民族主义，它只能造就一些愚昧无知的"独目巨人"。[①] 这些"独目巨人"们虽然貌似强大，但实际上都是一些鼠目寸光的精神侏儒。他们无助于建构爱尔兰的民族文化身份。

---

① 在《奥德赛》中，"独目巨人"（Cyclops）是一些愚笨、粗俗的巨人。他们生活在一片富饶的土地上，但对农业却一无所知。他们"既不集会也不聚会，既不召开会议也没有古老的部落习俗。每人都栖息在自己的山洞里，对妻儿粗暴无礼、对他人所为亦不闻不问"。参见 Don Gifford and J. Seidman, Ulysses *Annotated：Notes for James Joyce's* Ulysses, 2nd ed.（Berkeley：U of California P, 1988）314.

在《尤利西斯》第十二章（库克罗普斯）中，"公民"（the Citizen）是乔伊斯塑造的一位最具代表性的爱尔兰"独目巨人"。此人"肩膀宽阔、胸膛厚实、四肢强壮、眼光坦率、头发发红……胡子蓬松、嘴巴宽大、鼻子高耸、脑袋长长、嗓音深沉、膝盖裸露、两手粗壮、两腿多毛、脸色红润、双臂多腱"（《尤》453）。这种彪悍的体格显示，他既像《奥德修斯》独目巨人族中的"波吕斐摩斯"（Polyphemus），又像爱尔兰的土著袋人（the Firbolgs）。另外，这位"公民"的穿戴也很特别。他上身披一件用新牛皮做的"无袖长衣"，下身穿一条"苏格兰短裙"，"脚上套着盐渍粗牛皮靴子"，"腰带上悬挂着一大串海石子"，"上面镌刻着粗犷而生动的艺术人像，都是爱尔兰古代部落的男女英雄"（454）。不仅如此，这位"公民"的身旁还"放着一支磨尖的花岗石长矛备用，脚边卧着一头犬族猛兽，它发出的喘齁声表明它虽已入睡却睡不安稳"（455）。不过，这头"猛兽"只不过是一条长满疥疮的"懒皮狗杂种"（452）。"公民"的这种穿戴和架势都表明，他不仅是一位独尊凯尔特传统的民族主义者，而且是一位迷信暴力革命的现代爱尔兰芬尼亚勇士（a Fenian）。

根据第十二章中的那位人物兼第一人称叙述者"我"的讲述，在 1904 年 6 月 16 日下午 5 点至 6 点之间，"公民"带着他的那条癞皮狗"加里欧文"端坐在位于都柏林小不列颠街巴尼·基尔南酒吧的一隅，①一边饮酒作乐，一边与他的酒友们谈论着各种各样的话题。他津津乐道地回忆着爱尔兰历史上那些抗击殖民统治的英雄事迹，"大扯其无敌会啦、老卫队啦、六七年的好汉们啦、谁怕谈九八年啦……希尔斯弟兄啦，沃尔夫·托恩在那头亭子山上啦，罗伯特·埃米特啦，为国牺牲啦"（466）。对于那些用温和方式争取民族自治的主张，治疗"口蹄疫"的方法，"牧牛贸易协会、以及打算采取什么行动问题"，他"听一样驳斥一样"（479）。另外，"公民"还是一个热衷于复兴爱尔兰体育的人，并且还在投掷"十六磅铅球"的比赛中获得过"全爱尔兰冠军"（481）。于是，他又和酒友们"谈开了爱尔兰体育啦、草地网球之类的假绅士运动啦、爱尔兰棒球啦、掷石头啦、乡土味啦、重建一个国家啦，等等一切"（482）。在他看来，如果爱尔兰人都能自觉地抵制英国殖民者的体育渗透，致力于振兴爱尔兰的传统体育项目，那么爱尔兰民族的伟大复兴似乎也将指日可待。

"公民"不但对英国殖民者充满了仇恨，而且也痛恨那些引狼入室的爱尔兰民族败类。他认为爱尔兰民族之所以落得如此下场，在某种程度上"得怪咱们自

---

① "加里欧文"（Garryowen）是爱尔兰利默里克郡的一个区的名称。

己","是咱们把他们引进来的";"公民"还抱怨道:"那个淫妇和她的姘头,把撒克逊强盗引进来的","一个失去了贞操的妻子","那就是咱们的一切灾祸的根源"(492)。① 他说英国人根本就"不是欧洲人",而是一些"背时的婊子养的厚耳朵杂种后代","在欧洲的不论什么地方,你都见不到他们的痕迹,也见不到他们的语言的痕迹,除了在厕所里"。英国人"没有音乐,没有艺术,没有值得一提的文学。他们仅有的那一点文明,是从咱们这里偷去的"(494)。"在那些杂种崽子生下来以前,我们就已经和西班牙,和法国人,和弗莱芒人有贸易了,戈尔韦就已经有西班牙麦芽酒,葡萄酒般幽暗的水道上已经有葡萄酒船了"(498)。在"公民"看来,爱尔兰的传统陶瓷业、纺织业、制革业、玻璃业、刺绣、森林资源等,早已闻名欧洲乃至全世界,而践踏爱尔兰民族工业的元凶正是英国殖民者和他们的"瘟明"(syphilisation)。② 为了获得民族独立和实现民族的伟大复兴,他认为只有团结海内外全体爱尔兰人的力量,以"用武力对付武力"的方式(501),才能把殖民者从爱尔兰岛驱逐出去。

"公民"不仅崇尚暴力革命,而且信奉民族沙文主义。除了爱尔兰之外,他对其他民族几乎都没有好感。在他的眼里,爱尔兰自古以来就是一个举世无双的民族,爱尔兰把自己的"民族精英都给了法国和西班牙,那就是那些大雁们",爱尔兰却什么好处也没得到。法国人都是"一帮子舞蹈教师",他们是"欧洲的祸根子","对于爱尔兰,从来就不值一个臭屁";而"普鲁士人和汉诺威人"也都是一些"吃腊肠的杂种"(502)。另外,"公民"还是一位反犹主义者,他对犹太民族充满了怨恨和种族偏见,认为犹太人都是一些"半阴半阳"和"非驴非马的脚色"(488)。"他们一来到爱尔兰,就把爱尔兰弄得到处都是臭虫了",他们"骗农民的钱","骗爱尔兰穷人的钱"(491–492),还"把邻人弄得一无所有"(506),"这就是犹太佬,一心只顾天下第一"(517)。当他的同胞布卢姆反驳他的观点时,他"步履蹒跚地"向酒吧的门口走去,"一边呼哧呼哧地喘着水肿病的气儿,一边用爱尔兰语的钟、书、蜡烛,发出克伦威尔式的诅咒,同时还呸呸啪啪地吐着口水",叫嚷着要"砸开""这个背时犹太佬"的"脑袋",要"把他钉死在十字架上"

---

① 这里的"淫妇"和"姘头"指 12 世纪爱尔兰的两位历史人物德沃吉娜(Devorgilla)和麦克马拉(Dermod MacMurrough),前者是爱尔兰布里夫尼(Breffni)和东米斯(East Meath)王国的王子奥努克(O'Rourke)王子的妻子,后者是伦斯特(Leinster)王国的国王。在 1167 年,麦克马拉被罢黜王位,他逃至英格兰向亨利二世寻求帮助,促成了盎格鲁–诺曼人在 1169 年入侵爱尔兰。另外,由于他在 1152 年与德沃吉娜私奔,后来的史书将此二人视为爱尔兰历史上臭名昭著的卖国者。

② "瘟明"(syphilisation)为乔伊斯所杜撰,与"文明"(civilisation)谐音。

（518，519）。更为恶劣的是，他居然不顾体面与斯文，随手抓起一只空荡荡的饼干罐头盒子，像掷铅球一样砸向载着布卢姆飞驰而去的马车。所幸那辆马车的速度很快，布卢姆躲过一劫，就像《奥德赛》第九卷中的奥德修斯成功地避开波吕斐摩斯的那块石头一样。

"公民"没能击中目标，"那只铁皮盒子落在马路上吪当吪当直滚"（521），即刻在都柏林引发了一场罕见的大"地震"。乔伊斯用超现实主义的手法对这场大"地震"作了如下的描写：

> 这场灾祸来势惊天动地，并且立见后果。邓辛克天文台录到了共计十一次的震动，每次强度均达麦加利震级的第五级，我岛自一五三四年即绸服托玛斯叛乱之年的大地震以来，还从无如此规模的地震活动记录可查。震中位置似为首都法学会码头区和圣迈肯教区境内一方土地，面积四十一英亩二路德零一方杆或佩契。执法大堂附近全部豪华住宅均遭摧毁，大堂本身亦顿时化为一片废墟。灾情发生时堂内正在举行重要法律辩论，咸恐堂内人员业已全部活埋在下。据目击者报告，地震波到达时，随同出现旋风性质的剧烈大气紊乱现象……（521）

一个饼干罐头盒子无论如何也无法产生如此大的威力。显然，这是一段十分夸张和极具荒诞意味的描写，乔伊斯旨在通过这种黑色幽默式的描述来揭示这样一个深刻的文化主题：当一个民族的恐外、仇外情绪演变为暴力之时，在伤害对方的同时不可避免地也会给自身带来巨大的灾难。1918 年至 1921 年间发生的英爱战争和爱尔兰内战、南北爱尔兰分裂、爱尔兰共和军在北爱尔兰长达数十年的恐怖活动都雄辩地证明了这一点。

"公民"是一个漫画化的人物形象，在乔伊斯的笔下，这个人物形象成为了爱尔兰恐外、仇外国民心态的化身。批评家们普遍认为，"公民"是以迈克尔·丘萨克为原型而塑造的（Nolan 87）。丘萨克是 19 世纪末至 20 世纪初爱尔兰的一位著名的民族主义斗士和"爱尔兰共和兄弟会"的成员，他于 1884 年在都柏林成立了旨在复兴爱尔兰传统体育的"盖尔体育协会"，并担任该协会的首任会长，还曾执教于乔伊斯就读的克朗高士森林公学。此人不仅性格刚烈、情绪暴躁，而且也正好长着一副"肩宽体壮"的"中等身材"。另外，他在爱尔兰还有一句流传甚广的名言："我是公民丘萨克，来自克莱尔郡巴林区巴罗尼镇的卡伦教区，你这新教狗。"（*JJ* 61）作为一位体育爱好者，乔伊斯在大学期间曾多次聆听过丘萨克的演讲，但是他对此人所宣扬的民族价值观却并不认同。正是基于对丘萨克的上述印象，乔伊斯把这位民族主义斗士的某些性格特征进行了艺术加工，使之成为"公民"这个人物形象的有机组成部分。毋庸置疑，"公民"的身上集中体现了恐外、仇外国民心态的相关特性，这些特性是爱尔兰民族劣根性的典型表征。乔伊斯深感焦虑的是，如果爱尔兰人都像这位"公民"一样，一味地仇视和排斥一切非爱尔兰文化，仅仅"看得见别人眼睛中的灰尘，看不见自己眼睛里的房梁"（《尤》495），那么，他们也就很难塑造一种开放、包容的民族精神，更不用说用这种民族精神来建构一种健康、合理的民族文化身份。

## 四、构建多元杂糅的现代民族共同体

同世界上许多民族国家一样，爱尔兰也是一个多种族的民族共同体。这个民族的文化身份之根既在爱尔兰，也在"斯堪的纳维亚、诺曼底、西班牙、英格兰和其他地方"（Kiberd，*Inventing Ireland* 337）。在不同历史时期，维京人、西班牙人、诺曼人、盎格鲁－撒克逊人和其他人种，以各种不同的方式来到爱尔兰，与本地的盖尔人和其他异族人杂居、通婚、孕育后代、繁衍生息，逐渐组成了这个民族共同体不可分割的重要部分，成为了建构爱尔兰民族文化身份必不可少的相关因子。在迁徙或流散到爱尔兰的外族人种中，也包括了犹太人。根据史料记载，早在 11 世纪下半叶，爱尔兰那片土地上就已经有了犹太人的足迹。1232 年，在英王亨利三世的"恩准"下，犹太人还在都柏林建立了犹太社区和犹太教堂，自 17 世纪以来，又有犹太人从英格兰和苏格兰迁入。不过，犹太人始终是爱尔兰的少数族裔。相关的人口统计数据显示，在第一次世界大战爆发前夕（1903 年年底），在都柏林市区和市郊，"犹太居民不到三千人"，在全爱尔兰，犹太人总共也只有五千人，仅为爱尔兰总人口的千分之一（Grada 1）。在乔伊斯看来，尽管爱尔兰的犹太人是少数族裔，但是无论如何他们也不应该被排斥在爱尔兰这个民族共同体之外。

由于受到欧洲反犹主义思潮的影响，爱尔兰在 20 世纪初曾发生过一场臭名昭著的排犹运动——史称"利默里克迫害犹太人的惨剧"（the Limerick Pogrom）。1904 年 1 月中旬，在爱尔兰中部城市利默里克（Limerick），一位名叫约翰·克里（John Creagh）的天主教神父煽动该城的市民"抵制犹太商人的商品"，"用石头攻击犹太人及其住所"，并号召他们"把犹太人逐出这座城市"（Davison 37）。这一事件在爱尔兰引发了声势浩大的反犹主义浪潮，爱尔兰的民族主义领袖阿瑟·格里菲思在都柏林的报刊上发表文章，公开支持克里神父和利默里克市民的反犹行动。在他看来，"无论从哪一方面讲，爱尔兰的犹太人都是一种经济罪人。他自己不创造财富——他从别人那里获取财富——他是一个最成功的外国货物的出售者。对那些纳税的爱尔兰店主来说，犹太人是不公平的竞争者；在我们中间，犹太人总是并且永远都会是一个异类"。① 虽然爱尔兰社会也并非铁板一块，利默里克事件发生之后，一些开明、贤达人士对犹太人在爱尔兰的悲惨遭遇深表同情。著名爱尔兰作家、历史学家奥格雷迪（Standish O'Grady）在《全爱尔兰评论》（*All Ireland Review*）上撰文指出，爱尔兰人和犹太人应该和睦相处，因为他们都是爱尔兰民族大家庭中的成员和"投身于共同战斗的兄弟"（Hyman 216）。另外，爱尔兰土地改革运动领袖达维特（Michael Davitt）在《自由人报》上发表文章，谴责和抨击利默里克迫害犹太人的暴行，他甚至还亲自到该城"探访一些暴行受害者的家园"（Davison 37）。但是令人遗憾的是，在反犹情绪甚嚣尘上的那个年代，这些理性的声音在爱尔兰没能成为社会舆论的主流。

利默里克事件发生时，乔伊斯正在都柏林为亡母守孝，②他通过一些报刊媒体的报道对该事件有比较全面的了解，他对爱尔兰人的反犹浪潮深感忧虑。从某种意义上说，他将《尤利西斯》的时代背景定在 1904 年，把一位爱尔兰的犹太人塑造成这部小说的第一主人公，并且以极其辛辣的笔调刻画了多个形形色色的爱尔兰反犹主义者，这本身就是他对利默里克事件和爱尔兰反犹思潮的一种批判性回应。

在《尤利西斯》中，除了"独目巨人""公民"之外，最激进、最顽固的反犹主义者要数戴汐先生。与现实中的爱尔兰新芬党领袖阿瑟·格里菲思一样，这位新教私立小学的校长、盎格鲁－撒克逊人的后裔和奥伦治分子，不仅骨子里对犹太民族充满了种族歧视，而且还把犹太人视为万恶之源。在小说的第二章（涅斯托耳）中，他愤愤不平地对斯蒂芬说：

> ——注意我的话，代达勒斯先生……英国是落在犹太人手里了。进了
> 所有的最高级的地方：金融界、新闻界。一个国家有了他们，准是衰败

---

① 参见 *United Irishman*，April 23，1904，front page.

② 1903 年 4 月 11 日，在收到父亲关于母亲病危的电报后，乔伊斯从巴黎赶回都柏林。四个多月之后，她的母亲病逝。为了给母亲守孝，他在都柏林一直待到 1904 年 10 月才与娜拉一同启程流亡欧洲大陆。

无疑。不论什么地方，只要犹太人成了群，他们就能把国家的元气吞掉。这些年来，我一直在注意，问题越来越严重。情况再明白不过了，犹太商人已经在下毒手了。古老的英国快完了……

——他们戕害光，犯下了罪孽……连他们的眼睛里面都是黑的。正是因为这个缘故，他们直到今天还在地球上四处流浪。（《尤》54—55）

在戴汐先生看来，犹太人都是一些野心勃勃、视财如命的贪婪之辈，如果听任他们胡作非为，整个世界将会毁于他们之手。这种荒谬的观点不仅源于西方基督教世界对希伯来民族根深蒂固的种族偏见，同时也代表了欧洲文化中心主义的基本立场。在很大程度上，"每一个欧洲人，不管他会对东方发表什么看法，最终都几乎是一个种族主义者，一个帝国主义者，一个彻头彻尾的民族中心主义者"（萨义德 260）。更为可笑的是，作为一个爱尔兰的知识分子，戴汐先生似乎对刚刚发生的利默里克排犹事件浑然不知。他甚至还宣称爱尔兰"是唯一的从来没有迫害过犹太人的国家"，"因为爱尔兰从来没有放他们进来过"（《尤》58）。他得出的这一结论显然违背了历史事实。其实，禁止犹太人进入爱尔兰和迫害犹太人都是反人道的野蛮行径，二者之间在本质上并无太大的差异。

爱尔兰和希伯来都是两个灾难深重的民族，它们都饱受了外族强权的压迫和凌辱，被剥夺了独立的民族文化身份。乔伊斯深感焦虑的是，爱尔兰人对犹太人非但不能同病相怜、友好相待，反而对他们落井下石、充满着仇恨和敌意。《尤利西斯》中的主人公布卢姆是爱尔兰反犹主义的受害者中的一位代表，他生长在爱尔兰，他的父亲是从匈牙利移居都柏林的犹太人，母亲是爱尔兰人，他的身上流淌着两个民族的血液。其实，按照犹太教的相关规定，布卢姆还不能算是一位正宗的犹太人。① 首先，他的母亲既不是犹太人也没有皈依犹太教，他的父亲虽然是犹太人但却改宗了新教；其次，布卢姆本人不仅没有行犹太教的割礼，而且还先后接受过新教和天主教的洗礼，后来又加入了共济会（Freemason）。这种错综复杂的情形使人们对他的民族文化身份产生了种种疑惑。在巴尼·基尔南酒吧，那位名叫内德·兰伯特的酒徒就始终弄不清布卢姆"究竟是犹太人还是非犹太人，是神圣罗马帝国人（天主教徒）还是包襁褓的（新教徒），还是什么别的乱七八

① 根据犹太教的相关律法，一个人是否是正宗的犹太人，应该由他/她母亲的血统来决定。参见 Hugh Kenner, *Ulysses* (Baltimore: John Hopkins UP, 1987) 43; Nell R. Davison, *James Joyce*, Ulysses, *and the Construction of Jewish Identity* (Cambridge: Cambridge UP, 1996) 243.

糟的玩意儿"（512）。而在"公民"和其他酒徒们看来，布卢姆压根就不是爱尔兰人，而是一个"半阴半阳"、"非驴非马亦非老黄牛"的"犹太佬"（488，517）。

作为一个既有犹太人又有爱尔兰人血统的混血儿，布卢姆成为了被异化的对象，他不能融入他所处的都柏林社会。然而，尽管如此，他不仅从不讳言自己的犹太民族文化身份，同时对自己的爱尔兰民族文化身份也是十分执着。在与"公民"的那场论战中，他一反温文尔雅的常态，以从未有过的激烈言辞勇敢地捍卫自己的这种双重民族文化身份。在他看来，既然自己是在爱尔兰这块土地上出生的，那么他首先就是一个爱尔兰人，而自己的祖国理所当然是"爱尔兰……我是在这儿出生的。爱尔兰"（504）。另外，因为自己的身上又有犹太人的血统，所以他当然"也属于一个受人仇视、被人迫害的民族"。他对"公民"说，希伯来民族过去和现在都在"遭掠夺。受侮辱。受迫害"，那些人"把理应属于我们的东西抢走"，犹太人"就在此时此刻……被人在摩洛哥当作奴隶或是牲口拍卖"（505）。他认为希伯来和爱尔兰一样也是一个古老的民族，这个民族孕育了优秀的文化和许多杰出的人才，不仅"门德尔松是犹太人，卡尔·马克思、墨卡但丁、斯宾诺莎都是犹太人"，[①]甚至连爱尔兰人信奉的"天主"和"救世主也是犹太人"，"基督和我一样，是犹太人"（519）。他坚信民族与民族、人与人之间不应该有"武力"、"侮辱和仇恨"，因为"那不是人应该过的生活，男人和女人。谁都知道，那是和真正的生活完全相反的"。只有站在"仇恨的反面"（506），民族之间、人与人之间才能建立起一种和睦相处、互不相害的关系。显然，布卢姆的身上所体现的是一种大爱无疆的精神。乔伊斯深感忧患的是，那些狭隘、偏执的爱尔兰反犹主义者所缺少的恰恰就是这种充满博爱精神的人道主义品质，他们根本就无法建构一种有容乃大的民族文化身份。布卢姆虽然不过是都柏林芸芸众生中一位微不足道的无名小卒，然而他的那种民族包容精神却是那些狭隘的民族主义者"公民"们不能企及的。

## 五、利奥波尔德·布卢姆——现代爱尔兰民族文化身份的表征

学者们普遍认为，《尤利西斯》是"一部利奥波尔德·布卢姆之书"，它"叙述的中心焦点是布卢姆"（Davison 185），乔伊斯"以最大的同情心书写了这个犹太

---

① 布卢姆的记忆有误，19 世纪意大利著名作曲家墨卡但丁（Saverio Mercadante，1795—1870）并不是犹太人。

人"（*JJ* 709）。关于这个人物形象，乔伊斯早在这部作品创作之初就对好友巴津说过，布卢姆"是一个全面的人，既是一个完整之人又是一个好人"（Budgen 17）。他之所以"全面"和"完整"，是因为他的人格融合了"犹太人、基督徒、无神论者、撒玛利亚人、西方人、东方人、艺术家、商人、父亲、恋人、儿子"的相关禀性（Davison 165），这些多面的人格禀性使他成为了一个个性与共性、特殊性与普遍性、形而下与形而上相统一的"人人"（everyman）。作为这样的一个"人人"，布卢姆既有善良、温和、谦卑、智慧、正直和勇敢的一面，又有平庸、世俗、猥琐、渺小和懦弱的一面。他是一个"好人"，因为他从不作恶，既善解人意又乐于助人。然而，这样的一位"好人"却似乎总是受到命运的捉弄：他的母亲早逝，父亲不堪忍受鳏居的寂寞而服毒自尽，唯一的子嗣在世上仅存活了十一天，青春年少的独女米莉不知不觉坠入了花花公子班农布下的"情网"；他有长达十年半的时间没有享受过圆满、正常的夫妻生活，妻子莫莉水性杨花、背叛了他的感情。对于他的这些不幸，那些都柏林人非但没有给予丝毫的理解和同情，反而动辄对他进行无端的羞辱。那个"叛徒的儿子"和"霸道家伙"鲍伊岚（《尤》484，486），在大白天闯入他的家里与莫莉寻欢作乐；在前往市郊公墓参加狄格南的葬礼的途中，同车的那些人不顾他的感受，大谈特谈犹太商人的吝啬和自杀的话题；在墓地，门顿律师对他善意的提醒——"您的帽子有一点儿压瘪了"（175）——毫不领情；在《自由人报》报社，主编克劳福德对他态度生硬、飞扬跋扈；在巴尼·基尔南酒吧，他受到"公民"等人的辱骂和攻击；在爱尔兰博物馆和产科医院，马利根对他阴阳怪气、冷嘲热讽；在多塞特街，格罗根大娘向他掷鞋子，那些群氓还说"他和帕内尔一样坏"，凶神恶煞地叫嚷着要"干掉他！烧死他！"（700）在这些人的眼中，他是一个可以随意践踏的"他者"，一个没有爱尔兰民族文化身份的"外人"（492）。

布卢姆虽然饱受了那些都柏林人的欺辱，但是他的心中却没有一丝怨恨，他始终怀着一种与人为善的悲悯情怀，并且深爱着爱尔兰这个灾难深重的民族。在"布卢姆节"的清晨，①当他迎着夏日的一缕朝阳从寓所来到大街，他对爱尔兰的民族独立充满了期待，憧憬着"自治的太阳是从西北方升起的，从爱尔兰银行背

---

① "布卢姆节"（Bloomsday）指 1904 年 6 月 16 日，即《尤利西斯》中的时代背景。这是后来的乔伊斯学者和批评家创造的一个名称，以纪念乔伊斯的文学创作。自 1954 年以来，在一些欧美国家特别是在爱尔兰，这一天成为了乔伊斯学者们和乔伊斯的崇拜者们举行纪念活动的盛大节日。

后的小胡同里升出来的"(89－90)。① 他清楚地意识到，只有当这座银行大楼能够重新成为爱尔兰的国会大厦之时，爱尔兰才有希望摆脱大英帝国的殖民统治，在政治上实现民族独立，找回属于自己的民族文化身份。另外，在"布卢姆节"的上午，他来到《自由人报》报社联系登载刚刚揽到的一则广告，在排字车间他对工长、英国国会议员南内蒂耐心地解释道："这样的，您瞧。这里是两把钥匙相交。一个圆圈。然后这里写名称……主要的一点……是钥匙府。您知道，参议员，曼恩岛议会。影射地方自治……"(182)这个广告的客户是一家经销茶叶、酒类、饮料、名为"亚历山大·钥驰"(Alexander Keyes)的公司，这家公司名中的"Keyes"恰好与英文单词"key"的复数形式谐音，布卢姆决定利用这种谐音来创造一个寓意深刻的双关语，于是他将这个广告命名为"钥匙(驰)府"。② 值得注意的是，在爱尔兰和大不列颠之间的爱尔兰海中有一座岛屿叫"曼恩岛"(the Isle of Man)，该岛属于英国但享有高度的自治权，而"钥匙府"(the House of Keys)正是"曼恩岛下议院的名称"，其寓意"影射地方自治"(Cheng 187)。③ 这一意味深长的故事情节表明，这个被爱尔兰人视为"外人"的犹太人时刻心系着爱尔兰的民族自治。他想通过刊登《自由人报》上的这则广告向民众宣传和推广自己关于民族自治的政治理念，并希望通过负责该报排版和印刷工作的南内蒂在即将赴伦敦参会时能够在议会上传播这种政治理念。然而，令布卢姆感到遗憾的是，南内蒂虽然答应登载这个广告，但是他对这个广告所蕴含的民族自治的政治寓意却似乎丝毫也没有任何领会。

与《尤利西斯》中的那些沉湎于过去的忧伤民族记忆、夸夸其谈民族主义政治、整天混迹于酒吧醉生梦死的都柏林人相比，布卢姆对爱尔兰有着更真切的民族良知和更强烈的民族忧患意识。在他看来，爱尔兰和希伯来的命运是那么相似，"那一方土地上生育了最古老的民族，第一个民族……最古老的人民……在

---

① "爱尔兰银行大楼"位于都柏林市中心的西北一隅，是这个城市的一座标志性建筑。在 19 世纪之前，这里曾经是爱尔兰国会的所在地，在 1800 年英爱"联合法案"(Act of Union)获得通过之后，英国政府解散了爱尔兰议会，这座建筑也就成为了英国在爱尔兰的一座银行。

② 在《尤利西斯》中，那则名为"钥匙(驰)府"的广告原文为"HOUSE OF KEY(E)S"，这一双关语恰好把"亚历山大·钥驰"公司与曼恩岛议会名称"钥匙府"联结在一起。

③ 在英属殖民地中，曼恩岛先于爱尔兰获得地方自治。从 19 世纪下半叶开始，爱尔兰人为了从英国赢得地方自治权进行不懈的斗争，1914 年，爱尔兰地方自治法案在英国国会获得通过，但是第一次世界大战的爆发使得该法案的实施"搁浅"。在 1916 年的复活节起义、1918 年新芬党在爱尔兰地方普选中大获全胜和爱尔兰内战结束之后，南部爱尔兰终于在 1921 年建立"爱尔兰自由邦"，获得民族独立。

世界各地流浪，天涯海角，从被俘到被俘，在各处繁殖、死亡、出生"；然而，"现在它横在那儿，再也不能生育了"，就像一个"衰老的女性生殖器，大地的灰不溜秋的沉穴"(《尤》95)。正是由于有了这种民族良知和民族忧患意识，他才能以德报怨，给带有强烈反犹主义倾向的民族主义领袖格里菲思出主意，建议他借鉴匈牙利的经验，采取非暴力和温和的政治手段来实现爱尔兰的民族自治。那个"仿照匈牙利办法的计划就是他起草的"(512)，于是，"格里菲思的报纸上才有那各种各样的新芬办法的，捣鼓选区啦、陪审团人选上做手脚啦、欺骗政府偷税漏税啦、派代表到世界各地游说、推广爱尔兰实业啦"(510)。

格里菲思是后帕内尔时代成长起来的一位爱尔兰民族主义政治家，青年时期便投身于爱尔兰复兴和民族独立运动。早在1897年，他就在都柏林创办了一家名为《团结的爱尔兰人》(The United Irishman)的报刊，以"鸽子"(爱尔兰语为"Cuagan")的笔名在报上发表一系列宣扬民族自治的政论文章。1904年，他出版了一部颇具影响的政治专著《匈牙利复兴：爱尔兰的先例》(The Resurrection of Hungary: A Parallel for Ireland)，在书中极力鼓吹匈牙利人在19世纪下半叶采用理性的方式摆脱奥地利统治的模式，并且号召爱尔兰的有识之士学习和借鉴匈牙利人的成功经验。根据相关史料记载，该书的写作曾得益于"一位犹太裔顾问兼捉刀人"的热心指点(Kenner, Ulysses 133)。正是在这位犹太人的影响下，格里菲思于1905年组建了旨在"联合各个对立的民族主义团体"的新芬党。该党"以民族自立为其核心理念"(Haigh 308)，即通过政治、经济上的去殖民化，选举代表民族利益的爱尔兰精英人士加入英国议会，创建"爱尔兰的产业保护关税制度"，开辟"爱尔兰的商船航线"，建立"爱尔兰公共服务体系"，鼓励"爱尔兰人不要参加英国军队"和"抵制购买那些增加英国财政税收的商品"等措施来"重建爱尔兰的独立"、建构民族文化身份(Fry and Fry 267)。颇具讽刺意味的是，那个给格里菲思出谋划策、为新芬党的建立提供真知灼见的人，居然是一个被爱尔兰人视为"非我族类"的爱尔兰犹太人。

"先知以利亚来了"(《尤》226)，布卢姆成为了能够给爱尔兰的民族自治提供有益启示的一位"思想家"和"改革家"，①一位能够为爱尔兰的民族独立作出贡献的智者和先知。他的"钥匙(驰)府"的广告创意，他的"匈牙利办法的计划"，

---

① 在《尤利西斯》第十五章(喀耳刻)中，"一悬钟人"听到布卢姆的施政演说时赞叹道，布卢姆有着"古典型的相貌！他的额角是思想家的额角"。"一铺路石匠"惊呼道："这人现在是大名人布卢姆了，全世界最伟大的改革家。脱帽。"参见《尤》，689页。

他的市政改革设想、社会平等价值观、和平主义、人道主义、博爱精神，他的建立"未来世界的新海勃尼亚的新布卢姆撒冷"计划，在在昭示着建设一个独立自主的爱尔兰、建构爱尔兰民族文化身份的发展方向。乔伊斯用反讽的笔调对这个"新布卢姆撒冷"进行了如下的描绘：

> （来自爱尔兰全国各郡的三十二名戴红花的工人，在营造商德旺的指导下动手建造新布卢姆撒冷。这是一座巨大的水晶屋顶建筑物，形似巨型腰子，内有四万房间。在扩建过程中，拆毁了数栋楼房和纪念性建筑。一些政府机构被临时迁入铁路棚内。许多住宅被夷为平地。居民被安置在桶内、匣内，桶与匣上均标有红色的列·布字样。数名贫民从梯子上摔下。都柏林城墙有一处因热心的观光者过于拥挤而倒塌。）（692）

那"三十二名戴红花的工人"来自全爱尔兰的三十二个郡（南爱尔兰二十六郡，北爱尔兰六个郡），他们建造的"新布卢姆撒冷"显得有些滑稽可笑，但是"戏言中常有真情"（513），这种反讽描述的背后真实地反映了布卢姆对爱尔兰民族独立的一种强烈的渴望与期待。

作为一名爱尔兰犹太人，布卢姆比那些爱尔兰人具有更强的社会责任感。虽然他在生活中遭人唾弃、经历了种种磨难，在面对自己的情感和婚姻危机时也感到寂寞、孤独和无助，但是他并没有放弃自己的社会道德信念，他总是在别人需要帮助时及时伸出援助之手：比如搀扶一个盲人青年横过马路，为刚刚失去了丈夫的狄格南太太及其家小筹集善款，去产科医院探望经受难产之痛的产妇，在都柏林红灯区慈父般地呵护被两个英国大兵羞辱和击倒的斯蒂芬等。通过这些充满着人文关怀的善举，布卢姆履行了一个爱尔兰人应尽的社会责任和义务，并以身体力行的方式成功地建构了自己的爱尔兰民族文化身份。他可以称得上是一位优秀的爱尔兰公民，在某种意义上说，他甚至比那些爱尔兰人更像爱尔兰人。正如在巴尼·基尔南酒吧的那位名叫莱纳汉的赌马者所说："都柏林全市就他一人赢了，一匹黑马。"（509）①在社会人格上，布卢姆是一个胜利者，在他面前，《尤利

---

① 布卢姆因为在"布卢姆节"参加狄格南的葬礼时穿的是黑色的西装、黑色的皮鞋，戴的是黑色的礼帽，因此才有这一"黑马"之说。

西斯》中那些庸俗透顶、唯利是图、冷漠自私的爱尔兰人无不相形见绌。

从本质上说，建构爱尔兰的民族文化身份必须回答三个最根本的问题：①爱尔兰是什么？②谁是爱尔兰人？③什么是爱尔兰民族？在 20 世纪初，这些问题在爱尔兰社会引发了广泛的争论，"种族纯粹主义者认为只有盖尔族人才是真正的爱尔兰人"，与此相反，那些更开明的人士却认为"任何一个在爱尔兰出生的人都应该被视为爱尔兰人"（Cheng 191）。种族纯粹主义者甚至"把许多在爱尔兰出生的著名人士——如（斯威夫特、谢立丹、伯克、格拉顿及其国会成员、沃尔夫·托恩和大多数联合的爱尔兰人、帕内尔、叶芝和辛格）"——都排除在爱尔兰人之外（Gifford, Ulysses Annotated 130）。他们认为只有盖尔族才是爱尔兰民族，爱尔兰就是盖尔族，其他外族都不属于爱尔兰民族。按照这种观点，在爱尔兰出生的犹太人布卢姆，在爱尔兰出生的意大利人南内蒂，在西班牙出生的莫莉都不是爱尔兰人。乔伊斯并不认同这样的观点，他在写给自己胞弟的一封信中这样表示："令我最为厌恶的是，[格里菲思]的报纸总是用种族仇恨的老套话语来教化爱尔兰人民。"（SL 111）乔伊斯的"厌恶"情绪真切地表达了他对狭隘民族主义的焦虑。在他看来，这种种族仇恨的民族价值观绝对无法建构一种合理的民族文化身份。正是基于这样的认知，乔伊斯把布卢姆塑造成了一个备受屈辱但却最富有民族良知的爱尔兰犹太人。在他的笔下，布卢姆是一位地道的爱尔兰人，他是一位爱尔兰的尤利西斯，是爱尔兰人学习的榜样。正如布卢姆的英文姓氏所蕴含的寓意一样，他就像是"一朵"美丽的"山花"（《尤》1060），必将在爱尔兰的土地上含苞怒放。他的善良、谦卑、理性、温和、正直和忍辱负重的人格，预示着爱尔兰民族的未来形象，代表着爱尔兰努力的方向。通过对这个现代尤利西斯的艺术塑造，乔伊斯终于找到了"一种控制那混乱和无意义的广阔全景并赋予其秩序、形式和意蕴的方法，这一广阔全景就是当下历史"（Eliot, "Ulysses, Order, and Myth" 201）。至此，随着布卢姆这匹在"布卢姆节"的马赛中唯一获胜的"黑马"，以和平的方式战胜妻子莫莉的情人鲍伊岚，重返家园、恢复家庭的秩序，乔伊斯对爱尔兰民族文化身份的焦虑终于获得了消解。通过成功地塑造一个具有希伯来和凯尔特血统的艺术形象——布卢姆，乔伊斯在《尤利西斯》中瓦解、颠覆了爱尔兰狭隘的民族主义价值观，建构了一种健康、合理，具有民族包容性，有利于民族文化融合和民族独立的民族文化身份意识。

# 第四章　《尤利西斯》：民族文化话语的焦虑

—……我们是一个慷慨的民族，但我们也必须公正。

—我怕这些堂皇的字眼，斯蒂芬说，这些话给我们造成了那么多的不幸。

——乔伊斯:《尤利西斯》

在艺术形式上，西方现代主义作家几乎都是一些求变、创新的实验主义者。"旧的文学传统无法提供他们所需要的艺术语言，传统手法无法表达他们对生活的理解，无法准确描绘他们眼中的现实"，因此，他们"总是对艺术创作精益求精，总是孜孜不倦地探索新的表现手法和实验新的形式"（肖明翰，《混乱中探寻秩序》43）。在这一点上，乔伊斯似乎比其他西方现代主义作家走得更远。从《都柏林人》、《一个青年艺术家的画像》到《尤利西斯》和《芬尼根的守灵夜》，他不厌其烦地尝试新的艺术手法，不断改变叙述方式、翻新叙述语言，不断颠覆和超越旧的文学传统。这种探索与创新标志着一场深刻的叙事革命，批评家们认为，这场叙事革命所产生的影响一点也不亚于爱因斯坦的现代物理学和弗洛伊德的现代心理学（Eliot，"*Ulysses*，Order，and Myth" 201；Seidel 765）。

早在 1914 年开始创作《尤利西斯》的时候，乔伊斯就在艺术技巧上给自己制定了这样一个任务，即"采用十八种不同的视角和相同数目的文体风格来写一本书"，这种创作方式"显然都是同行们不熟悉或从未发现过的"（*LI* 167）。① 不仅如此，他还给《尤利西斯》的每一章设计了不同的"标题"、"场景"、"时间"、"器官"、"艺术"、"色彩"、"象征"和"技巧"。② 根据他提供给好友卡洛·利纳蒂（Carlo Linati）的写作提纲，例如在"艺术"和"技巧"的栏目下，第一章是"神学"和"年轻的叙述"，第二章是"历史"和"个人的教理问答"，第三章是"语文学"和"男性独白"，第四章是"经济学"和"成熟的叙述"，第五章是"植物学、化学"和"自恋"，第六章是"宗教"和"梦魇/孵育"，第七章是"修辞学"和"三段论省略式"，第八章是"建筑学"和"肠壁蠕动"，第九章是"文学"和"辩证逻辑"，第十章是"力学"和"迷宫"，第十一章是"音乐"和"经典赋格曲"，第十二章是"政治"和"巨人症"，第十三章是"绘画"和"肿胀、消肿"，第十四章是"医学"和"胚胎发育"，第十五章是"魔术"和"幻觉"，第十六章是"航海学"和"年老的叙述"，第十七章是"科学"和"非个人化的教理问答"，第十八章的"艺术"一栏中没有标记，其"技巧"是"女性独白"（Gilbert 30）。通过这些形式和技巧的创新，乔伊斯不仅将《尤利西斯》变成了一部囊括人类各种知识的百科全书式的作品，而且还把它打造成了一部任由各种叙述视角、各种声音、各种文体和各种艺术风格竞相斗艳、众声喧哗的复调小说。③

　　《尤利西斯》的叙述话语为何如此标新立异？这种形式创新体现了怎样的创作动机？作者借此究竟要传达怎样的思想和情感内容？对于这些问题，批评家们给出了不同的答案。布鲁姆在《西方正典》一书中指出，《尤利西斯》的艺术形式表达了一种"影响的焦虑"，乔伊斯就是要"与莎士比亚"进行一场"争夺经典地位的竞赛"（*The Western Canon* 11，384，385）。赛德尔认为，乔伊斯在《尤利西斯》中所采用的那些别具一格的"意识流技巧"，旨在开辟一条"艺术家进入更深邃的民族和个体意识的通道"（Seidel 765）。在赫尔看来，《尤利西斯》新颖的小说话语构建了爱尔兰民族的"一种文化总叙事（a cultural master-narrative）"，它的"文体狂

---

① 其实，艺术技巧的创新在《都柏林人》和《画像》中就已经初见端倪。《都柏林人》从最初三个故事的第一人称叙述转到第三人称叙述，《画像》从第三人称叙述转到第一人称人物叙述，开篇对幼年斯蒂芬心理意识发展轨迹的"客观呈现"，尾篇中那真实地展现青年斯蒂芬的意识流、由二十二篇长短不一的日记镶嵌而成的叙述篇什，都为《尤利西斯》的叙事革命奠定了基础。

② 不知何故，乔伊斯最后在《尤利西斯》出版时删去了每一章的标题。

③ 在巴赫金的《陀思妥耶夫斯基诗学问题》中，所谓"复调小说"指的是那种"有着众多的各自独立而不相融合的声音和意识，由具有充分价值的不同声音组成真正的复调"的小说。参见巴赫金：《巴赫金全集第五卷》，白春仁、顾亚铃等译，第4页。

欢"真实地揭示"一个民族的文化无意识"（Herr，"Art and Life" 75），认为在这部小说中"我们所看见的那些心灵恰恰是其所处环境的产物"（74）。迪恩则指出，乔伊斯时代的"都柏林是一个口头文化与书写文化相交织的奇怪复合体，这座城市以讥诮、出色的会话，恶意的飞短流长、演说、戏剧和新闻报道著称，它对此也颇感自豪"；而《尤利西斯》恰恰"反映了这座城市文化的这一面"，这部小说实际上"就是一块由布道、演讲、故事、俏皮话、华丽铺张之辞和鹦鹉学舌之语的片断所组成的马赛克"（Deane，"Joyce the Irishman" 43）。在迪恩看来，颠覆和重建是乔伊斯情有独钟的两件事情，他在"颠覆的苦涩之中"也享受了"革新的快乐"，"没有哪一种政治或社会意义不是由他先颠覆再重构的"。在《尤利西斯》中，"都柏林和爱尔兰既被拆解又被重建"，"天主教霸权既被摧毁又被修复"，"英语被弄得支离破碎之后又被重新恢复了活力"，这无疑反映了乔伊斯的"语言焦虑"（linguistic anxieties）（44，34）。在其他学者眼里，《尤利西斯》的"形式创新和对个人隐私的探究"是乔伊斯"对文化正统的独特挑战"（Attridge，Foreword xii），这部小说用各种语体记载的"那些非常具体、精确的文化和历史细节"，"总体上可以被视为一个对话场，各种社会话语的许多具体、源于历史的声音在霸权与反抗的不同层次中展开对话"，"对某些意识形态话语进行中肯的分析和有力的批判"（Cheng 9）。

这些批评家对《尤利西斯》的形式创新所做的分析富有启发性，他们发现了乔伊斯的"影响的焦虑"和"语言焦虑"，也洞察到他对文化正统的挑战、对意识形态的批判和颠覆。然而我们也看到，这些批评家的论述也存在着一些批评的盲点。众所周知，在艺术形式上《尤利西斯》是一部复杂、多面的作品。心理学家卡尔·荣格将它比作一幅典型的"中国画"，他在画中仿佛看见"一个瑜伽信徒正在打坐沉思，他头顶上长出五个人形，这五人中每个人的头顶上又长出另外五个人形"（Jung 21）。这一形象的比喻生动地概括了《尤利西斯》在叙述话语上的相关特征。其实，《尤利西斯》最引人注目的地方是它的叙述话语。这部小说如同一个杂物箱，各式各样的话语——政治的、宗教的、文学的、科学的、报刊的、古雅的、流行的、粗俗的、陈腐的、本土的、外来的、正式和非正式的，等等——以各种方式统统被乔伊斯纳入其中，使之成为一部杂糅各种文化话语的小说。这种独特的话语形式蕴含着丰富的思想、情感、心理和审美内容，体现了乔伊斯对浸透着西方社会、政治、宗教意识形态和价值观念的那一整套文化话语的忧思和焦虑。

# 一、一个凸显"社会性杂语"的民族文化话语文本

苏联文论家巴赫金在《长篇小说的话语》("Discourse in the Novel")一文中指出，"长篇小说作为一个整体，是一个多语体、杂语类和多声部的现象"(《巴赫金全集第三卷》39)。在他看来，一部长篇小说通常会涵盖以下五种话语类型：①"作者直接的文学叙述(包括所有各种各样的类别)"；②"对各种日常口语叙述的摹拟(故事体)"；③"对各种半规范(笔语)性日常叙述(书信、日记等)的摹拟"；④"各种规范的但非艺术性的作者话语(道德和哲理的话语、科学论述、演讲申说、民俗描写、简要通知等等)"；⑤"主人公带有修辞个性的话语"(40)。这些形态不同、性质迥异的话语毫无例外地打上了鲜明的社会、历史和时代印记，它们被作者有机地组合在一起，在一部长篇小说中形成一个高度统一的完美艺术体系。实际上，一部长篇小说就是"用艺术方法组织起来的社会性的杂语现象，偶尔还是多语种现象，又是个人独特的多声现象"(40-41)。从本质上说，这种具有"杂语"、"多语"和"多声"现象的小说话语就是一种典型的文化话语。

巴赫金认为，但凡长篇小说的话语都具有"杂语"(heteroglossia)的性质。"杂语"不仅包含同一民族语言内的各种话语变体，即"各种社会方言、各类集团的表达习惯、职业行话、各种文体的语言、各代人各种年龄的语言、各种流派的语言、各种文体的语言、权威人物的语言、各种团体的语言和一时摩登的语言、一日甚至一时的社会政治语言"等(41)，而且还包括"在同一文化内的其他民族语言"(54)。不仅如此，"杂语"还构成了"小说这一体裁必不可少的前提条件"，小说家"正是通过社会性杂语现象以及以此为基础的个人独特的多声现象，来驾驭自己所有的题材、自己所描绘和表现的整个事物与文意世界"的。在一部长篇小说中，"作者语言、叙述人语言、穿插文体、人物语言——这都只不过是杂语藉以进入小说的一些基本的布局结构统一体。其中每一个统一体都允许有多种社会的声音，而不同的社会声音之间会有多种联系与关系"(41)。巴赫金的这些论述全面而独到地概括了小说话语的本质特征及其在长篇小说这一文学体裁中的运作方式。从这种意义上看，《尤利西斯》就是一个典型的"社会性杂语"文本。

在当今的人文和社会科学领域，"话语"①是一个"使用范围最广"、"用法变化最大"、"定义繁复多样"的语汇（陈永国 28），它以一种类似于"通货"（common currency）的形式，广泛而频繁地出现在语言学、符号学、社会学、政治学、哲学、批评理论等领域的相关著述之中（Mills 1）。例如：在语言学领域，所谓"话语"指的是"言说"和"书写"，它是"大于句子的语言单位"，那些以"连贯"（coherence）和"衔接"（cohesion）的方式组织起来、具有相对独立和完整意义的"语言文本和会话"，都可以成为"话语分析的研究材料"（Yule 142）；在符号学领域，"话语"被视作一种"表意的符号行为"和"符号过程的一般方式"，在符号学家们看来，"话语"就是"行动的语言"（Blommaert 2）；在哲学、文化批评和思想史领域，"话语"则是"受规则制约的一切陈述"，它既涵盖那些"在权力关系中产生的个别话语或陈述群"，又包括那些关于"个别话语或陈述群的抽象的理论阐述"（Mills 7 - 8），即"关于话语的话语"（吴猛 4）。

在当代西方文学和文化批评领域，影响最深刻、最广泛的要数福柯和巴赫金的话语理论。福柯早年在谈及"话语"概念时说："我们生活在一个完全为话语（discourse）所标记、所交织的世界中，这种话语就是谈论被说出的物，谈论断言与命令，以及谈论已出现的话语（discourses）的言说"（Foucault, *Death and the Labyrinth* 177）。② 在这里，"话语"之意是"谈论"与"言说"。后来在《词与物》一书中，他又进一步明确指出，所谓"话语"就是"说出所是"（Foucault, *The Order of Things* 48）。在该书中，"话语"的"基本含义就是展现秩序的符号系统"（吴猛 24）。1969 年出版的《知识考古学》堪称福柯话语理论的奠基之作，他在书中为"话语"归纳出三重所指：①"所有陈述的一般领域"；②"个体化的一组陈述"；③"一种有规则的、使一定数量的陈述得以产生的实践"（Foucault, *The Archeology of Knowledge* 80）。福柯的这些论述把"言说"、"说出所是"、一般陈述、具体陈述

---

① "话语"分别是英语"discourse"、法语"discourse"和德语"diskurse"的对应词，它们都源于拉丁语的"discursus"，其最初的语义是"跑去跑来"（running to and fro），后来引申为"交往"（intercourse）和"论辩"（argument）。在巴赫金的著作中，"话语"是"слово"。在俄语语境中，"слово"不仅兼有"词语"（word）、"言语"（speech）和"演说"（address）等多重语义，而且还具有"权威地使用词语之方法"（a method of using words that presumes a type of authority）的涵义。《长篇小说的话语》一书的汉译者将"слово"译为"言语"和"话语"，并且认为二者实际上是可以互换的同义语。参见《巴赫金全集第三卷》第 53 页的译注。关于"слово"的多重语义，参见 M. M. Bakhtin, *The Dialogic Imagination*, trans. Caryl Emerson and Michael Holquist（Austin：U of Texas P, 1981）427.

② 此处的汉译参见吴猛的博士学位论文《福柯话语理论探要》，第 23 页。

（文学的、历史的、哲学的、科学的、政治的、宗教的、性别的，等等）和"话语实践"（discursive practices）统统纳入"话语"的范畴（Mills 6），使之成为一套体现"权力关系"的复杂的知识话语体系。

　　在福柯看来，所有的"话语"都会体现某些权力关系，在这些权力关系的网络之中，"不存在一边是权力的话语，而另一边是与之相对立的其他话语。话语是力量关系领域里起作用的策略要素或障碍物。在同一个战略内部，可能存在着不同的，甚至是矛盾的话语；相反，这些话语不用改变形式就可以在相互对立战略之间穿行"（Foucault, *The History of Sexuality* 101 – 102）。在《什么是作者?》（"Quest-ce Qu'un Auteur?"）一文中，福柯进一步指出："话语自从有了'作者'以后，便变成了为作者所有的财产。自从形成了话语的所有制以后，话语就不但同作者，而且也同引用该话语的人的势力连在一起，而变成了一种特定的社会历史力量。"[①]并且，作为一种"社会历史力量"，话语在我们的文化中扮演着特别重要的角色。一方面，它积极参与权力和意识形态的建构，极力维护和保留那些权威的陈述，武断而又巧妙地剔除和排斥那些危及权威、对社会有害或不道德的陈述；另一方面，它又能发挥反抗、解构和颠覆那些压制人性的社会、政治、文化禁忌的革命性功能。福柯还提醒我们"必须将话语看作是一系列的事件，看作是政治事件——通过这些政治事件运载着政权，并由政权控制着话语本身"。[②] 谁拥有了驾驭话语的权力，谁就获得了某种政治力量。

　　在巴赫金的著作中，指代"话语"的语汇通常有"слово"（词）、"высказываиие"（言谈）和"текст"（文本）。[③] 在他看来，"话语是一种社会符号"（《巴赫金全集第二卷》357），是"一个文本或一段言语中的声音"（Mills 8）和"言语交际体"（托多罗夫247）。另外，话语"不是在辞典中沉睡的词汇"，而是"任何现实的已说出的话语（或者有意写就的词语）"，是"说者（作者）、听众（读者）和被议论者或事件（主角）这三者社会的相互作用的表现和产物"（《巴赫金全集第三卷》37）。巴赫金还认为，"话语足以配称语言，因为它是语言在个性言语中的体现，也足以配称杂语，因为它积极参与语言的混杂"（50）。一方面，任何形式的

--------

① 转引自高宣扬：《后现代论》，第77页。

② 转引自高宣扬：《后现代论》，第78页。

③ "话语"在巴赫金的原著中常常有三种不同的表达法，但用得最多的还是"слово"。也许巴赫金意识到，俄语词"слово"恰好与《新约·约翰福音》开篇"太初有道"中的"道"的英文词"the Word"相对应。有学者认为，在巴赫金的著作中，"слово"、"высказываиие"、"текст"实际上都指代"话语"，是一个同义概念。参见凌建侯的博士学位论文《话语的对话本质》，第4页。

"话语"都不能在真空中产生，所有的"话语"都离不开特定的社会、历史、文化语境，因而也就不可避免地渗透着丰富的思想内容、文化意蕴和社会意识形态；另一方面，"话语在同一语言范围内与他人表述之间，在同一民族语言范围内与其他'社会语言'之间，最后在同一文化、同一社会思想观念范围内与其他民族语言之间，都有着对话性"（54）。关于话语的本质特点，巴赫金在《马克思主义与语言哲学》一文中这样总结说："我们所清楚的话语的所有特点——就是它的纯符号性、意识形态普遍性、生活交际的参与性、成为内部话语的功能性，以及最终作为任何一种意识形态行为的伴随现象的必然现存性——所有这一切使得话语成为意识形态科学的基本研究客体"（《巴赫金全集第二卷》357）。

福柯与巴赫金是从不同的层面来探讨话语的。福柯认为，"陈述是话语的原子"，话语的构件是一些"陈述群"（《知识考古学》85），这些"陈述群"并非人们所熟知的那种"日常言语"（everyday speech），而是"事关知识"、"涉及真理论说、知识限定"的"严肃言语"（serious speech）（赵一凡，《西方文论讲稿续编》682）。"西方所谓科学、哲学、宗教、法律之类，都是些历史沿革下来的庞杂话语集群"（赵一凡，《福柯的话语理论》112），这些"话语集群"是"展示一定功能的符号体系，在某个话语实践或策略性处境中处于某种位置、产生某种效果"（吴猛91）。在巴赫金看来，话语是活生生的"社会事件"，既包括口语、书面语，又可以是"日常言语"和"严肃言语"；话语"不满足于充当某个抽象的语言的因素，也不可能是孤立地从说话者的主观意识中引出的心理因素"（《巴赫金全集第三卷》37）。不仅如此，所有的话语都浸透着丰富的社会意识形态："所有的词语，无不散发着职业、体裁、流派、党派、特定作品、特定人物、某一代人、某种年龄、某日某时等等的气味"（74）。另外，话语还具有对话性，这种"对话性是不同的社会语言观斗争的结果，而不是语言内部个人意向斗争的结果，或者逻辑矛盾的结果"（52）。

福柯和巴赫金的话语理论具有不同的理论特色：前者主要从思想和文化史的视野侧重对各类知识话语（各门人文学科）进行实证研究，探寻潜藏在这些知识话语背后的权力关系网络；后者则从哲学的高度对包括"日常言语"在内的各种话语进行"超语言学"的解析，挖掘话语的社会意识形态内容、"杂语"性质和对话本质。这两种话语理论虽然存在着差异，但却揭示了话语的相关共性。福柯和巴赫金都认为：①话语是言说，不是抽象的语言；②作为言说，话语实际上是一种社会事件或政治事件；③话语的形成离不开具体的社会、历史语境，任何话语都蕴涵丰富的思想、情感和意识形态内容；④话语是由特定的文化塑造的，所有话语都打上了鲜明的文化烙印，因而在本质上都是文化话语；⑤我们所生活的世界是一个文化的世界，文化本身也是一种话语。

《尤利西斯》是一个"多话语"（multi-discoursive）的小说文本，它既有福柯所指称的那些体现"权力—知识"关系的"个别陈述"、"一般陈述"、"陈述群"和"严肃言语"，又有巴赫金所归纳的那些具有"杂语"、"多语"、"多声"现象和"对话性"的话语类型。① 在这部小说中，主人公和其他人物的意识流和内心独白，人物间的对话、叙述者的话语、作者的声音，各种穿插语、新闻报刊语言、宗教语言、政治语言、文学语言、音乐语言、科学语言、职业行话、教理问答、陈词滥调、民谣、民俗、民歌、爱尔兰语、拉丁语、其他外来语，等等，都被乔伊斯巧妙地糅合在一起，构成了一个系统庞杂、独具特色的文化话语场。对此，批评家麦克凯布在《詹姆斯·乔伊斯与词语革命》（*James Joyce and the Revolution of the Word*）一书中精辟地指出，《尤利西斯》是"一次穿越意义的航行，是一次穿越1904年所能看到的用英语写就的全部话语的航行，当布卢姆和斯蒂芬穿过都柏林，这部作品也穿越了那座英语的词汇之都"。他特别提醒我们在"关注"这部现代主义经典小说"话语"的时候，"不仅要重视语言再现的现实，更要重视通过语言所言说的欲望"（MacCabe 104）。这些欲望折射出乔伊斯对文化话语的焦虑。我们认为，综合运用福柯和巴赫金的话语理论，通过对《尤利西斯》的叙述话语进行"超语言学"的话语分析，来挖掘这些叙述话语的意识形态内容、"权力—知识"关系，探寻它们的"杂语"、"多语"、"多声"现象和"对话性"，将有助于揭示乔伊斯对文化话语——承载着一定文化价值观念和社会意识形态的"权力—知识"话语体系——的焦虑和忧患。

## 二、民族文化话语的"失语"之痛

在《画像》的第五章中，有这样一个耐人寻味的情节片段：一天上午，斯蒂芬从家里徒步去都柏林大学上课，在一间梯形教室里，他邂逅了正在壁炉旁生火的

---

① 《尤利西斯》第九章中的莎士比亚批评话语，第十二章中第二叙述者和"公民"的民族主义话语，第十四章的胚胎学话语和各个时期的英语散文仿拟体，第十七章的科学话语和仿教理问答体话语，布罗姆、斯蒂芬、莫莉和其他人物的意识流话语，第七章的仿新闻体话语，第十一章的仿经典赋格曲的叙述话语，第十三章中的仿感伤小说和英国女性杂志体话语，第十五章的戏剧体话语，第十六章的陈词滥调体话语，第十八章偏离英语语法常规的话语，既带有福柯所界定的那些"话语"特色又属于巴赫金所归纳的那些话语类型。

教务长，随后，两人就古希腊哲学和美学中的相关问题进行了一场思想交锋。在与这位来自英格兰的耶稣会士的交谈中，斯蒂芬对自己和对方所说的语言产生了一种莫名的焦虑。他说："我们说话所用的语言在成为我的语言之前是他的。'家园'、'基督'、'啤酒'、'主人'这些字眼，他的嘴唇和我的嘴唇说出来是多么的不同！无论是说还是写这些字眼，我都感到精神不安。"（P 216）众所周知，英语是英格兰人的民族语言，英国殖民者在武力征服爱尔兰之后把这种语言强加给了爱尔兰人。对于那位来自英格兰的教务长来说，说英语是一件自然而然的事。然而在爱尔兰人斯蒂芬眼里，不能习得自己的母语和被迫用异族的语言来进行交流和表达思想情感是一种莫大的民族耻辱。因此，无论他对英语的掌握是多么娴熟，在使用这种语言的时候，他始终无法摆脱内心深处的"精神不安"。毋庸置疑，斯蒂芬的"精神不安"是一种"文化失语"（cultural voicelessness）的焦虑。这种焦虑的对象并不是英语这种交流工具本身，而是英国统治者用这种语言所建构的一整套文化话语，斯蒂芬对这套文化话语的焦虑是乔伊斯本人思想情感的真实反映。

殖民的历史常常蕴含着这样一个必然的逻辑：当一个强悍的民族用坚船利炮征服了一个弱小的民族，那么征服者就会以一种胜利者的姿态，心安理得地对被征服者实施殖民统治。为了使他们的统治合法化和名正言顺，殖民统治者往往会调动各种意识形态的宣传"机器"，利用一切可以利用的社会、政治、文化资源，边缘化被殖民者的母语，把自己的语言"植入"殖民地，然后在那里用这种语言建立起一套驾轻就熟的文化话语。这套文化话语是一种"权力—知识"话语体系，处处体现着殖民者的权力和意志，浸透着殖民主义的霸权意识、价值观、文化观和道德观。在《尤利西斯》中，海因斯和戴汐先生可以说是这套文化话语的卫道士和代言人。

海因斯是地道的英格兰人，是英国殖民者的代表和后继者。从牛津大学毕业之后，他来到了都柏林收集爱尔兰的民俗、民谣，希望通过对爱尔兰民间文化的研究来获取学术利益。然而，在骨子里他却并不同情爱尔兰民族的不幸遭遇。在小说的第一章（忒勒玛科斯）中，当听到斯蒂芬愤懑地控诉大英帝国对爱尔兰犯下的种种罪行之时，他狡黠地辩解说："我们英国人感到我们对你们不大公平。看来这要怪历史。"（《尤》30）他轻描淡写地将这些罪行归咎为历史的过错，把英国殖民者应负的责任推卸得一干二净。戴汐先生则来自于北爱尔兰的新教阶层，是英国殖民者在爱尔兰的后裔。作为一名奥伦治协会的会员，他附庸于宗主国的殖民统治，对英国文化津津乐道，对英国人信奉的那条"我不该不欠"的谚语赞不绝口（48）。在关于宗主国和爱尔兰的关系的问题上，他宣称爱尔兰固然"是一个慷慨的民族，但是我们也必须公正"（49）。对于戴汐先生所说的这些话语，斯蒂芬苦笑着说，"我怕这些堂皇的字眼"，"这些话给我们造成了那么多的不幸"（49）。在他看来，戴汐先生所说的"堂皇的字眼"不过是英国殖民者及其后裔为粉饰其殖民统治所精心构建的一套文化话语，这些冠冕堂皇的伪善之辞遮蔽和掩盖了发生在爱尔兰历史上一幕又一幕的悲惨场景："光辉的阿尔马郡的钻石会厅里，悬挂着天主教徒的尸体。嘶哑着嗓子、戴着假面具、拿着武器，殖民者的誓约。黑色的北方，真正地道的《圣经》。短发党倒下去"（50）。

斯蒂芬记忆中的上述历史事件发生在 17 世纪至 18 世纪的爱尔兰。1691 年，英国殖民者在英王威廉三世的领导下，打着拯救爱尔兰民族的旗号和以《圣经》的名义，①最终完成了对爱尔兰的全面征服。他们不仅大肆掠夺爱尔兰人的土地和房产，将其瓜分给那些誓言效忠大英帝国的新教徒，而且还对天主教徒进行残酷打压和迫害。1795 年，在北爱尔兰阿尔马郡的"钻石之战"（the Battle of the Diamond）中，效忠大英帝国的"奥伦治协会会员"们（the Orangemen）屠杀了数以百计的爱尔兰天主教徒。1798 年，由爱尔兰民族主义政党"短发党"（Croppies）发动的抗英起义遭到殖民当局的血腥镇压。这些惨无人道的暴行给爱尔兰民族带来了灾难和不幸，然而在英国殖民者的文化话语中，它们却成了"流芳百世，功德无量，永垂不朽"的历史功绩（50）。英国人以"海洋的统治者"自居，信奉"自己的帝国有永远不落的太阳"（48），认为他们对爱尔兰的殖民统治能够给这个落后的蛮夷之岛带来文明。斯蒂芬深感焦虑的是，在这套渗透着殖民主义意识形态的文化话语面前，爱尔兰人无法发出自己独立的声音，无法自由、真实地表达和张扬自我，他们成了"在主子的宫廷上逗人发笑的小丑，受了宽容也遭到鄙视"。然而"为了那和蔼的抚摩"，他们却偏偏"都愿意扮演这样一个脚色"，希望"在宽宏大量的主子跟前赢得一声夸奖"（38）。这样的小丑在《尤利西斯》中比比皆是，那个出卖民族良知、巴结奉承英国人海因斯的壮鹿马利根，那个毫无自尊、不知廉耻、成天醉心于赌马酗酒、与都柏林出了名的花花公子鲍伊岚为伍的"寄生虫"莱纳汉，都柏林红灯区里那个对英国大兵低声下气的妓院老板娘，那些出卖肉体的妓

---

① 新教看重《圣经》文本，不强调仪式；天主教则强调仪式而不看重《圣经》文本。这是新教和天主教之间的重要差异之一。

女，个个都丑态百出。

在乔伊斯精心塑造的那些"逗人发笑"的爱尔兰小丑中，最滑稽、最卑劣的也许要数那些道貌岸然的文化人，《自由人报》(*Freeman's Journal*)的主编威廉·布雷登，该报的业务经理、工长、都柏林市政参议员、市长候选人约瑟夫·帕特里克·南内蒂，《电讯晚报》(*Evening Telegraph*)的主编迈尔斯·克劳福德，那个早年离开都柏林去伦敦闯天下、靠炒作凤凰公园凶杀案一举成名的记者伊格内修斯·盖莱赫，①可以说是他们当中的典型代表。在英国殖民主义文化话语的熏陶和耳濡目染之下，这些新闻界人士人唯唯诺诺、丧失良知，既无崇高的理想和信念，又无起码的职业操守和社会责任感。他们"得到一点什么地方需要人的风声马上就转变航向。随风转。翻手为云，覆手为雨。都不知道该听他们的哪一段。他们说东你就信是东，可是回头就变成了西"。不仅如此，他们还常常"在报纸上光着脑袋拼命，可是过一会儿风平浪静，马上又是亲亲热热友情为重了"(189)。这些人热衷于制造一些"鼓鼓囊囊、没有东西"的话语，这些话语表面上看起来热热闹闹，但实际上都是一些内容空洞和"装腔作势的玩意儿"(187)。

英国殖民者用英语所建构的那一套文化话语体现了殖民统治者的权力和意志，这套话语以各种形式渗透到爱尔兰社会的各个层面，那些"鼓鼓囊囊、没有东西"的新闻语体就是英国殖民主义文化话语语境中的衍生物。在20世纪初，《自由人报》和《电讯晚报》是爱尔兰最著名的两家报纸，②它们虽然是致力于宣传爱尔兰民族自治思想的重要媒体，但是在乔伊斯看来，由于长期以来受到主流文化话语的"毒化"和"污染"，它们的新闻话语也变成了一些"装腔作势的玩意儿"。正如乔伊斯在《尤利西斯》第七章(埃俄罗斯)开篇中所描述的那样，这些"装腔作势的玩意儿"就像都柏林盛产的吉尼斯黑啤酒大桶，"沉甸甸地从王子仓库滚出来，哐当哐当地装上啤酒厂的平板车。啤酒厂的平板车上，哐当哐当地装上了由

---

① 伊格内修斯·盖莱赫是《都柏林人》第八篇短篇小说《一片小云》中的一个主要人物。当年，此人在都柏林时只不过是一个穷途潦倒的小混混，去了伦敦之后，他投机取巧、靠采编一些具有轰动效应的新闻事件成为英国大名鼎鼎的记者。

② 《自由人报》是爱尔兰最早的报纸，该报于1763年由查尔斯·卢卡斯(Charles Lucas)创办，早期带有鲜明的民族主义倾向，是新教爱国主义政治家亨利·格拉顿(Henry Grattan)和亨利·弗拉德(Henry Flood)发表和宣扬爱尔兰民族自治思想的重要宣传喉舌，1784年弗朗西斯·希金斯(Francis Higgins)接任主编之后，该报成为了一家亲英格兰的保守媒体，到了19世纪它又重返民族主义立场。1924年，《自由人报》停刊并入《爱尔兰独立报》。《电讯晚报》于1781年由当时的都柏林市长埃德蒙·德威尔·格雷(Edmund Dwyer Gray)创办，也是一家带有民族主义政治倾向的刊物，该报于1924年停刊。

穿大皮靴的马车夫从王子仓库推出来的沉甸甸的大桶"（177）。这些新闻话语除了一些同义反复的辞藻之外，别无他物。

《尤利西斯》的第七章对那些"装腔作势"的新闻话语进行了生动的反讽和戏仿，这种反讽和戏仿折射出乔伊斯对爱尔兰主流文化话语的焦虑。该章由六十三个长短不一的单元构成，每一个单元都配有一个与叙述内容不太相干的标题，使其在文本形式上看起来恰似一张索然寡味的报纸，充满着各种冗长而蹩脚的新闻报道。例如：在分别题为《爱琳，银色海洋中的绿宝石》、《可悲》和《他的乡俚语言》的第十五、第十七和第十八个单元中，乔伊斯以谐谑和辛辣的笔调，借用另一个爱尔兰小丑式的人物内德·兰伯特之口，艺术地呈现了 1904 年 6 月 16 日刊登在《电讯晚报》上的一篇名为《我们的美好的国土》（"Our Lovely Land"）的演说辞的相关片段：

> ——或是，请看那曲折蜿蜒、波纹回旋的小溪，任凭山石阻挡，它仍潺潺而流，奔向浪涛汹涌的蔚蓝色海神世界，沿途有绿苔覆盖的河岸相伴，有温柔体贴的西风吹拂，有灿烂明媚的阳光照射，有森林巨人的枝叶临空，将荫影披覆在小溪那沉思的胸膛上。（186）

> ——可以说，涤荡在无可比拟的爱尔兰档案的全景之中；尽管有其他素负盛名的胜地同样受人夸赞，她的娇美却是天下无双，看那郁郁葱葱的树丛、绵延起伏的平原、青翠欲滴的大片牧草，沉浸在我们爱尔兰黄昏特有的神秘绝尘、苍茫柔和的暮色之中……（189）

> ——那暮色笼罩着一望无际的远景，只待那皎洁的月球冉冉升起，放出她光芒四射的银辉……（190）

这是一篇措辞华丽、内容空洞的演说辞，它的作者丹·道森是 20 世纪初爱尔兰小有名气的演说家。乔伊斯深感焦虑的是，《电讯晚报》的主编迈尔斯·克劳福德对布卢姆的那一则质朴无华、言简意赅、蕴含着民族自治深意的"钥匙（驰）府"广告不屑一顾，却偏偏看中了丹·道森的这篇"华而不实"和充满了"夸夸其谈的空话"的演说辞（189）。这一令人伤感的情节清楚地表明，在英国殖民者所建构的那一套主流文化话语的钳制之下，这些爱尔兰的文化精英已经完全蜕变为彻头彻尾的文化失语者，他们丧失了自主创新的能力，无法创造出特立独行、真正属于自己、充满个性的民族文化话语。

在乔伊斯看来，大众传媒是社会公器，这些报业人士原本能够以自己的大众传媒为思想阵地，启迪民智、凝聚社会共识，弘扬民族精神、增强民族意识，为摆脱殖民统治和实现爱尔兰的民族独立作出应有的贡献。然而可悲的是，这些俗不可耐的文化人却亦步亦趋地效仿英国主流媒体的运作方式，极力迎合殖民统治者和权贵阶层的文化趣味，把大量内容空洞、无病呻吟的话语"植入"他们的报章，然后在印刷车间里"将大卷大卷的纸张往机器里送"，"放出来的纸有多少英里长"（182）。这些文化精英酷似荷马笔下的风神埃俄罗斯，①他们制造的那些新闻话语犹如埃俄罗斯的袋子里放出来的不祥之风，吹遍了爱尔兰社会的每一个角落，污染和毒化了爱尔兰人的心灵。深受其害的爱尔兰民众恰如斯蒂芬向克劳福德及其同僚们讲述的那则名为《登比斯迦山望巴勒斯坦》或《李子的寓言》中的两位年迈的维斯太贞女——五十岁的安妮·卡恩斯和五十三岁的弗洛伦斯·麦凯布。② 她们在一个艳阳高照的夏日双双步履蹒跚地登上位于都柏林市中心的纳尔逊纪念塔，③一边啃着自己用积攒的辛苦钱买来的二十四枚李子，一边渴望登上塔顶"去看都柏林的景色"（218）。站在那座打上了大英帝国文化印记的纪念塔

① 在荷马史诗《奥德赛》第十卷，英雄奥德修斯在埃俄罗斯岛上待了整整一个月，受到埃俄罗斯及其家人的热情款待。当他决定离开该岛，继续踏上其回家之旅的时候，埃俄罗斯送给了他一个袋子，里面装满了狂暴的风，并嘱咐他无论如何都不要打开袋子。眼看着帆船已经驶近伊塔刻，岸上的航标灯火也依稀可辨，然而他的手下以为那袋子里装着金银财宝，乘他熟睡之时打开了袋子，不料狂风从袋子里汹涌而出，把帆船吹回了埃俄罗斯岛。埃俄罗斯见此情景大怒，诅咒奥德修斯不守信用，发誓再不给予任何帮助，命令他与其手下必须迅速离开挨俄罗斯岛。于是，奥德修斯回家的征程再一次受阻。

② 《登比斯迦山望巴勒斯坦》的典故出自于《圣经·申命记》，后者讲述摩西率以色列人逃出埃及之后，登上比斯迦山顶遥望圣地迦南（今巴勒斯坦），不幸的是摩西在到达迦南之前就因病去世了，遂与上帝应许之地失之交臂。英文中的"Pisgah sight"或"Pisgah view"（远眺比斯迦）也就具有了"远眺可望而不可即或遥远之物"（a faint view or glimpse of something unobtainable or distant）的语义。参见 *Shorter Oxford English Dictionary*（Fifth Edition）上的"Pisgah sight"和"Pisgah view"词条释义。

③ 纳尔逊纪念塔（The Nelson's Pillar）是位于都柏林市中心奥康内尔大街上的一座著名建筑，这座由花岗石砌成的纪念塔建于 1808 年，高四十点八米，塔顶耸立着一尊高四米的塑像，塑像的主人为英国著名海军中将霍雷肖·纳尔逊爵士（Horatio Nelson, 1758—1805）。此人在拿破仑战争中屡建赫赫战功，失去了一只手臂，在 1805 年英国对法国、西班牙联合舰队的特拉法加尔海战中，他虽然身负重伤，但一直坚持战斗到生命的最后一刻，牺牲时年仅四十七岁。为了纪念纳尔逊的功勋，英国人还在伦敦的特拉法加尔广场建造另一座更高的纳尔逊塔（The Nelson's Column）。1966 年 3 月 8 日凌晨两点，为了纪念 1916 年的复活节起义，前爱尔兰共和军的地下武装组织炸毁了位于都柏林的纳尔逊纪念塔。在 2002 年至 2003 年间，都柏林市政厅花费四百万欧元，在这座纪念塔的原址上建造了一座高一百二十一点二米、底部直径为三米、顶部直径为十五厘米的名为"光之塔"（The Monument of Light）的不锈钢尖塔。

上，"她们眺望着那些屋顶，争论着哪个教堂在哪儿：拉思芒斯的蓝色圆顶、亚当夏娃堂、圣劳伦斯、奥图尔教堂"（222）。她们"仰着脑袋，脖子发酸"，既看不到都柏林的全貌，更无法展望爱尔兰获得民族独立的前景。"她们太累了，不愿抬头看也不愿低头看，连话都懒得说了"，吃完了李子"就慢慢地从栏杆间隙向下面吐核"（223）。那些李子核砰然掉落在塔下的石板路上，永远也无法生根发芽、长成参天大树，结出丰硕的民族自由之果。斯蒂芬的这则寓言深刻地揭示了爱尔兰民族的生存境遇，它表达了乔伊斯对爱尔兰民族的整体精神状况的文化忧思。在乔伊斯看来，如果爱尔兰人不能冲破殖民主义意识形态的桎梏，无法冲破殖民统治者那套渗透着"权力—知识"关系的文化话语的种种束缚，即使未来在政治上获得了民族独立，他们也难以成功地摆脱大英帝国的文化霸权，构建自己的民族文化话语，最终获得精神自由、走出心灵的奴役之境。

# 三、解构殖民者的文化话语霸权

大英帝国对爱尔兰的文化霸权，在很大程度上是通过实施英国化的"文化工程"来实现的。数百年来，英国殖民者在爱尔兰成功推广和普及英语，使爱尔兰语陷入了边缘化甚至是消亡的窘境，把昔日的这个"圣贤之岛"变成了"一个叫作爱尔兰的新英格兰"（Kiberd, *Inventing Ireland* 15）。对爱尔兰人而言，英语已经不仅仅是一种交际工具，它的社会符号和文化功能体现了福柯所阐述的"权力—知识"关系。对此，那些怀有爱国情怀和民族良知的爱尔兰知识分子无不感到忧心如焚。1892年11月25日，爱尔兰著名学者、政治家、爱尔兰文化复兴运动的主要倡导者道格拉斯·海德在都柏林发表《爱尔兰去英国化之必要性》的演说，对殖民统治者的这一"文化工程"进行了强力的抨击。他诚恳地告诫爱尔兰人不要在阅读英语文学的时候对爱尔兰语文学一无所知，切莫"只要因为都是英国的东西，就乱七八糟、不加区别地对英国的一切匆匆予以采纳"，更不要"在没有变成英格兰人的时候就放弃成为爱尔兰人"。在他看来，爱尔兰曾经是"欧洲学识最渊博和最有教养的民族之一"，然而自从沦落为大英帝国的殖民地以来，她却"成了一个最不勤奋和最没有文学修养的民族"。令他痛心疾首的是，"地球上的这个最敏锐、最具灵性和最富艺术性的种族当今所生产的艺术品仅仅因其丑陋不堪而著称"。究其缘由，乃是因为爱尔兰人"在不分青红皂白地英国化自己的时候，轻率地抛弃了我们是一个独立民族的最美好的主张"。①

道格拉斯·海德比乔伊斯大二十二岁，这篇演说发表时乔伊斯还不到十一岁，那时，由于父亲无法支付高昂的学费，正在读小学五年级的乔伊斯离开了克郎高士森林公学，辍学在家的他也许在都柏林的报刊上读过海德的这篇演说辞，但不一定能够理解其中蕴含的深意(JJ 35)。十五年之后，青年乔伊斯在的里雅斯特的一所成人大学发表了题为《爱尔兰乃圣贤之岛》的演说。在演说中，他深切缅怀爱尔兰民族灿烂辉煌的古代文化，不仅痛陈大英帝国对爱尔兰的殖民统治和罗马天主教对爱尔兰民众的精神奴役，而且也鞭挞了爱尔兰国民的劣根性。这篇演说充满了民族忧患意识，从中可以见出以海德为代表的那批爱尔兰优秀知识分子对他的思想所产生的影响。只不过在他的心目中，海德心仪的那个古老的爱尔兰已经死去，"几个世纪里经由那些传说中的先知、游吟诗人和复辟王朝时代的诗人(Jacobite poets)之口所传唱的民族之魂，已经随着克拉伦斯·曼根之死从世上消失"，因此，"如果她真的能够复活，就让她苏醒，否则就让她蒙着自己的头颅，永远体面地躺在自己的坟墓中"(CW 173 – 174)。在他看来，在一个失去了自己的民族语言和高度英国化的国度，复兴民族传统文化绝非易事。

大英帝国对爱尔兰的英国化是殖民者通过不断推行和强化他们的文化话语来实现的，乔伊斯深感忧患的是，在殖民文化体制的"重压"之下，像海德这样具有民族文化忧患意识的人却并不多见。许多爱尔兰的文化精英陷入了精神瘫痪的境地，他们丧失了创造力和批判的勇气，非但不能创造一种能够与殖民统治者相抗衡的"权力—知识"话语体系，反而认同并积极地参与殖民文化话语的建构。在这些文化精英中，爱尔兰国立图书馆馆长利斯特(Thomas William Lyster)、助理馆长贝斯特(Richard Irvine Best)、诗人拉赛尔(George Russell)、散文家马吉(William K. Magee)可以说是典型代表。② 乔伊斯以实名的方式将这些人物写入了《尤利西斯》。

---

① Douglas Hyde，" The Necessity for De-Anglicising Ireland，" 1 September 2010 < http：//www. gaeilge. org/deanglicising. html > .

② 利斯特在1895年至1920年间担任爱尔兰国立图书馆馆长，因翻译19世纪德国学者海因里希·丁策尔(Heinrich Düntzer)的名著《歌德的人生》(Life of Goethe)而著称。贝斯特是爱尔兰著名学者、翻译家，他是佩特和王尔德唯美主义的崇拜者，在1904年至1923年间担任爱尔兰国立图书馆助理馆长，1924年升为馆长，于1940年退休。拉赛尔是20世纪爱尔兰民族主义者、著名文学批评家、诗人、编辑、画家，他以A. E. 为笔名创作了一系列的诗歌，1894年因出版《回家之路歌集》(Homeward：Songs by the Way)一举成名，成为爱尔兰文艺复兴的一位主将。1902年，通过他的引见，乔伊斯与叶芝相识。马吉是20世纪爱尔兰著名散文家，其笔名为约翰·埃格林顿(John Eglinton)，被叶芝誉为"我们爱尔兰唯一的批评家"(our one Irish critic)，1904年至1922年间担任过爱尔兰国立图书馆助理馆长，因反对建立爱尔兰自由邦辞职，后来移居英格兰。

《尤利西斯》第九章探讨的主题是文学批评话语，它的标题为"斯库拉与卡律布狄斯"，时间为1904年6月16日下午两点至三点之间，故事场景在爱尔兰国立图书馆。在这座图书馆的馆长办公室里，斯蒂芬就莎士比亚戏剧批评与上述四位文化精英展开了一场针锋相对的辩论。在这一章的开篇，馆长利斯特以引述歌德的散文体小说《威廉·迈斯特》中关于哈姆莱特的相关论述拉开了这场辩论的序幕。他"轻声轻气"地说道："而且，咱们还有《威廉·迈斯特》中那些无价之宝的篇章呢，不是吗？一位大诗人谈论另一位心曲相通的大诗人。一个犹豫不决的灵魂，奋起抗击无穷的忧患，而内心又矛盾重重，真实生活就是如此。"（《尤》274）他的这番话语显然是几个世纪以来英国和欧洲关于《哈姆莱特》批评的一些老生常谈。听完利斯特的这番陈述，那个笔名为约翰·埃格林顿的散文家马吉附和道："还没有创造出一个可以在世界上和萨克逊佬莎士比亚的哈姆莱特媲美的人物，虽然我对他也只是钦佩而已，和老本一样，并非偶像崇拜。"（277）马吉对《哈姆莱特》的批评也无法超越三百多年前由本·琼森所建立的莎士比亚批评范式。第三个发言者是拉塞尔，这位迷恋通神学和崇拜柏拉图形而上学的爱尔兰诗人认为："艺术必须能为我们启示一些思想，一些无形的精神本质。一件艺术作品的至高无上的问题，是它源于多深的生活……雪莱的最深刻的诗，哈姆莱特的言语，都能使我们的头脑接触到永恒的智慧，就是柏拉图的观念世界。"（277）助理馆长贝斯特听了这话，连忙赶过来畅谈起他在巴黎所听到的关于"一个法国城镇演出《哈姆莱特》情形"（281），他对法国象征主义诗人马拉美所写的一些"关于《哈姆莱特》"的"极妙的散文诗"赞不绝口（280）。这些人恰似《奥德赛》第十二卷中阻止奥德修斯回家之旅的六头妖魔斯库拉和波涛汹涌的漩涡卡律布狄斯，①他们如鹦鹉学舌一样重复着传统莎士比亚批评的那套"严肃"的知识话语，陈腐而了无新意。

斯蒂芬对上述文化精英们发表的这些高谈阔论无法苟同。在他看来，莎士比亚并不是一个完人，而是一个和芸芸众生一样有缺陷、有七情六欲、会犯错误的常人。莎士比亚之所以能够创造出《哈姆莱特》这样优秀的戏剧作品，主要是因为他把自己丰富多变的人生经历真实而生动地融入了他的创作之中。因为，"每一个生命，都是由许多日子组成的，一日又一日"。莎士比亚和我们一样，"通过自

---

① 在荷马史诗《奥德赛》中，女妖喀耳刻（Circe）给奥德修斯指出了两条通向伊塔刻的通道，一条是穿越游动山崖（the Wandering Rocks），另一条是穿过斯库拉与卡律布狄斯（Scylla and Charybdis）之间的通道。奥德修斯选择了第二条通道。

身往前走，一路上遇到强盗、鬼魂、巨人、老人、年轻人、媳妇、寡妇、慈爱兄弟，但永远都会遇到的是我们自己"（327）。他"对于背弃信义、篡权夺位、叔嫂通奸，或者是三者兼而有之的题材是永远记在怀的"（325）。因此，那个比他大八岁、曾经与"一个比她小的情人在谷田里打滚"、后来成为了他妻子的安·哈撒韦（288），在《哈姆莱特》中变成了不贞的王后乔特鲁德；他的一个弟弟成为了弑兄、篡位、娶嫂为妻的克劳狄斯；他夭亡的幼子哈姆内特成为了哈姆莱特王子；他自己则成为了老哈姆莱特的鬼魂。

斯蒂芬发表的这些观点，用《尤利西斯》中的人物"壮鹿马利根"的俏皮话来说，就是要"用代数证明，哈姆莱特的孙子是莎士比亚的祖父，他自己又是他亲生父亲的鬼魂"（26）。显然，斯蒂芬是在挑战英国的莎士比亚批评传统，他试图以惊世骇俗的方式来消解和颠覆"三个世纪的传统"（286），建构一种全新的爱尔兰式的莎士比亚批评话语。然而，在那些长期受到英国文学批评话语熏陶的爱尔兰文学精英们看来，斯蒂芬的批评话语只不过是一些诡异、荒唐的无稽之谈。更具反讽意蕴的是，在约翰·埃格林顿听完斯蒂芬的陈述，追问斯蒂芬是否"相信自己的理论"时，斯蒂芬却"毫不犹豫"地回答说："不相信。"（328）这一戏剧性的结局表明，英国的莎士比亚批评传统是殖民统治者所建构的那一套体现殖民"权力—知识"话语体系中的固有内容，在这种强势的文化话语面前，即便是最有反叛精神的青年艺术家斯蒂芬也只能以妥协告终。对于爱尔兰的这种文化现实，乔伊斯不能不感到深深的焦虑。

# 四、寻找重塑健康民族文化话语之途

从福柯话语理论的视角来看，文化话语是一种复合型的"权力—知识"话语体系，这种话语体系包含无数个"陈述群"，而政治、宗教、科学就是一些以"实践严肃言语"、揭示"真理"为目的的"陈述群"，各个历史时期的统治者无不巧妙地利用这些"陈述群"来对民众进行有效的精神和心理控制（福柯，《知识考古学》127）。在爱尔兰，为了使爱尔兰民众完全英国化，大英帝国在实施殖民统治的过程中自然也会用英语不断推行殖民化的"话语实践"。对爱尔兰的殖民统治者而言，殖民主义是他们的主流政治话语。他们不遗余力地将这种政治话语推广、扩散到爱尔兰社会的各个角落，试图使每个爱尔兰人都深信：英格兰民族是一个儒雅、体面、有教养、优等的民族，而爱尔兰民族是一个野蛮、愚昧、不开发、劣等的民族。勿庸置疑，这种政治话语造就了许多的殖民主义者，同时也造就了不少"假洋鬼子"和民族主义者。哪里有压迫，哪里就会有反抗。民族主义是殖民统治下的必然产物，在殖民主义盛行的国度，民族主义的兴起在所难免。在乔伊斯看来，"爱尔兰民族主义只不过是大不列颠和罗马天主教帝国主义的一种延伸"（Nolan 18），而爱尔兰民族主义政治话语也就是英国殖民主义政治话语的"副本"和"衍生物"。两种话语所反映的都是有害的民族文化心态，都不利于建构一种健康、合理的民族意识。

《尤利西斯》第十一章（赛壬）和第十二章（库克罗普斯）对爱尔兰民族主义政治话语进行了真实的呈现，生动、艺术地揭示了乔伊斯对这种政治话语的不满和忧患。细读过《尤利西斯》的读者都知晓，小说的第十一章在叙述形式上是对经典赋格曲式的刻意戏仿，在"布卢姆节"的下午三点至四点间，主人公布卢姆为了逃避妻子的情人去他家幽会而伤感地躲进奥蒙德饭店酒吧，一帮都柏林男人在那儿一边饮酒消遣，一边挑逗酒吧侍女杜丝小姐和肯迪小姐，构成了这一章主要的叙述内容，贯穿在这章的一个最重要的主题就是民族主义政治话语。在这章的开篇，罗伯特·埃米特（Robert Emmet）慷慨激昂的爱国话语进入了我们的眼帘："到那时，只有等到那时我才要。人撰弗尔写。墓鸣弗志铭。完了"（《尤》395）。罗伯特·埃米特是18世纪末至19世纪初爱尔兰的一位民族英雄，他在1803年发动了一场声势浩大的反抗英国殖民统治的起义，由于叛徒告密，这场起义被殖民当局镇压。1803年9月20日，这位民族主义领袖在都柏林被处决。在就义之前，埃米特在法庭上发表了这样的最后陈述："我不要任何人为我写墓志铭……等到我的祖国在世界列国之林取得了自己的地位，到那时，只有到那时，我才要人为我撰写墓志铭。我的话完了。"①

这段被称之为"埃米特最后遗言"的爱国话语在爱尔兰广为流传，深深地震撼着一代又一代的爱尔兰仁人志士。然而不幸的是，在乔伊斯的成长年代，爱尔兰民族主义分裂成一些水火不相容的政治流派，正像《画像》中所描述的那样，爱尔兰民族主义者并没有继承埃米特的遗志，而是热衷于尔虞我诈和窝里斗，他们无法在民族自治的问题上达成共识，致使民族独立的目标始终无法实现。对于爱尔兰的这种政治现实，乔伊斯深感焦虑。在第十一章的结尾，他把埃米特的最后陈

---

① 埃米特最后陈述的原文参见 Don Gifford and Robert J. Seidman, Ulysses *Annotated*: *Notes for James Joyce's* Ulysses, 2nd ed. (Berkeley: U of California P, 1988) 310.

述拆成话语碎片，将其镶嵌在一系列毫无意义的嘈杂声中：

……等到我的祖国在世界列国之林。

噜尔尔普尔尔。

一定是那勃艮。

弗弗弗！啊唷。尔尔普尔。

取得了自己的地位。后面没有人。她已经过去了。到那时，只有到那时。

电车轰隆轰隆轰隆。好机会。来了。哐啷啷轰隆隆。肯定是那勃艮第。没有错。一、二。我才要人撰写墓志。卡啦啦。铭。我的话。

普普尔尔普弗弗尔尔普普弗弗弗弗。

完了。（《尤》447－448）①

这是乔伊斯运用经典赋格曲式写就的一个具有深刻主题意蕴的叙述片断。在这里，"噜尔尔普尔尔"、"弗弗弗"是那些都柏林酒徒酒足饭饱之后放出的屁声，而"哐啷啷轰隆隆"、"卡啦啦"则是都柏林有轨电车驶过时发出的隆隆声。这种独特的文本形式表明，在20世纪初爱尔兰的民族主义话语中，爱尔兰先烈的爱国情怀已经变得像那些酒徒的放屁声和电车的隆隆声一样空洞而毫无意义。这个点睛之笔的片断生动、形象地揭示了乔伊斯对爱尔兰民族主义政治败落景象的忧患和焦虑。

在20世纪初，爱尔兰政治败落的另一番景象是民族沙文主义话语的甚嚣尘上。《尤利西斯》第十二章通过独目巨人"公民"和第二个叙叙者的话语对这一景象进行了生动的描述。② 根据第一个叙述者的叙述，在"布卢姆节"下午的四点至五点之间，"公民"在都柏林的巴尼·基尔南酒吧与布卢姆发生争吵，最后发展到操起饼干筒砸人。"公民"对英国殖民者恨之入骨，认为他们都是一些"私生子的鬼魂生下来的，舌头不灵的杂种"，还说"这些背时的婊子养的厚耳朵杂种后代"既"没有音乐"，也"没有艺术"，更"没有值得一提的文学"；"他们仅有的那一点

① 作为强调，引文中的下划线为本书作者所加。

② 在《尤利西斯》第十二章中，乔伊斯安排了两个叙述者：第一个是一个无名的第一人称男性叙述者，其主要功能是讲述这一章中发生的故事，独目巨人"公民"的民族沙文主义话语是从他的叙述视角呈现的；第二个是一个全知全能的叙述者，其叙述功能是为"公民"的话语提供一种背景和陪衬。

文明"，也"是从咱们这里偷去的"（《尤》494）。另外，"公民"对犹太人也没有好感，将他们称作一些"半阴半阳"、视财如命的"孬种"（488），认为"他们来到爱尔兰，就把爱尔兰弄得到处都是臭虫了"（491）。在"公民"看来，唯有爱尔兰民族才是世界上的优秀民族，只有爱尔兰才能称得上是一片美丽、神奇、令人向往的土地。在第十二章的开篇，第二个叙述者用抒情话语对这片土地进行了这样的描述：

> 在那美丽的伊尼斯菲尔又那么一片土地，圣迈肯的土地。一座高塔在此拔地而起，四周远处都能望见。有许多大人物在此安眠，许多大名鼎鼎的英雄王公在此安眠如生。这片土地委实令人赏心悦目，上有潺潺流水，水中群鱼嬉戏，有鲂，有鲽鱼。有拟鲤，有大比目，有尖嘴黑绒鳕，有鲑鱼，有黄盖鲽，有菱鲆，有青鳕，还有各种杂鱼，以及其他各类不计其数的水族……从爱勃兰纳到斯里符玛奇山，无可匹敌的王子们来自不受奴役的芒斯特省，来自公道的康诺特省，来自光滑、整洁的莱因斯特省，来自克罗阿婵的地域，来自光辉的阿尔马郡，来自高贵的博伊尔区，是王子们，国王们的子孙。（450－451）

一个民族的人民热爱自己的民族、热爱自己的国土，对自己的民族和祖国充满着自豪感，这本是一种自然、正常和珍贵的爱国情怀。但是，如果这种情感发生蜕变，异化为故步自封、唯我独尊、唯我独大，那就会坠入民族沙文主义的泥潭而不能自拔。民族沙文主义往往会燃起民族仇恨之火，导致民族冲突、引发民族战争，给人类酿成巨大灾难，这与殖民主义的价值观没有本质差异。这也正是乔伊斯对爱尔兰民族沙文主义政治话语深感焦虑的缘由所在。

在乔伊斯看来，除了民族主义的政治话语之外，影响和制约爱尔兰民族文化心理的因素还有宗教和科学话语。众所周知，爱尔兰是一个天主教国家，绝大多数的民众信奉罗马天主教，爱尔兰人从小到大都受到这种宗教价值观的熏陶和洗礼。另一方面，爱尔兰又是英国的殖民地，绝大多数爱尔兰人从小到大不得不接受用英语所实施的英国化教育。从某种意义上说，他们几乎都是通过用英语编写的教理问答手册和教科书来了解天主教教义和科学知识的。在乔伊斯的成长年代，爱尔兰的天主教堂和家庭普遍使用一种叫作《天主教教理问答手册》的小册子，①给刚刚学会读书识字的小孩传授教理知识。同时，爱尔兰的教育机构也喜欢仿照这种教理问答手册的样式，编写一些数、理、化基础知识教材，供小学和中学使用。乔伊斯在天主教的家庭氛围中长大，在爱尔兰耶稣会的学校接受教育，因此他对这种小册子的文体记忆犹新。

1921 年 2 月下旬，乔伊斯正在创作《尤利西斯》第十七章（伊塔刻）。那时，他在写给好友巴津的一封信中说，"我正在用一种数学问答手册的形式创作'伊塔刻'，所有的事件都化成了宇宙的、物理的、心理的，等等的对等物"，这样一来"读者们将会了解一切，并且以最单调、最冷漠的方式来了解者一切"（*LI* 159 – 160）。这种极其冷静、极其客观和非个性化的文体风格，显然融合了教理问答手册和科学教科书的形式。在这种对"精确、枯燥、注重客观真实"（Kiberd，Notes 1167）的文体的刻意戏仿之中，我们可以清楚地看到乔伊斯对流行于 20 世纪初爱尔兰社会的宗教和科学话语的不满和焦虑。

"伊塔刻"的开篇首先以天主教教理问答手册和小学科学教科书中司空见惯的一问一答的方式，十分精确地描述布卢姆和斯蒂芬在深夜一同向布卢姆家走去的情形：

> 布卢姆与斯蒂芬的归程，采取何种平行路线？
>
> 自贝里斯福德出发，二人挽臂而行，以正常步行速度，按下列顺序，途经下加德纳街、中加德纳街、蒙乔伊广场西路；然后降低速度，二人漫不经心均向左转，沿加德纳里直走至远处的圣殿北街口，然后仍以慢速走走停停，向右拐入圣殿北街，直走至哈德威克里。抵此后二人不再挽臂，以轻松步行速度，同时取直径越过乔治教堂前圆形广场，因为任何圆圈内的弦，长度均小于其所对之弧。（《尤》903）

这样的叙述话语干瘪、枯燥、呆板，缺乏文学语言所具有的形象与生动，"一切多余的或修饰性的成分都被剥得一干二净，剩下的干巴巴的内容显示出某种仿科学的特征"（李维屏 222），根本就不像是一个值得称道的文学篇什。在这里，我们看不到气韵生动的艺术语言，看不到诗情画意，我们得到的只是一些堆积的

---

① 这种小册子的英文为"Catechism of the Catholic Church"，现在在爱尔兰的天主教堂和某些家庭仍能找到。

细节。然而必须指出的是，乔伊斯之所以以这样的方式来创作"伊塔刻"，绝对不是因为他写不出优美、生动、灵秀的文学语言，而是因为他想通过这种"仿科学"的形式来嘲讽和揭露宗教、科学话语的呆滞、死板、缺乏生气和对人类活泼性情的无情压制。

乔伊斯曾经对巴津说，"伊塔刻"是他最得意的篇章，是一只外表不漂亮的"丑小鸭"（Budgen 264）。这只"丑小鸭"凸显了"象征主义和现实主义之间的巨大张力"，展示了"神话与事实的悖论"，因此，"对于任何一位对欧洲和英国小说传统感兴趣的批评家来说，这都是一个不可多得的经典篇章"（Litz，"Ithaca" 385）。其实，"伊塔刻"之所以是一只外拙内秀的"丑小鸭"和一篇"不可多得的经典篇章"，乃是因为它逼真地呈现了宗教、科学话语了无生气的种种局面。在"伊塔刻"的另一处，乔伊斯在描述布卢姆和斯蒂芬的年龄差异时这样写道：

> 他们的年龄之间关系如何？
> 十六年前的一八八八年，在布卢姆为斯蒂芬现有年龄时，斯蒂芬为六岁。十六年后的一九二零年，当斯蒂芬为布卢姆现有年龄时，布卢姆将为五十四岁。至一九三六年时，当布卢姆为七十岁而斯蒂芬为五十四岁时，他们二人起初的年龄比率 16 比 0 将变成 $17\frac{1}{2}$ 比 $13\frac{1}{2}$，随着任意性未来年数的增加，比例将增大而差距将缩小，因为如果一八八三年的比例一直保持不变，假定这是可能的话，则于一九零四年斯蒂芬二十二岁，布卢姆应为三百七十四岁，至一九零二年斯蒂芬达到布卢姆这时的年龄三十八岁时，布卢姆将为六百四十六岁，而至一九五二年斯蒂芬达到大洪水后最高年龄限度七十岁时，布卢姆将已活一千一百九十年，出生于七一四年，比大洪水前最高年龄即玛土撒拉的九百六十九岁还大二百二十一岁，而如果斯蒂芬继续活下去，至公元三零七二年达到那个年龄，则布卢姆应已活八万三千三百年，出生年代不能不是公元前八一三九年了。（《尤》920）

一个简单的年龄差问题居然被弄得如此复杂。这种啰嗦、冗长、刻板、注重细节的"陈述"哪里还有文学话语的生动气息？这完全像是关于数学推理、数学演算的文字描述，其枯燥、乏味的程度不亚于《画像》第三章布道辞中的那些关于地狱和最后审判的"陈述"。

"伊塔刻"通篇所采用的叙述模式是对宗教和科学话语这些"陈述群"的刻意戏仿，这样的戏仿折射出乔伊斯对这些"陈述群"背后的宗教意识形态和科学理性的质疑和焦虑。在乔伊斯看来，宗教是一种非理性的意识形态，然而它却以一种极端理性的形式禁锢人的心灵，窒息人的感性生命。科学理性是西方 17 世纪以来形成并得到张扬的一种哲学思想传统，它推崇人的认识、推理、判断能力，强调形式逻辑和科学分析，排斥直觉、感性和情感等非理性的因素。然而，自 19 世纪中叶以来，随着叔本华、尼采的唯意志论，柏格森的直觉主义和弗洛伊德无意识心理学的兴起，非理性主义成为了 20 世纪初的一种重要思潮。作为 20 世纪一位最著名的反传统艺术先锋，乔伊斯显然是要通过创新艺术形式的方式，来颠覆那些禁锢人的思想、精神和情感的"陈述群"。于是，在"伊塔刻"的结尾，他为这个充满了宗教和科学话语的篇什画上了一个硕大的句号。随着布卢姆与妻子莫莉"一人头向前，一人脚向前"（996）躺在床上安然入睡，那"理性心灵的边界轰然倒塌"（Litz，"Ithaca" 404）。

## 五、创造独具民族性格的爱尔兰文化话语

巴赫金认为，话语是一种积淀了丰富的社会意识形态内容的社会符号，它与特定的社会、历史、现实有着千丝万缕的联系。文化话语是一套具有深厚文化积淀的文化符号系统，与社会、历史、文化、传统有着剪不断、理还乱的复杂关系。爱尔兰是一个多元杂糅的民族，它的文化由各种文化传统因子镶嵌而成。然而，爱尔兰又是一个高度英国化的民族。12 世纪以降，随着大英帝国对爱尔兰的殖民统治日益加剧，英语逐渐取代盖尔语，俨然变成爱尔兰的实际"母语"。英语和英国文化的影响已经深深植根于爱尔兰社会的"土壤"之中，成为爱尔兰的主流文化话语，构成了爱尔兰的一种新的文化传统，从各方面主导着爱尔兰的各种"话语实践"。对于这样的文化现实，乔伊斯深感焦虑。在他看来，盖尔语和它的文化传统已经边缘化、濒临消亡，在英语和英国文化一统天下的社会、历史语境中，复兴盖尔语、用这种本土语言来重构爱尔兰文化话语是不切实际的幻想。既然英语已经成为了爱尔兰的一种新的语言传统，那么取他山之石为我所用，通过创新英语的表达形式，在其中不断注入爱尔兰传统文化因素，使之成为一种凸显民族特色的爱尔兰英语（Hiberno-English），然后用它来创造富有爱尔兰民族个性的现

代文学话语，这一途径对于建构爱尔兰文化话语具有十分重要的示范意义。

在《尤利西斯》第十四章(太阳神牛)的开篇，乔伊斯用自己创造的爱尔兰英语巧妙地传达了这种文化诉求：

> Deshil Holles Eamus. Deshil Holles Eamus. Deshil Holles Eamus.
>
> Send us bright one, light one, Horhorn, quickening and wombfruit. Send us bright one, light one, Horhorn, quickening and wombfruit. Send us bright one, light one, Horhorn, quickening and wombfruit.
>
> Hoopsa boyaboy hoopsa! Hoopsa boyaboy hoopsa! Hoopsa boyaboy hoopsa!
>
> ( *U* 314)

> 向南去霍利斯街。向南去霍利斯街。向南去霍利斯街。
>
> 灿灿哉，明亮哉，霍霍恩，赐予胎动乎，赐予子宫果实乎。灿灿哉，明亮哉，霍霍恩，赐予胎动乎，赐予子宫果实乎。灿灿哉，明亮哉，霍霍恩，赐予胎动乎，赐予子宫果实乎。
>
> 啊唷唷，男的呀男的啊唷唷！啊唷唷，男的呀男的啊唷唷！啊唷唷，男的呀男的啊唷唷！(《尤》574)①

在这个被批评家称为"太阳神牛"之"序曲"的英语原文中，第一段的第一、第二个单词"Deshil"和"Holles"是盖尔语的英语拼写形式，前者为"向右"、"向南"或"向太阳"之意，后者是都柏林一条街道的名称；第三个单词"Eamus"是拉丁语的英语拼写形式，意思是"咱们去"。② 第二段是现代英语，第三段是爱尔兰英语方言。这一"多语"(polyglossiac)文本将古老的爱尔兰文化、拉丁文化、英语文化和现代爱尔兰文化融为一体，形象地呈现了爱尔兰现代文化话语的"杂语"特征。另外，在这个"多语"文本中，乔伊斯还用充满深情、富有诗意的爱尔兰英语，呼唤着一个新生儿的脱胎出世。这个新生儿象征一种崭新的独具民族特色的现代爱

---

① 金隄的译本没有将原文的第一段译成汉语，而是采用了实录原文加注释的方式。此段为本书作者所译。

② "deshil"也可以写成"deasil"和"seisiol"，参见 Don Gifford and J. Seidman, Ulysses *Annotated*: *Notes for James Joyce's* Ulysses, 2nd ed. (Berkeley: U of California P, 1988) 408.

尔兰文学话语，那九声呼唤揭示这样一个重要的文学主题：现代爱尔兰文学话语的建构恰如一个新生儿的分娩，需要经历一个漫长而艰难的历程。

"胚胎发育"是"太阳神牛"的一个中心主题，这一章的场景在都柏林霍利斯大街的一座产科医院，该院的院长是"太阳神牛"的化身，深夜到医院造访一个正在承受难产之痛的产妇的热心人"布卢姆是精子，产科医院是子宫，护士是卵巢，而斯蒂芬就是胚胎"（*LI* 139）。像《尤利西斯》其他各章一样，"太阳神牛"的故事情节并没有什么精彩、特别、独到之处。我国英国文学史家陈嘉先生甚至认为，除了单调的情节之外，这一章的语言也是"最无趣、最混乱和最乏味的"（Chen 427）。显然，他没有看出蕴藏在该章语言形式背后的种种"奥妙"。其实，"太阳神牛"最出彩的地方正是它的文体和话语。从某种意义上说，"太阳神牛"的文体和话语构成了它的主题内容。在这里，通过对从盎格鲁－撒克逊时代到 20 世纪的英语散文文体和美国黑人英语、洋泾浜英语、伦敦土话、酒吧俚语、爱尔兰方言等话语的刻意戏仿，乔伊斯艺术地呈现了他如何创造现代爱尔兰民族文学话语的艰难历程。

例如：在"太阳神牛"的开篇，乔伊斯用带有浓厚拉丁文法气息的仿古英语体写道：

Universally that person's acumen is esteemed very little perceptive concerning whatsoever matters are being held as most profitably by mortals with sapience endowed to be studied who is ignorant of that which the most in doctrine erudite and certainly by reason of that in them high mind's ornament deserving of veneration constantly maintain when by general consent they affirm that other circumstances being equal by no exterior splendour is the prosperity of a nation more efficaciously asserted than by the measure of how far forward may have progressed the tribute of its solicitude for that proliferent continuance which of evils the original if it be absent when fortunately present constitutes the certain sign of omnipollent nature's incorrupted benefaction. . . (*U* 314)

民族如不能传宗接代而逐代增值则为诸恶之源，幸而有之则为万能之大自然所赐纯福，而全民对此是否日益关注，在其他情况均为一致条件下，则较一切辉煌外表更足以表明民族之兴盛，此实为所有学问最渊博因而其高深思想修养最受尊敬者一致公认而经常阐述之理，而不明此理之人，则普遍被视为缺乏见地，无法理解睿智者认为最有研究价值之事物矣……（《尤》574）

这是一个书卷气十足的篇什，叙述者在探讨一个民族如果不能孕育自己的文化生命，无论这个民族具有何等辉煌的外表，那都是一种无法饶恕的罪过。显然，乔伊斯是在戏仿一种高度学究化的文体，目的是要讽刺和挖苦那些数典忘祖、崇洋媚外的爱尔兰文化人。另外，在"太阳神牛"的第二十四个段落，在一个戏拟中古骑士传奇文学语体的话语片断中，乔伊斯注入了更多的爱尔兰传统文化因素：

……爱琳乎，请记住汝历代人民与昔日业绩，请记住汝对吾何其轻视，对吾言论何其轻视，而将一外人引至吾门，任其当吾之面横行非礼，发胖而桀骜如耶庶如姆。因此汝之罪孽为触犯光明，而将汝之主人即余降为仆役之奴。归来乎归来，米利族：请勿忘吾，米利希人。汝因何故如此辱吾，舍吾而取贾拉普泻药商人，弃吾而任汝女与罗马人，与语言昏暗之印度人共享华衾？……（585－586）

"爱琳"（Erin）是爱尔兰流传甚广的民间传说中的一位美丽仙女，她被视为爱尔兰民族一个最典型的象征。"米利族"和"米利希人"是这些传说中的爱尔兰人的祖先。在这里，乔伊斯通过斯蒂芬之口对"假洋鬼子"马利根说出的这段话语，向精神麻木的现代爱尔兰人发出了呼吁，要他们珍惜自己的文学传统，不要侮辱和冷落自己的民族文学和艺术家。

"太阳神牛"的文本由"序曲"、九个叙述单元和一个长长的"尾声"组合而成。其中，九个叙述单元分别用古英语体、中古英语体（以马洛礼、曼德维尔为代表）、弥尔顿体、班扬体、布朗体、泰勒体、胡克体、伯顿体、笛福体、斯威夫特体、斯梯尔体、艾迪生体、斯特恩体、兰多体、佩特体、纽曼体等写成，这些"文体汇编"俨然构成一部英国散文的微型发展史（Kiberd，Notes 1010）；而"尾声"则是用美国黑人英语、洋泾浜英语、伦敦土话、酒吧俚语、爱尔兰方言等写成。从该章对英语文学史上各种散文文体的创造性模仿中可以看出，乔伊斯完全能够用地道的英国英语写出优美的作品，然而他对此并不满足，他还要更进一步，他还要吸纳现代英语世界中的各种语体、各种方言和俚俗语，创造一种能够反映现代爱尔兰社会现实和体现爱尔兰民族特色的爱尔兰英语。

于是，在"太阳神牛"的"尾声"中，乔伊斯这样写道：

> 林奇！怎么样？参加我这儿吧。登齐尔胡同这边。从这儿换车上窑子。我们俩，她说，要去找半开门的玛利亚所在的那档子地方。没有错儿，随时都行。愿他们在床上高声歌唱。你也来么？说句悄悄话，这个一身黑不溜秋的家伙是什么人呀？嘘！戕害光的，现在他来用火审判世界的日子快到了。呼啦！以便应验经上的话。唱一支歌谣吧。随后到医科生狄克开了口哪，对他的伙伴医科生戴维呀。基督不点儿，梅里恩会堂上这个大粪黄的福音师是谁呀？先知以利亚来了！用羊羔的血洗的。来吧，你们这些葡萄酒不离口、杜松子酒不松手、辣白酒灌个够的芸芸众生！来吧，你们这些该死的公牛脖子、甲虫眉毛、猪仔嘴巴、花生脑子、鼬鼠眼睛的赌棍、骗子、赘物！来吧，你们这些三次提炼的纯粹孬种！亚历山大·约·基督·道伊，这就是我的名字，扬名半个地球，从旧金山海滨直到海参崴。神可不是一毛钱一场的歌舞戏法。我告诉你们，他老人家可是实实在在的，毫不含糊的一笔好买卖。他老人家是最最了不起的货色，你们可别忘了。要想获解救，就得喊耶稣王。你，那头的罪人哪，你想糊弄全能的上帝，可得赶大早爬起来才行呐！呼啦！可没有那么便宜的事儿。他老人家在后边口袋藏着一瓶你给你用的咳嗽药水呢，特别有效的，朋友。你来吧，一试便知。(《尤》631－632)①

这是一个多么活泼、多么洒脱、多么灵动而又充满了生命气息的文学篇什。在这里，黑人英语、洋泾浜英语、伦敦土话、爱尔兰语、酒吧俚语、拉丁语、《圣经》中的诗句等，交织镶嵌在一起形成了"杂语"的交响和狂欢，生动而逼真地再现了20世纪初生活在都柏林这座都市里的普通爱尔兰人的现实生活。这样的篇什已经从"太阳神牛"中的那些老套、陈腐的英国文学话语中摆脱出来，一个用改

---

① "愿他们在床上高声歌唱"和"以便应验经上的话"的原文是拉丁文，在金隄的译本中，它们是以原文的形式放在正文中的，而译文则是放在脚注中，在这里笔者认为将译文植入正文中要好一些。

造了的"他者"语言创作出来、带有鲜明的爱尔兰民族特色的文学篇章终于脱胎而出，获得了自己新的独特的艺术生命。这种贴近于口语体的叙述方式标志着乔伊斯将要"告别英语书面语文学传统"（Kiberd，Notes 1101），用他富有独特个性的爱尔兰英语创造出完全可以与其他民族相媲美的爱尔兰民族文学作品。

"太阳神牛"的"尾声"为建构爱尔兰民族文学话语跨出了关键性的一步，在《尤利西斯》第十八章（珀涅罗珀）中，乔伊斯用他独具个性的内心独白和自由联想的叙述话语，把我们带入了一个没有理性禁锢的潜意识的世界。这一章长达四十多页，总共只有八个句子，每一个句子就是一个段落，没有标点符号，也几乎没有大写字母；它"以一个富有女性味的词'真的'开头，同时又以这个词结尾"（LI 170）。这种独特的话语形式真实、生动地再现了主人公莫莉丰富、杂乱、纷扰、感性、多情和梦幻般的心理、情感世界，这个世界就像"珀涅罗珀"的结尾用诗化的话语所描述的莫莉潜意识里那一片波涛激荡的海洋：

> ……深红的海洋有时候真像火一样的红夕阳西下太壮观了还有阿拉梅达那些花园里的无花果树镇的那些别致的小街还有一幢幢桃红的蓝的黄的房子还有一座座玫瑰花园还有茉莉花天竺葵仙人掌少女时代的直布罗陀我在那儿确是一朵山花真的我常像安达卢西亚姑娘们那样在头上插一朵玫瑰花要不我佩戴一朵红的吧好的还想到他在摩尔墙下吻我的情形我想好吧他比别人也不差呀于是我用我的眼神叫他再求一次真的于是他又问我愿意不愿意真的你就说愿意吧我的山花我呢先伸出两手搂住了他真的然后拉他俯身下来让他的胸膛贴住我的乳房芳香扑鼻真的他的心在狂跳然后真的我才开口答应愿意我愿意真的。（《尤》1060）

这就是乔伊斯所看到的那个真实的都柏林世界，这就是他理解的爱尔兰人的真实人生，这就是他一生孜孜以求、渴望创造的那种爱尔兰民族文学话语。他就是要用这种独特的话语方式，来消解和颠覆潜藏在英国英语背后的那一整套文化话语规则、"权力—知识"体系和殖民主义的社会、政治意识形态，来确立一种崭新、独具个性的文学话语模式，为建构富有鲜明民族特色的爱尔兰文化话语跨出关键性的一步。

# 结　语

<br>

河水流淌，流过夏娃与亚当教堂，从弯弯的河岸流到弯弯的海湾，经过像维柯的一再循环的大弧形，把我们带回到豪斯城堡和郊外。

——乔伊斯：《芬尼根的守灵夜》①

乔伊斯的文学创作，他的文学成就和艺术造诣，在很大程度上是由他的文化焦虑所孕育的。② 究其本质，这种文化焦虑乃是一种情系故国却又心怀天下的文化忧患意识，它如同在弯弯的河道中恣意流淌着的利菲河的河水，曲折、深邃、纷繁复杂而又充满波澜。

乔伊斯的书信集和相关的传记资料显示，他在大学毕业之后就离开了爱尔兰，其大半生几乎都是在欧洲大陆度过的，他宁可客死异乡也不愿回归故里。③然

---

① 引文为《芬尼根的守灵夜》开篇的第一段，汉译参考了袁可嘉先生的译文，稍有改动。参见袁可嘉：《欧美现代派文学概论》，桂林：广西师范大学出版社，2002 年，第 273 - 274 页。

② 当然，塑造乔伊斯文学品格的重要因素自然还有根源于西方文学先驱和前辈的那些"影响的焦虑"。如果没有荷马、维吉尔、但丁、莎士比亚等人对他的影响，没有凯尔特、希伯来、希腊、罗马文化和犹太教、基督教对他的濡染，我们所看到的乔伊斯文学势必是另一种景观。

③ 乔伊斯在 1902 年秋离开爱尔兰去欧洲大陆开始一生的流亡生涯，在后来的近四十年间，他曾经三次回到爱尔兰：第一次是在 1903 年秋，他因母亲病危从巴黎赶回都柏林给母亲送终，并守孝近一年；第二次是在 1909 年 7 月底，他从的里雅斯特回爱尔兰与芒塞尔出版公司就出版《都柏林人》一书签约，这次他在都柏林住了不到一个半月；第三次是在 1912 年 7 月中旬，他从的里雅斯特转道伦敦回都柏林就《都柏林人》的出版事宜继续与芒塞尔公司谈判，在 9 月 11 日，谈判破裂，当天夜里他就带着夫人娜拉和孩子们愤然离开都柏林。从此以后，他就再也没有踏上过故土，直到 1941 年 1 月 13 日凌晨，他在瑞士苏黎世因患十二指肠穿孔去世，享年五十八岁。他的遗体葬于苏黎世的弗伦屯公墓。

而，他对祖国的眷恋和关切却从来没有因为"去国"而稍减。那美丽的利菲河，那绿草葱郁的凤凰公园，那碧波荡漾的都柏林海湾，那古老的豪斯城堡，那森林茂密的威克洛山脉，西部神秘的康尼玛拉丘陵，都柏林那座"可爱的脏兮兮的"（《尤》218）的都市，① 利菲河畔那些历史悠久的酒吧，都是那么令他神往。那博大精深的凯尔特神话、传说、历史掌故和古老传奇，《褐色母牛志》（*The Book of the Dun Cow*）、《夺牛记》、《厄尔斯特记》（*The Ulster Cycle*）、《芬恩记》（*The Fenian Cycle*）、《列王记》（*The Cycle of Kings*）、宗教文化典籍《凯尔斯书》（*The Book of Kells*），流传久远的芬尼根传说，19 世纪民族诗人曼根（James Clarence Mangan，1803—1849）那些凄婉动人的优美诗篇，都是那么令他魂牵梦绕。这些地理、历史、文学与文化的元素几乎都化成了一个个艺术符号，神奇地演绎为乔伊斯作品中的题材、情节、场景、人物群像，升华成他着力表现的文学主题，承载着他对爱尔兰挥之不去的文化历史记忆。正如一位批评家所言，"乔伊斯与其故土、故土的历史和文化之间的关系，无不呈现在他作品的每一处"（Levine 136），这种殷殷故土情怀力透纸背，把他的心永远"锚定"在自己的祖国。难怪，在乔伊斯历经多年的流亡之后，当被友人们问及他是否愿意重返故土时，他旋即反问道："我离开过爱尔兰吗?"（*JJ* 292）

乔伊斯的这种故国情怀是一个立体多面、充满焦虑的复合体，在他对自己生于斯、长于斯的那片故土情之真、意之切、爱之深的背后，深藏着种种微妙、复杂、矛盾，甚至是对立的情感和态度。在乔伊斯的心目中，古爱尔兰是一个久负盛名的"圣贤之岛"，她古老的文明完全可以与古埃及相媲美。早在公元初年，"这个岛屿就是真正的思想和神圣中心，把一种文化和一种生机盎然的活力遍播欧陆"。从那个"圣贤之岛"出发，一批又一批的"爱尔兰人作为隐士和朝圣者，作为学者和智者，把知识的火炬从一个国家传递到另一个国家。而今，在那些废弃的圣坛上，他们的踪迹仍然依稀可见"。乔伊斯还满怀深情地写道，甚至在"《神曲》之《地狱篇》中，但丁的良师还对其指出过一位在地狱中饱受痛苦的凯尔特巫

---

① 20 世纪 30 年代，乔伊斯对友人捷克作家霍夫迈斯特（Adolf Hoffmeister）说："我的每本书都是关于都柏林的一卷。都柏林虽然是一座不到三十万人口的城市，但是它却成为了我作品的普世之城。"参见 Willard Potts，ed.，*Portraits of the Artist in Exile*：*Recollections of James Joyce by Europeans*（Seattle：U of Washington P，1979）132.

师呢"（*CW* 154）。①乔伊斯对古爱尔兰的文化成就充满了自豪感，在《爱尔兰乃圣贤之岛》一文中，他明确指出，"那时的爱尔兰是一座巨大的神学院，来自欧洲不同国家的学者云集于此，在通晓精神事务方面声名显赫，这一点似乎无可否认"（155）。他断言"像爱尔兰这样一个远离文化中心的岛屿，居然能够出类拔萃成为一所使徒学校，这似乎有些不可思议"（157）。然而令他倍感遗憾的是，世界上许多古老的文明有些已经衰落，有些已经成为废墟，有些已不复存在；爱尔兰古代文明也不能例外，她辉煌的宗教和世俗文化的黄金时代，也"在 8 世纪随着斯堪的纳维亚部落的入侵而中止"（159）。乔伊斯对爱尔兰文化的失落倍感忧伤，然而他又清醒地认识到，既然这种已经作古的文化不能起死回生，作为传承这种古文化的重要载体的爱尔兰语也已经在大英帝国几个世纪的殖民历史进程中"失语"，那么复兴爱尔兰的文学与文化绝非易事。

对于爱尔兰文学和文化复兴，乔伊斯与叶芝、格雷戈里夫人、辛格、拉塞尔、海德等人的观点颇为不同，这种思想分歧在一定程度上缘于他们不同的家世背景。学者们认为，爱尔兰文艺复兴作家②基本上由两类群体所组成：第一类是那些"讲盖尔语、信仰天主教、具有本土血统"的爱尔兰人士；第二类是那些"具有殖民者血统、信仰新教"并与本土爱尔兰人"在文化、政治上共命运"的英爱（Anglo-Irish）人士（O'Brien 51）。作为一名具有本土血统、在天主教氛围中成长起来的爱尔兰作家，乔伊斯显然归属于第一类作家群体。虽然他对以叶芝和辛格为代表的那些英爱作家的文学成就有着几分敬意，对他们殚精竭虑、热情支持和参与爱尔兰民族独立运动的壮举也颇为歆羡，但是他对复兴那种也已"作古"的爱尔兰文学与凯尔特文化却缺乏足够的热情与信心。

---

① 在《神曲》之《地狱篇》第二十诗章 115—117 行中，但丁的导师对但丁说："另一个是如此膀瘦细腰，／他就是迈克尔·司各特，他才真正是精通／魔法幻术，迷惑世人。"这位叫做"迈克尔·司各特"（Michael Scott）的人是一位凯尔特巫师，他博学多才，精通哲学、艺术、天文学、医学和炼丹术，长期在欧洲大陆从事传播宗教、文化和学术活动。汉语译文参见但丁：《神曲·地狱篇》，黄文捷译，南京：译林出版社，2011 年出版，第 186 - 187 页。原文英语译文参见 Ellsworth Mason and Richard Ellmann, eds., *The Critcal Writings of James Joyce*（New York：Viking, 1959）154.

② 爱尔兰文艺复兴（The Irish Literary Revival / Renaissance）指的是 19 世纪末 20 世纪初出现在爱尔兰的一股自发的文学思潮，以及在这一文学思潮激荡和影响之下发生的文化、文学运动。关于爱尔兰文艺复兴作家群，西方学界存在着广义和狭义之分：狭义派认为这群作家特指叶芝、格雷戈里夫人、辛格等少数具有英 - 爱（Anglo-Irish）家世背景的作家，广义派认为只要是那些具有强烈民族意识，在世纪之交致力于弘扬传统爱尔兰文化和文学，在戏剧、诗歌、小说、散文等领域创作过具有影响力作品的作家，都可以归属于爱尔兰文艺复兴作家群。在这个意义上说，乔伊斯就是这个作家群中的一员。参见陈丽：《爱尔兰文艺复兴》，载《外国文学》2013 年第 1 期，第 100 - 107 页。

　　乔伊斯之所以对复兴古爱尔兰文化与文学缺乏热情和信心，是因为他在内心深处对现代爱尔兰民族有着一种强烈的自卑感，而这种自卑感在本质上源于他对自己民族的文化身份长期缺失所产生的一种"文化自卑"（cultural inferiority）。乔伊斯的祖先来自西爱尔兰，他的家族世代繁衍、生活在西部的戈尔韦郡（Galway）、南部的科克郡（Cork）和都柏林，这种爱尔兰本土血统和他家族的天主教背景（乔伊斯自认他与被誉为爱尔兰"天主教解放者"的奥康内尔有某种血缘关系），使他对故国文化传统的失落和民族文化的命运怀有一种哀其不幸、怒其不争的切肤之痛。爱尔兰裔美籍学者沃森指出，正是基于这种难以排遣的切肤之痛，"尽管乔伊斯对爱尔兰语一点都不感兴趣，但是他对爱尔兰集体心理中普遍存在的那种自卑感和失落感却了若观火"。在某种程度上，具有英爱血统和新教文化背景的叶芝、格雷戈里夫人、辛格、拉塞尔等人只是爱尔兰的"局外人"，他们对盖尔语、凯尔特文化、爱尔兰古代文学传统、古老的传说和英雄传奇的态度和情怀充满了浪漫主义色彩，在他们的心灵深处并"没有这样的文化自卑意识"，因此他们也就"能够在那些爱尔兰文化碎片中挑挑拣拣，塑造每个人自己理想的爱尔兰版本"。而乔伊斯的创作则丝毫没有那些"局外人"的浪漫主义情调，他更多地秉承了欧陆作家易卜生、福楼拜的自然主义风格，"诚实地直面自己的国人"和爱尔兰社会现实（Watson 21），选择以"从里到外、再从外到里"的循环模式，来对爱尔兰民族文化的劣根性进行全面彻底、鞭辟入里的解剖与批判（151）。虽然他对这种劣根性的种种表现形态充满忧患，但他也学会了"能够与一种断裂的文化宽容相处"，这就是"他的伟大之所在"（21）。

　　当然，乔伊斯能"与一种断裂的文化宽容相处"，并非意味着他能容忍爱尔兰的文化糟粕。相反，他把自己犀利的目光投向爱尔兰活生生的社会现实，投向真实可触的爱尔兰普通民众的平凡生活，采用"神话现实主义"（Kiberd, *Inventing Ireland* 327）和"现代主义寓言"（Sicari xiv）相结合的艺术方式，在作品中对爱尔兰人的虚伪、愚昧、粗鲁、狭隘、龌龊、窝里斗、夜郎自大、故步自封、自以为是等民族劣根性进行了无情的嘲讽与鞭笞。在一首题为《火炉冒出的煤气》的讽刺诗中，乔伊斯这样写道，爱尔兰就像是"那可怜又活该的娼妓 ／ 每夜与她的紧屁股英国炮兵 ／ 玩抓到什么是什么的游戏，／ 而那外国佬从那醉醺醺的都柏林 ／ 邋遢婊子那里学会说废话的才能。"（《乔伊斯诗全集》143）。在他的眼中，爱尔兰是一个"骗子的天堂"，"爱尔兰人的家，就是他的棺材"（《尤》75, 166）；这个民族是一头"吞噬自己幼崽的老母猪"（*P* 230）；在一座被隐喻为"爱之坟冢"的都市里，爱尔兰芸芸众生如行尸走肉般苟且偷生，在"被天主教、英帝国主义、极度贫困和社会不公所瘫痪"的社会现实面前，他们要么"精神虚脱"、醉生梦死，要么完全丧失理智、激情与信念，以至于最终失去爱和被爱的能力（Boysen 157）。

　　这种狭隘、偏执、耽于内耗、自我作贱、出卖良知、缺乏宽容精神的国民性是爱尔兰文化的消极面，成了爱尔兰民族的文化重负，乔伊斯对此深恶痛绝，但是他对这些国民劣根性的批判和揭露并没有获得国人的理解、同情与共鸣。1936 年春，当一位德国文学批评家问到爱尔兰人对待他是否也像挪威人对待易卜生一样时，乔伊斯做出了这样的回答："我描写了我的国人和我国的境况，我再现了某种社会水平的城市类型，可他们就是不能原谅我。有些人怨恨我没有掩盖我所看见的事实，另一些人反感我的表达方式，对我一点都不能理解。简言之，一些人对现实的逼真刻画感到愤恨，其他人则厌恶我的文体，他们都进行了报复。"（JJ 689）

　　爱尔兰是一个历尽苦难和沧桑的民族。长达七百多年的殖民统治，持续不断的政治纷争，各种宗教文化的冲突，反抗殖民统治的屡战屡败，天主教会的精神钳制，大饥荒和海外大移民，母语的丧失，传统文化的消损，等等，使这个"圣贤之岛"沦为了"欧洲最落后的国度"（CW 153，70）。乔伊斯认为，"任何民族都有自己的自我"（154），但是在内忧与外患相交织的社会、历史、文化语境下，现代爱尔兰却丧失了自己的民族个性。这个民族患上了一种"瘫痪"的痼疾，这种痼疾像梅毒一样弥漫在社会的各个层面，政治、宗教、文化、教育、家庭、婚姻，几乎无处不受感染。乔伊斯之所以选择都柏林作为文学的表现对象，就是因为他想把这座城市塑造成爱尔兰民族"瘫痪的中心"（LII 134）。他就是要通过书写这个"瘫痪的中心"，来全方位揭示爱尔兰的文化瘫痪，用"戏言中常有真情"（《尤》513，641，1027）式的反讽和戏仿，竖起一面"象征爱尔兰艺术"的"破碎的镜子"（《尤》8），让国人好好审视自己身上那些根深蒂固的民族劣根性，"看看瘫痪的致命功效"（D 166）。为了实现爱尔兰民族的"精神解放"，他还渴望像自己塑造的青年艺术家斯蒂芬·代达勒斯一样，勇敢地承担起一名"永恒想象的牧师"的重任（P 249），用清晰硬朗的爱尔兰英语来创造独具特色的现代爱尔兰民族文学，构建宽容、独立、自信的民族文化身份和具有鲜明民族个性的爱尔兰文化话语。他要在爱尔兰艺术"灵魂的铁匠铺里铸造从未有过的民族良知"（P 282），把冥顽不灵、麻木不仁的国人从民族文化心理瘫痪中唤醒，为爱尔兰民族的精神独立跨出关键的一步。

　　然而，乔伊斯并不是一位胸襟狭隘的民族主义者，他的心中并非只关注爱尔兰民族、爱尔兰文化和爱尔兰社会现实。作为欧美现代主义文学的一位急先锋，他在精神气质、思想观念、价值取向、审美情趣、艺术追求和表现风格等诸多方面，与艾略特、庞德、叶芝、威廉斯、刘易斯、伍尔夫、劳伦斯、卡夫卡、福克纳等其他现代主义作家有着许多的共通之处。和这些文学巨匠们一样，他对西方文明、西方文化同样充满了焦虑和忧患。在他看来，这种文明与文化虽然源远流长，但其中的某些内容在数千年的发展过程中产生了异化，渐渐蜕变为一种藏污纳垢、滋生思想病菌、流播精神毒素的意识形态。在《尤利西斯》的第七章（埃俄罗斯）中，他的这种焦虑通过马克休教授的话语以一种反讽的方式生动地表达出来：

> ——什么是他们的文明呢？巨大的，我承认；然而是污浊的。排污：下水道。犹太人进了原野，登上山顶说：此地合宜。我们建造一座耶和华祭坛吧。罗马人呢，和追随其足迹的英国人一样，不论涉足哪一处新的海岸（从未到达我国海岸），一心只知排污。他披着他的罗马大袍，环顾四周说：此地合宜。我们修个厕所吧。（《尤》197）

在这位古典文学教授看来，灿烂辉煌的古希腊和古希伯来文化与文明经过罗马人的改造之后发展到现代，逐渐异化成为一种肮脏、污秽的"下水道"文化和文明；犹太人、罗马人和罗马文化与文明的后继者们也只不过是一些"造厕所、修排污管道的人"，这些人"成为我们[爱尔兰人]精神上的主宰"，实在是爱尔兰民族莫大的文化灾难。对爱尔兰民族来说，"臣服于那种原来普及欧洲而终于在特拉法尔加覆灭的骑士精神，①臣服于那个在爱戈斯波塔米和雅典舰队一起沉没的精神王国"，②莫过于"忠于失败的事业"（《尤》201），③完全是没有前途的愚昧之举。唯有正本清源、回归质朴的古希腊文化和爱尔兰本土文化，去其糟粕、取其

---

① 这里指的是 1805 年拿破仑的海军在西班牙特拉法尔加海角被英国军队击败，导致全军覆灭的悲惨事件。

② 作为古希腊文化的发源地，雅典是古希腊文化的象征。公元前 405 年，在斯巴达人的进攻中，号称战无不胜的雅典舰队全军覆灭，敲响了古希腊文化和文明走向衰落的丧钟。

③ "忠于失败的事业"指的是发生在爱尔兰历史上爱尔兰领主抗击英国的四次失败的事件。第一次是 15 世纪中、后叶基尔台家族在玫瑰之战中支持失败的一方约克家族，第二次是 16 世纪中叶杰拉德和奥尼尔反击都铎王朝最终流产，第三次是 17 世纪 40 年代爱尔兰领主们在英国内战中支持保皇党，第四次是 17 世纪 80 年代末爱尔兰人在光荣革命中支持詹姆斯二世。这些事件被爱尔兰人视为爱尔兰民族的莫大耻辱。参见何树：《试析爱尔兰多元民族认同形成的原因》，载《史学月刊》2002 年第 2 期，第 79 页。

精华，现代爱尔兰民族才能摆脱西方现代文化和文明的消极和负面影响，走出一条摆脱民族困境和精神危机的新路。

在乔伊斯看来，如果说罗马文化是"马桶"、"厕所"、"下水道"文化，那么英国文化就是一种"自命不凡"和"伪善"（CW 212）的文化，对于这种文化乔伊斯也同样忧心忡忡、充满焦虑。因此，他经常把英国文化的语言载体"英语也就是他祖国的精神之敌玩弄于自己的手掌之中"，并且对于能够"促使弥尔顿和华兹华斯的那种语言来讲脏话和不忠之辞暗自感到乐不可支"，其目的就是要"以反讽的方式脱离整个英国传统"，以此对大英帝国的殖民霸权文化进行一种"凯尔特式的报复"。① 乔伊斯实施的这种"报复"有多种方式，其中，在的里雅斯特一所大学发表的关于英国小说之父笛福（Daniel Defoe）的演讲中，他对英国文学史的颠覆和改写给人一种耳目一新之感：

> 在法兰西征服之后的数个世纪里，[英国文学]还处在求学阶段，它的大师是薄迦丘、但丁、塔索和梅塞尔·洛多维科。乔叟的《坎特伯雷故事》是《十日谈》或《新故事集》的一种翻版；弥尔顿的《失乐园》是《神曲》的一个清教复本。莎士比亚用的是提香的调色板，虽然他的语言流畅，富有癫痫似的激情和创造的骚动，但他还是一个意大利化的英国人。②

乔伊斯不仅对从1066年诺曼征服以来的英国文学，甚至对整个英国文学的发展似乎都不以为然，在他的眼里，乔叟、莎士比亚、弥尔顿只不过是一些拾人牙慧、步人后尘之辈，他们那些举世公认的文学杰作也只是一些模仿之作，压根就无法超越意大利文艺复兴大师们的那些经典作品。从学术的角度来看，他对英国文学的看法颇有值得商榷之处，他对乔叟、莎士比亚、弥尔顿的评价也有失公

---

① 上文中的引文参见 John Eglinton, *Irish Literary Portraits*（London：Macmillan, 1935）145 – 146, 143 – 144, 146. John Eglinton（约翰·埃格林顿）是 William Kirkpatrick Magee（1868—1961）的笔名，早年在都柏林三一学院（Trinity College Dublin）学习古典语文，20世纪初成为爱尔兰文学界著名散文家和颇具影响的批评家，叶芝称其为"我们爱尔兰唯一的批评家"。1904年，埃格林顿在爱尔兰国立图书馆任助理馆长，乔伊斯以约翰·埃格林顿这个实名，将他写进了《尤利西斯》第九章之中。

② 转引自 Andrew Gibson, *Joyce's Revenge：History, Politics, and Aesthetics in* Ulysses（New York：Oxford UP, 2002）7. 该书详细而独到地论述了乔伊斯在《尤利西斯》中对英国文学与文化的颠覆、批判、讽刺和报复。

允，但他显然是在运用一种矫枉过正的策略，挑战从 19 世纪末到 20 世纪初英伦学界占主导地位的所谓"辉格派英国文学阐释说"，否定英国文学"从阿尔弗烈德统治时期到维多利亚时代"的历史延续性，消解当时盛行于不列颠群岛、宣扬殖民意识形态的所谓"英国精神"（Gibson，*Joyce's Revenge* 8，9）。从这些观点可以看出，乔伊斯对前辈英语文学大师的那种强烈的影响的焦虑，与他对英国文化挥之不去的那种文化焦虑形成了颇具意味的双重变奏。

乔伊斯"报复"英国文化的另一种方式就是要对英语——他不得不使用，然而对他而言却仍是一种"他者"的语言——发动一场惊世骇俗的"语言革命"。[1] 这场革命从《一个青年艺术家的画像》小试"牛刀"开始，经过《尤利西斯》的全面铺开，到《芬尼根的守灵夜》的杂语狂欢才宣告完成。《尤利西斯》第三章（普洛透斯）中的内心独白、意识流话语，第七章（埃俄罗斯）对报刊文体的戏仿，第十一章（赛壬）中叙述话语的音乐化、碎片化，第十四章（太阳神牛）中叙述文体的多样化，第十八章（珀涅罗珀）干脆不断句，连标点、句首字母大写这些书面语规范都全部摒弃掉，这些标新立异之举暗藏着某种不可告人的动机：那就是要撼动标准英语（King's English 或 Queen's English）的统治地位，颠覆其背后所隐含的种种"文化超我"。这种情形在《芬尼根的守灵夜》达到极致。在这部被誉为"惟有普鲁斯特的《追忆逝水年华》"才能与之"并驾齐驱"（布鲁姆，《西方正典》340）的杰作中，乔伊斯广泛运用词汇变形、词语混成、构词嫁接、句法变异、铺设字谜、多语杂糅、文体变奏等多种技法，把一则叫作芬尼根故事的爱尔兰传统民间传说精心打磨、演绎成一部极具复调音乐色彩、晦涩难懂的"自由之书"。[2] 这部让中外读者都不好对付的"天书"，将几十种西方民族语言的一些语汇、西方文化掌故、历史轶事、趣闻、政治、哲学、科学、人类学、音乐乐谱、几何图案等都糅合在一起，使之形成多种文化话语和各种潜文本（subtexts）的自由狂欢，成为蕴含着无数种阐释可能性的一个"后现代文学的经典文本"（戴从容 3）。在这里，乔伊斯的"语言革命"大功告成，他对爱尔兰文化、英国文化、西方文化乃至对整个人类命运共

---

① 乔伊斯学者科林·麦凯布所写的一部专著从"政治与语言"的关系入手，对乔伊斯与语言革命的关系进行了详细而系统的研究。参见 Colin MacCabe，*James Joyce and the Revolution of the Word*，2nd ed. （New York：Palgrave Macmillan，2003）。

② 国内外对《芬尼根的守灵夜》的研究在近四十年来呈现出繁荣景象，我国青年学者戴从容出版的相关著述印证了这种研究态势。参见戴从容：《自由之书：〈芬尼根的守灵夜〉解读》，上海：华东师范大学出版社，2007。

同体的忧思得到了最充分的体现，他那心系故国、放眼天下而又屡屡挥之不去的文化焦虑获得了最大程度的宣泄和释放。

文化焦虑成就了乔伊斯的文学创作，铸造了他非凡的思想、情感气质和卓越的文学品格，孕育了他强烈的文化批判意识、独特的人文精神和悲天悯人的情怀。这种文化焦虑在他每一部作品中的艺术表达，不仅使他成为了欧美现代主义和英语文学中最杰出、最优秀的经典作家，对他的同辈与后来者产生了巨大、深远的影响，而且也为现代爱尔兰民族文学立起了一座不朽的丰碑。如今，乔伊斯已经成为了爱尔兰人引以为豪的一尊民族精神的"雕塑"、一张爱尔兰民族文化身份的"名片"、一把理解和探究爱尔兰民族文化话语的"钥匙"。每年6月16日的"布卢姆节"已然是仅次于"圣帕特里克节"的第二大爱尔兰全国性节日，它吸引着来自全球各地的乔伊斯学者、乔伊斯爱好者和许许多多的游客云集乔伊斯故乡都柏林，来纪念这位曾经为爱尔兰民族"竖起了一面艺术的镜子"、"挑战过正统观念"、"捣毁盲目自满的心态"，"为民族的日益成熟与自信"作出了伟大贡献的"天才作家"。[①] 乔伊斯属于爱尔兰，但他也属于全世界；他属于他那个时代，但他也超越了那个时代。

---

① 引文出自 1992 年 6 月 15 日时任爱尔兰共和国总统玛丽·罗宾逊女士在第十三届乔伊斯国际研讨会开幕式上的欢迎致辞。参见 Morris Beja and David Norris, eds., *Joyce in the Hibernian Metropolis: Essays* (Kansas: Ohio State UP, 1996) xviii.

# 詹姆斯·乔伊斯年表<sup>*</sup>

1882　爱尔兰著名政治家、民族自治运动领袖帕内尔（Charles Stewart Parnell）出狱；都柏林发生凤凰公园谋杀案（Phoenix Park murders）；易卜生（Henrik Ibsen）出版《人民公敌》（*An Enemy of the People*）；斯特拉文斯基（Igor Fëdorovich Stravinsky）、刘易斯（Wyndham Lewis）、伍尔夫（Virginia Woolf）、乔伊斯（2月2日）出生。

1883　马克思（Karl Marx）、屠格涅夫（Ivan Turgenev）去世；威廉斯（William Carlos Williams）出生；尼采（Friedrich Nietzsche）出版《查拉图斯特拉如是说》（*Also Sprach Zarathustra*）。

1884　（春）乔伊斯家搬至都柏林南郊拉斯敏斯卡斯尔伍德大道23号，在此后几年里，乔伊斯的一位叔祖奥康内尔（William O'Connell）、一位远房姨妈康韦太太（Elizabeth Conway）都住在乔伊斯家，两人后来都成了《一个青年艺术家的画像》（下文简称为《画像》）中查尔斯大叔（Uncle Charles）和丹蒂（Dante）的原型；易卜生出版《野鸭》（*The Wild Duck*）。

1885　庞德（Ezra Pound）、劳伦斯（D. H. Lawrence）出生。

---

＊ 本年表参考了 A. Nicholas Fargnoli and Michael Patrick Gillespie, *Critical Companion to James Joyce：A Literary Reference to His Life and Work*（New York：Facts On File, 2006）和 Roger Norburn, *A James Joyce Chronology*（New York：Palgrave Macmillan, 2004）。

1886  （春）英国首相格莱斯顿（William Gladstone）主导的"爱尔兰自治法案"（Irish Home Rule Bill）在议会未获通过；亨利·詹姆斯（Henry James）出版《卡萨玛西玛公主》（*The Princess Casamassima*）。

1887  （春）乔伊斯家搬至都柏林布雷镇马泰楼台地 1 号，一个叫做凯利（John Kelly）的亲戚常住乔伊斯家，后来成为《画像》中凯西先生（Mr Casey）的原型；童年乔伊斯进入一家私人开办的幼儿学校学习，在那里与一个叫作艾琳·万斯（Eileen Vance）的小女孩同班，她成为《画像》中艾琳的原型。

1888  末代德意志皇帝威廉二世（Kaiser Wilhelm II）继位；阿诺德（Matthew Arnold）去世；艾略特（T. S. Eliot）出生；亨利·詹姆斯出版《阿斯彭文稿》（*The Aspern Papers*）；（9 月）少年乔伊斯进入位于基尔代尔郡萨林斯镇的克郎高士森林公学（Clongowes Wood College）读小学，该校校长康眉神父（Father John Conmee）成为《画像》和《尤利西斯》（下文简称为《尤》）中康眉神父的人物原型。

1889  豪普特曼（Gerhart Hauptmann）出版《日出之前》（*Vor Sonnenaufgang*）；霍普金斯（Gerard Manley Hopkins）去世；（3 月 14 日）乔伊斯因讲粗话被体罚；（12 月）帕内尔被控犯通奸罪。

1890  易卜生出版《海达·高布乐》（Hedda Gabler）；纽曼红衣主教（John Henry Newman）去世；弗雷泽（James Frazer）出版《金枝》（*The Golden Bough*）第一卷；威廉·詹姆斯（William James）出版《心理学原理》（*The Principles of Psychology*）；（秋）乔伊斯在克郎高士开始上钢琴课；（12 月）帕内尔下台，他领导的爱尔兰国会党(the Irish Parliamentary Party)分裂。

1891  王尔德（Oscar Wilde）出版《道林·格雷的画像》（*The Picture of Dorian Gray*）；梅尔维尔（Herman Melville）去世；（10 月 6 日）帕内尔在英国病逝，遗体运回爱尔兰，（11 日）葬于都柏林格拉斯内文公墓（Glasnevin Cemetery）；乔伊斯写下《还有你，希利》（"Et Tu, Healy"）的短诗，谴责背叛帕内尔的人；因家庭经济拮据，乔伊斯从克郎高士辍学；乔伊斯家搬至都柏林南郊布莱克罗克镇卡里斯福特道 23 号。

1892  易卜生出版《建筑大师》（*The Master Builder*）；奥康内尔离开乔伊斯家回到科克，8 月底去世；年底，乔伊斯父亲（John Stanislaus Joyce）辞掉收税员的工作，家境每况愈下。

1893  第二个爱尔兰自治法案在英国下议院获得通过，但被上议院驳回；福特

（Henry Ford）造出第一辆汽车；新西兰成为世界上第一个赋予妇女选举权的国家；邓南遮（Gabriele D'Annunzio）出版《死亡的胜利》（*The Triumph of Death*）；（4月6日）乔伊斯免费进入贝尔弗迪尔学校（Belvedere College）继续其学业。

1894　（5月14日—19日）阿拉比义卖集市在都柏林巴尔斯桥举办，最后一晚，乔伊斯光顾该集市，此次经历被写进《都柏林人》（下文简称为《都》）的第三个故事《阿拉比》中；（6月）乔伊斯参加期中考试获奖，获得奖金20英镑；（秋）乔伊斯家搬至条件更差的都柏林城北德拉姆昆德拉区米尔布恩大道2号。

1895　王尔德出版《认真的重要性》（*The Importance of Being Earnest*）；叶芝（William Butler Yeats）出版《诗集》（*Poems*）；马可尼（Guglielmo Marconi）发明无线电；伦琴（Wilhelm Konrad Rontgen）发现X射线；（6月）乔伊斯又一次在考试中获得20英镑奖金（次年亦如此）；（12月7日）乔伊斯入贝尔弗迪尔学校圣母马利亚兄弟会（the Sodality of the Blessed Virgin Mary）。

1896　（春）乔伊斯家搬至都柏林北里士满街13号；（9月25日）乔伊斯被任命为圣母马利亚兄弟会会长；临近年末，他家又搬至市郊费尔菲尤区温莎大道29号；（11月30日）乔伊斯在贝尔弗迪尔学校参加连续四天的静修，此次经历被写入《画像》第三章。

1897　福克纳（William Faulkner）出生；乔伊斯夏季考试获奖金30英镑，作文比赛获得奖金3英镑；（12月17日）乔伊斯再度当选圣母马利亚兄弟会会长；此后，其天主教信仰日渐弱化。

1898　美西战争（Spanish-American War）爆发；格莱斯顿、卡罗尔（Lewis Carroll）、马拉梅（Stéphane Mallarmé）去世；海明威（Ernest Hemingway）出生；亨利·詹姆斯出版《螺丝在拧紧》（*Turn of the Screw*）；乔伊斯从贝尔弗迪尔中学毕业，进入都柏林大学（University College Dublin）。

1899　布尔战争（Boer Wars）爆发；爱尔兰文学剧院（Irish Literary Theatre）创建；易卜生出版《当我们死而复醒时》（*When We Dead Awaken*）；（2月18日）乔伊斯当选都柏林大学文学与历史学会（the Literary and Historical Society）执行委员；（5月8日）乔伊斯观看叶芝《伯爵夫人凯瑟琳》（*The Countess Cathleen*）首演，拒绝在反对该剧的抗议信上签名，该信于10日发表在《自由人报》（*Freeman's Journal*）上；乔伊斯经历两次搬家。

1900 康拉德（Joseph Conrad）出版《吉姆老爷》（*Lord Jim*）；德莱塞（Theodore Dreiser）出版《嘉莉妹妹》（*Sister Carrie*）；王尔德、尼采、罗斯金（John Ruskin）去世；乌尔夫（Thomas Wolfe）出生；柏格森（Henri Bergson）出版《笑的研究》（*Le Rire*）；弗洛伊德（Sigmund Freud）出版《梦的解析》（*Die Traumdeutung*）；《每日快讯》（*Daily Express*）创刊；邓南遮出版《生命的火焰》（*The Flame of Life*）；豪普特曼出版《米夏埃尔·克拉默》（*Michael Kramer*）；乔伊斯在文学与历史学会发表以"戏剧与人生"（"Drama and Life"）为题的演讲，他的文学批评论文《易卜生的新戏剧》（"Ibsen's New Drama"）在《双周评论》（*Fortnightly Review*）上发表，收到易卜生写来的致谢信，写作戏剧《光彩的生涯》（*A Brilliant Career*）和其他诗歌（都已佚失）。

1901 维多利亚女王、威尔地（Giuseppe Verdi）去世；第一届诺贝尔奖颁奖；乔伊斯自费发表社会批评论文《乌合之众的节日》（"The Day of the Rabblement"）。

1902 亨利·詹姆斯出版《鸽翼》（*The Wings of the Dove*）；威廉·詹姆斯出版《宗教经验之种种》（*Varieties of Religious Experience*）；《泰晤士报文学副刊》（*Times Literary Supplement*）创刊；乔伊斯从都柏林大学毕业，获现代语言学士学位；他离开都柏林去巴黎学习医学，途径伦敦时与叶芝会面，得到叶芝帮助；叶芝的戏剧《胡里痕的凯瑟琳》（*Cathleen ni Houlihan*）上演；左拉（Emile Zola）去世。

1903 莱特兄弟（Orville Wright and Wilbur Wright）成功试飞第一架可操纵的动力飞机；亨利·詹姆斯出版《使节》（*The Ambassadors*）；乔伊斯开始在一些英国报刊上发表书评和文学评论；（4月）他收到母亲病危的电报，从巴黎赶回都柏林；（8月13日）他的母亲病逝。

1904 辛格（John Millington Synge）出版《骑马下海的人》（*Riders to the Sea*）；阿比剧院（Abbey Theatre）创建；亨利·詹姆斯出版《金碗》（*The Golden Bowl*）；乔伊斯离家在都柏林别处租房，在沙湾马泰楼碉楼居住几月；乔伊斯创作散文《艺术家画像》（"A Portrait of the Artist"）、一些诗歌和短篇小说，《姐妹》、《伊芙琳》和《车赛之后》发表在《爱尔兰家园》（*Irish Homestead*）报上；乔伊斯开始创作《英雄斯蒂芬》；（6月10日）乔伊斯在都柏林街头邂逅并爱上娜拉（Nora Barnacle），（6月16日）他与她相约散步；（10月8日）乔伊斯和娜拉双双离开都柏林，私奔至欧洲大陆，他在当时属于奥地利版图的普拉市（Pola）的贝利茨学校（Berlitz School）教英语。

1905　挪威脱离瑞典；新芬党（Sinn Féin）成立；布卢姆斯伯里团体（Bloomsbury Group）诞生；乔伊斯与娜拉转到的里雅斯特（Trieste），他在该城的贝利茨学校任教，（7月27日）乔伊斯的长子乔治（Giorgio）出生；乔伊斯将《室内乐》和《都》交给伦敦的出版商理查兹（Grant Richards）；胞弟斯坦尼斯劳斯（Stanislaus Joyce）来的里雅斯特与哥嫂团聚。

1906　贝克特（Samuel Beckett）出生；易卜生去世；乔伊斯一家三口搬至罗马，他在银行找到工作；乔伊斯又为《都》增写两个短篇（《两个骑士》和《一片小云》）；多次给理查兹写信协商出版事宜，未达成一致意见。

1907　毕加索（Pablo Picasso）创作《亚威农少女》（Les Demoiselles d'Avignon）；第一届立体派（Cubist）画展在巴黎举办；辛格的《西方世界的花花公子》（The Playboy of the Western）在阿比剧院上演，引发骚乱；（3月）乔伊斯夫妇携子返回的里雅斯特；（7月27日）乔伊斯女儿露西亚（Lucia）出生；《室内乐》在伦敦出版；乔伊斯完成《都》的最后一个短篇《亡人》；乔伊斯担任家教、用意大利语在大学发表一系列演讲（包括题名为"爱尔兰乃圣贤之岛"的演讲）、用意大利语在报刊发表文章；重写《英雄斯蒂芬》，将其更名为《一个青年艺术家的画像》。

1908　马修斯（Elkin Mathews）拒绝出版《都》，但答应将手稿寄给都柏林蒙塞尔公司（Maunsel and Co.）的霍恩（Joseph Hone）；乔伊斯写信给马修斯要回手稿，自己直接寄给蒙塞尔公司；他写完《画像》前三章。

1909　美国通过版权法；英国通过电影放映许可法案；斯泰因（Gertrude Stein）出版《三个女人》（Three Lives）；乔伊斯两次回都柏林，与蒙塞尔公司签订《都》出版合同，开办电影院；乔伊斯的胞妹伊娃（Eva）随长兄去的里雅斯特。

1910　爱德华七世去世，乔治五世继位；马克·吐温（Mark Twain）、托尔斯泰（Lev Tolstoy）去世；乔伊斯开办影院失败。

1911　庞德出版《组歌》（Canzoni）；乔伊斯不同意蒙塞尔公司要求删改《都》一书中的相关片段和词句，故出版一事仍然无果，他欲提起诉讼；他就《都》一书出版"难产"（拖延6年）写成《一部离奇怪史》（"A Curious History"）一文，投给几家报社。

1912　英国"泰坦尼克号"豪华客轮沉没；庞德出版《反击》（Ripostes）；豪普特曼获诺贝尔文学奖；荣格（C. G. Jung）出版《心理分析理论》（The Theory of

Psychoanalysis);《诗刊：诗的杂志》(*Poetry：A Magazine of Verse*)在芝加哥创刊；萧伯纳(George Bernard Shaw)的戏剧《皮格马利翁》(*Pygmalion*)上演；乔伊斯携家小回都柏林和戈尔韦(Galway)小住(最后一次回故土)，再次与蒙塞尔公司就《都》一书的审查进行交涉，无果；印刷商福尔克纳(John Falconer)因害怕被控诽谤罪销毁《都》的清样；乔伊斯在返回欧陆途中愤然写下讽刺短诗《火炉里冒出的煤气》("Gas from a Burner")。

1913　巴尔干战争(Balkan Wars)爆发；劳伦斯(D. H. Lawrence)出版《儿子与情人》(*Sons and Lovers*)；胡塞尔(Edmund Husserl)出版《现象学》(*Phenomenology*)；马修斯不愿意出版《都》；乔伊斯又写信给理查兹联系《都》的出版一事，并附上《一部离奇怪史》一文；庞德与乔伊斯建立联系，答应为出版事宜鼎力相助。

1914　庞德和刘易斯创刊《狂风》(*Blast*)；第一次世界大战爆发；弗罗斯特(Robert Frost)出版《波士顿以北》(*North of Boston*)；《画像》开始在《自我主义者》(*Egoist*)连载；《都》在伦敦理查兹出版社出版；乔伊斯开始创作《尤》和《流亡者》(下文简称为《流》)；(因为持有英国护照)他在的里雅斯特面临奥地利当局的骚扰和拘留。

1915　卡夫卡(Franz Kafka)出版《变形记》(*Der Verwandlung*)；理查兹决定不出版《画像》；意大利向奥匈帝国和土耳其宣战；乔伊斯全家获准离开的里雅斯特去瑞士苏黎世；乔伊斯完成《流》的创作。

1916　爱尔兰爆发复活节起义(Easter Rebellion)；亨利·詹姆斯去世；爱因斯坦发表相对论；韦弗夫人(Harriet Shaw Weaver)在经济上开始不断给予乔伊斯帮助；庞德在《戏剧》(*Drama*)上发表《乔伊斯先生与现代戏剧》("Mr James Joyce and the Modern Stage")一文；《画像》在纽约出版。

1917　美国对德国宣战；俄国爆发"二月革命"和"十月革命"；艾略特出版《普鲁弗洛克及其他观感》(*Prufrock and Other Observations*)；阿波里耐(Guillaume Apollinaire)发明"超现实主义"(surrealism)术语；荣格出版《无意识心理学》(*Psychology of the Unconscious*)；乔伊斯写完《尤》前三章；乔伊斯开始做第一次眼睛手术；乔伊斯在《诗刊：诗的杂志》上发表诗作。

1918　第一次世界大战结束；英国政府摒弃爱尔兰自治法案；《尤》在《小评论》(*Little Review*)上开始连载；《流》在伦敦出版。

1919　爱尔兰独立战争(Irish War of Independence)爆发；《小评论》因登载《尤》第

八章"勒斯特里冈尼亚人"（Lestrygonians）涉嫌传播色情被美国邮局没收；乔伊斯眼疾复发；《自我主义者》连续 5 期登载《尤》相关章节；《小评论》继续连载《尤》后续章节；（9 月）《流》（德语版）在德国首演；（10 月）乔伊斯一家四口回到的里雅斯特居住；庞德和友人说《尤》第十二章"库克罗普斯"（Cyclops）是乔伊斯写得最好的一章。

1920 威廉斯出版《柯拉在地狱》（Kora in Hell）；爱尔兰王室警吏团（Black and Tans）成立；英国国会通过爱尔兰管治法案（Government of Ireland Act），允许南北爱尔兰各自拥有自己的国会；国际联盟（League of Nations）在巴黎成立，总部移至日内瓦；英国开办第一家公立广播公司；庞德出版《休·赛尔温·莫伯利》（Hugh Selwyn Mauberly）；（听从庞德建议）乔伊斯一家搬到巴黎；（7 月）乔伊斯去莎士比亚书局（Shakespeare and Company）拜会比奇夫人（Sylvia Beach）；美国法院判《小评论》违法，勒令其停止登载《尤》一书。

1921 英爱条约签订，爱尔兰独立战争结束；庞德出版《诗集》（Poems 1918—1921）；乔伊斯修改、完成《尤》的最后章节。

1922 爱尔兰分裂，爱尔兰自由邦（Irish Free State）建立，爱尔兰内战爆发；艾略特出版《荒原》（The Waste Land），创刊《标准》（The Criterion）；斯蒂文斯（Wallace Stevens）出版《簧风琴》（Harmonium）；乔伊斯修改、校对《尤》的清样；《尤》在巴黎莎士比亚书局出版；美国邮局销毁寄入的《尤》图书；普鲁斯特（Marcel Proust）去世。

1923 叶芝获诺贝尔文学奖；斯韦沃（Italo Svevo，原名为 Ettore Schmitz）出版《赛诺的意识》（La coscienza di Zeno）；乔伊斯开始创作"进行中作品"即《芬尼根的守灵夜》（下文简称为《芬》）；艾略特的评论《〈尤利西斯〉、秩序与神话》（"Ulysses，Order and Myth"）发表在《日晷》（Dial）上。

1924 戈尔曼（Herbert Gorman）出版《詹姆斯·乔伊斯：他的前四十年》（James Joyce：His First Forty Years）；列宁去世，斯大林的权力上升；勃雷东（André Breton）出版《超现实主义宣言》（Manifeste de surréalisme）；乔伊斯对好友斯韦沃的小说《赛诺的意识》很赞赏。

1925 希特勒出版《我的奋斗》（Mein Kampf）；伍尔夫出版《黛洛维夫人》（Mrs. Dalloway）；德莱塞出版《美国的悲剧》（An American Tragedy）；菲茨杰拉德（F. Scott Fitzgerald）出版《了不起的盖茨比》（The Great Gatsby）；斯泰因出版《美国人的成长》（The Making of Americans）；庞德出版《诗章》（Cantos）；

《流》(英文版)在纽约首演;"进行中作品"部分章节发表。

1926　斯大林成为苏联最高领导人;贝尔德(John L. Baird)发明电视机;《尤》出现盗版;《两个世界月刊》(*Two Worlds Monthly*)分期连载《尤》;《流》在伦敦上演;德语版《画像》和法语版《都》出版。

1927　爱尔兰内战结束;海森伯(Werner Heisenberg)提出测不准原理(uncertainty principle);《变迁》(*transition*)开始连载乔伊斯"进行中作品";德语版《尤》出版,乔伊斯对译文很不满意;《变迁》登载威廉斯对"进行中作品"的好评;《一便士一首的诗》(*Pomes Penyeach*)由莎士比亚书局出版。

1928　劳伦斯出版《查特莱夫人的情人》(*Lady Chatterley's Lover*);为了保护版权,"进行中作品"第一卷在纽约出版;《变迁》持续连载"进行中作品"后续章节;巴津(Frank Budgen)在《变迁》上发表"进行中作品"的评论;斯韦沃因车祸去世,乔伊斯前往悼念;"进行中作品"中的《安娜·利维亚·普卢拉贝尔》(*Anna Livia Plurabelle*)在纽约出版;贝克特到达巴黎,拜会乔伊斯;《尤》(第二版)第十次印刷。

1929　乌尔夫出版《向家乡看吧,安琪儿》(*Look Homeward, Angel*);福克纳出版《喧哗与骚动》(*The Sound and the Fury*);伍尔夫出版《一间自己的房间》(*A Room of One's Own*);海明威出版《告别武器》(*A Farewell to Arms*);《尤》发行第三版;法语版《尤》出版;"进行中作品"中的《闪和肖的故事》(*Tales Told of Shem and Shaun*)出版;莎士比亚书局出版《对〈进行中作品〉事实虚化上正道的审核》(*Our Exagmination Round His Factification for Incamination of Work in Progress*),其中收录了包括贝克特在内的 12 位批评家的评论;乔伊斯与人合作把辛格的《骑马下海的人》译成意大利语。

1930　德语修订版《尤》面世;乔伊斯的视力日益下降;乔伊斯的一些文学评论(如《詹姆斯·克拉伦斯·曼根》、《易卜生的新戏剧》)被重印,在文人小圈子里流传;《流》(意大利版)在米兰上演;乔伊斯撰文赞扬爱尔兰男高音歌唱家沙利文(John Sullivan);吉尔伯特(Stuart Gilbert)出版《詹姆斯·乔伊斯的〈尤利西斯〉》(*James Joyce's Ulysses*);法贝儿兄弟出版社(Faber & Faber)出版《安娜·利维亚·普卢拉贝尔》;"进行中作品"的评论增多;乔伊斯开始与人合作将《安娜·利维亚·普卢拉贝尔》译成法语。

1931　美国一家刊物《天主教世界》(*Catholic World*)发表列侬(Michael J. Lennon)的署名文章,攻击乔伊斯及其家人;《安娜·利维亚·普卢拉贝尔》的法译版本完成；法贝儿兄弟出版社出版"进行中作品"中的《汉弗莱·钦普顿·伊克威尔》(*HCE*)；(5月)法语版《安娜·利维亚·普卢拉贝尔》出版；(7月)乔伊斯与娜拉在伦敦登记结婚；(12月)乔伊斯父亲病逝。

1932　(1月1日)乔伊斯父亲葬礼，乔伊斯没能回都柏林送葬；(2月)乔伊斯得知《尤》海盗版在日本出版了日语版；乔伊斯给庞德写信，希望后者能帮助他追回在意大利出版的全部作品的版税；德瓦莱拉(Eamon de Valera)当选爱尔兰总统；福克纳出版《八月之光》(*Light in August*)；乔伊斯长孙(Stephen James Joyce)出生；(10月)乔伊斯婉拒叶芝请其加入爱尔兰文学学会的要求；乔伊斯女儿露西亚的精神病开始恶化；(11月)乔伊斯为孙子而写的短诗《瞧这小男孩》("Ecce Puer")在《新共和》(*New Republic*)上发表。

1933　《标准》发表《瞧这小男孩》；穆尔(George Moore)去世；《乔伊斯集》(*The Joyce Book*)出版；希特勒登上德国最高权力舞台；叶芝出版《诗集》(*Collected Poems*)；意大利语版《都》出版；庞德发表赞扬《都》、《画像》和《尤》的评论，但对乔伊斯后期作品不太看好；露西亚入瑞士精神病院接受治疗；(12月)纽约地区美国联邦法院伍尔西法官(John M. Woolsey)判定《尤》不是色情淫秽作品。

1934　兰登书屋(Random House)推出《尤》第一个美国版，这是《尤》的第五个版本；威廉斯出版《诗集》(*Collected Poems*)；康博伊(Martin Conboy)因不满伍尔西对《尤》的判决提起上诉，获美国司法部长批准，后来上诉法庭以二比一的优势驳回上诉，维持伍尔西原判；巴津出版《詹姆斯·乔伊斯与〈尤利西斯〉的创作》(*James Joyce and the Making of* Ulysses)；"进行中作品"中的《米克、尼克和麦琪的哑剧》(*The Mime of Mick Nick and the Maggies*)出版；(10月)《爱尔兰时报》(*Irish Times*)刊登《詹姆斯·乔伊斯的语言实验》("James Joyce's Experiment with Language")一文，乔伊斯与友人说这是20多年来爱尔兰媒体第一次"谈论"他。

1935　乔伊斯对女儿的病情深感忧虑，把她接到自己居住的酒店附近一处住处，专门请了护理陪伴；多年在欧陆与乔伊斯住在一起的胞妹艾琳(Eileen Joyce)返回都柏林，顺便把露西亚安顿在伦敦，露西亚的病情日益恶化，经常离家在外逗留一两天不归，后来艾琳只好去伦敦照顾侄女，不久之后艾琳干脆把侄女带回爱尔兰；拉塞尔(George Russell)去世；叶芝给乔伊斯寄来《诗集》；(12月)乔伊斯患巩膜外层炎，数周才康复。

1936　爱德华八世退位；米切尔（Margaret Mitchell）出版《飘》（*Gone With the Wind*）；西班牙内战爆发；（10 月）《尤》第一个英国版在伦敦出版，这是《尤》的第七个版本；（12 月）乔伊斯的《诗集》（*Collected Poems*）在纽约出版。

1937　乔伊斯继续创作《芬》未写完的部分；校正《芬》第一章和第三章的毛条校样；《变迁》继续登载"进行中作品"的章节；（6 月）乔伊斯参加在巴黎举行的第十五届笔会，发表《论作家的道德权利》（"Sur Le Droit Moral des Écrivains"）的演讲；他让老同学柯伦（Constantine Curran）收集都柏林歌舞杂耍和哑剧歌曲作家创作的所有歌曲。

1938　乔伊斯与贝克特谈及他正全力以赴写完《芬》的最后一章；贝克特在巴黎街头被人刺伤住进医院，乔伊斯得知后自己出资将其转入医院私人病房；邓南遮去世；慕尼黑协定签订；（11 月）乔伊斯写完《芬》的最后一章，发电报给韦弗夫人，告知这一消息并向她致谢。

1939　（1 月）乔伊斯基本完成《芬》一书的校对工作；叶芝去世；（5 月）《芬》同时由法贝儿兄弟出版社和维京出版社（The Viking Press）在伦敦和纽约出版；《纽约时报书评》（*The New York Times Book Review*）发表关于《芬》的书评；乔伊斯的老友（《尤》中马利根的原型）戈加蒂（Oliver Gogarty）也在《观察家报》（*The Observer*）发表《忿恨之根：詹姆斯·乔伊斯的报复》（"Roots in Resentment：James Joyce's Revenge"）一文；威尔逊（Edmund Wilson）在《新共和》上发表关于《芬》的评论；第二次世界大战爆发。

1940　戈尔曼的传记《詹姆斯·乔伊斯》（*James Joyce*）在纽约出版；（9 月）乔伊斯一家申请去苏黎世，被瑞士当局拒绝；（11 月）乔伊斯岳母去世；乔伊斯一家终于获得瑞士大使馆的签证；（12 月）乔伊斯一家抵达苏黎世。

1941　戈尔曼的《詹姆斯·乔伊斯：一部权威传记》（*James Joyce, a Definitive Biography*）在伦敦出版；（1 月 10 日）乔伊斯晚上感到腹部剧痛，服用去痛片后症状无缓解，次日被送至医院；（11 日）经过 X 光检查，乔伊斯被确诊为十二指肠溃疡穿孔，医生马上对他做了手术，术后病情似乎有所好转；（12 日）乔伊斯极度体虚，需要输血，输血后陷入昏迷，医生让其家人回去；（13 日）凌晨 1 点乔伊斯苏醒过来，医生让护士请家人来，2 点 15 分，乔伊斯在家人到来之前去世，享年 58 岁；（15 日）乔伊斯葬于苏黎世弗伦屯公墓（Fluntern Cemetery）。

# 参考文献

（中英文参考文献均按作者、编者的姓氏拼音字母顺序排列）

Abrams, M. H. , and Stephen Greenblatt, eds. *The Norton Anthology of English Literature*. 7th ed. Vol. 2. New York: Norton, 2000.

Anderson, Benedict. *Imagined Communities: Reflections on the Origin and Spread of Nationalism*. Rev. ed. New York: Verso, 1996.

Aquinas, Saint Thomas. *Basic Writings of Saint Thomas Aquinas*. Vol. II. Ed. Anton C. Pegis. New York: Random, 1945.

Arnold, Matthew. *Culture and Anarchy and Other Writings*. Ed. Stefan Collini. Cambridge: Cambridge UP, 1993.

Attridge, Derek. *How to Read Joyce*. London: Granta, 2007.

—, ed. *The Cambridge Companion to James Joyce*. Cambridge: Cambridge UP, 1999.

—, Foreword. Cheng, *Joyce*, *Race*, *and Empire* xi – xvii.

—, and Marjorie Howes, eds. *Semicolonial Joyce*. Cambridge: Cambridge UP, 2000.

—, ed. *James Joyce's* Ulysses: *A Casebook*. Oxford: Oxford UP, 2004.

Auden, W. H. *The Age of Anxiety: A Baroque Eclogue*. New York: Random, 1947.

Ayers, David. *Modernism: A Short Introduction*. Malden, MA: Blackwell, 2004.

Bakhtin, Mikhail Mikhailovich. *Problems of Dostoevsky's Poetics*. Manchester: Manchester UP, 1984.

—, *The Dialogic Imagination*: *Four Essays*. Trans. Caryl Emerson and Michael Holquist. Ed. Michael Holquist. Austin: U of Texas P, 1981.

Beja, Morris. *James Joyce*: *A Literary Life*. London: Macmillan, 1992.

—, Morris and David Norris, eds. *Joyce in the Hibernian Metropolis*: *Essays*. Kansas: Ohio State UP, 1996.

Benstock, Bernard, ed. *Critical Essays on James Joyce's* Ulysses. Boston: G. K. Hall, 1989.

—, *Narrative Con/Texts in* Dubliners. London: Macmillan, 1994.

Bentham, Jeremy. *The Panopticon Writings*. Ed. Miran Bozovic. London: Verso, 1995.

Blommaert, Jan. *Discourse*: *A Critical Introduction*. Cambridge: Cambridge UP, 2005.

Bloom, Harold. *The Anxiety of Influence*: *A Theory of Poetry*, 2$^{nd}$ ed. New York: Oxford UP, 1997.

—, *The Western Canon*: *The Books and School of the Ages*. New York: Riverhead, 1995.

Booth, Wayne. *The Rhetoric of Fiction*. Chicago: U of Chicago P, 1983.

Bowen, Zack, and James F. Carens, eds. *A Companion to Joyce Studies*. Westport, CT: Greenwood, 1984.

—, "*Ulysses*." Bowen and Carens 421 – 557.

Boyce, D. George. *Nationalism in Ireland*. London: Routledge, 1995.

Boysen, Benjamin. "The Necropolis of Love: James Joyce's *Dubliners*." *Neohelicon* XXXV (2008) 1: 157 – 169

Bradbury, Malcolm. *The Modern British Novel*: 1878 – 2001. Beijing: Foreign Language Teaching and Research, 2005.

—, and James McFarlane, eds. *Modernism*: *A Guide to European Literature* 1890 – 1930. London: Penguin, 1991.

Brady, Philip, and James F. Carens, eds. *Critical Essays on James Joyce's* A Portrait of the Artist as a Young Man. New York: G. K. Hall, 1998.

Brown, Terence. Introduction. *Dubliners*. By James Joyce. 1914. London: Penguin, 1992. vii – vilix.

—, Notes. *Dubliners*. By James Joyce. London: Penguin, 1992. 237 – 317.

Budgen, Frank. *James Joyce and the Making of* Ulysses. New York: Harrison Smith and Robert Haas, 1934.

Carens, James F. "*A Portrait of the Artist as a Young Man*." Bowen and Carens 255 – 360.

Castle, Gregory. *Modernism and Celtic Revival*. Cambridge: Cambridge UP, 2001.

Chen, Jia. *A History of English Literature*. Vol. 4. Beijing, Commercial, 1986.

Cheng, Vincent J. *Joyce, Race, and Empire*. Cambridge: Cambridge UP, 1995.

—, and Timothy Martin, eds. *Joyce in Context*. Cambridge: Cambridge UP, 1992.

Cixous, Hélène. *The Exile of James Joyce*. Trans. Sally A. J. Purcell. New York: Lewis, 1972.

Davison, Neil R. *James Joyce*, Ulysses, *and the Construction of Jewish Identity*. Cambridge: Cambridge UP, 1996.

Deane, Seamus. *A Short History of Irish Literature*. London: Hutchinson, 1986.

—, "Joyce the Irishman." Attridge, *Companion* 31 – 53.

—, Introduction. *Nationalism, Colonialism, and Literature*. Ed. Terry Eagleton, Fredric Jameson, and Edward W. Said. Minneapolis: U of Minnesota P, 1990. 3 – 19.

—, "Dead Ends: Joyce's Finest Moments." Attridge and Howes 21 – 36.

Deming, Robert H. ed. *James Joyce: The Critical Heritage*. 2 vols. New York: Routledge, 1970.

Duffy, Enda. *The Subaltern* Ulysses. Minneapolis: U of Minnesota P, 1994.

Eagleton, Terry. *Heathcliff and the Great Hunger: Studies in Irish Culture*. London: Verso, 1995.

—, *The Idea of Culture*. Oxford: Blackwell, 2000.

—, *The English Novel*. Oxford: Blackwell, 2005.

Eglinton, John. *Irish Literary Portraits*. London: Macmillan, 1935.

Eliot, T. S. *Notes towards the Definition of Culture*. London: Faber and Faber, 1948.

—, "*Ulysses*, Order, and Myth." Givens 198 – 202.

Ellmann, Richard. *James Joyce*. Oxford: Oxford UP, 1982.

—, ed. *Letters of James Joyce*. Vol. II. New York: Viking, 1966.

—, ed. *Letters of James Joyce*. Vol. III. New York: Viking, 1966.

—, ed. *Selected Letters of James Joyce*. London: Faber and Faber, 1975.

Evans, E. E. *The Personality of Ireland: Habitat, Heritage and History*. Cambridge: Cambridge UP, 1973.

Fairhall, James. *James Joyce and the Question of History*. Cambridge: Cambridge UP, 1993.

Fargnoli, A. Nicholas, and Michael Patick Gillespie. *James Joyce A to Z: The Essential Reference to the Life and Work*. New York: Facts On File, 1995.

Farrell, James T. "Joyce's *A Portrait of the Artist as a Young Man*." Givens 175 – 97.

Feshbach, Sidney. "A Slow and Dark Birth: A Study of the Organization." Brady and Carens 130 – 41.

—, and William Herman. "The History of Joyce Criticism and Scholarship." Bowen and Carens 727 – 80.

Finnegan, Richard B. *Ireland: The Challenge of Conflict and Change*. Boulder, CO: Westview, 1983.

Fogarty, Anne. "States of Memory: Reading History in 'Wandering Rocks.'" *Twenty – First Joyce*. Ed. Ellen Carol Jones and Morris Beja. Gainesville: UP of Florida, 2004. 56 – 81.

Fortuna, Diane. "The Art of Labyrinth." Brady and Carens 187 – 212.

Foucault, Michel. *Death and the Labyrinth: The World of Raymond Roussel*. New York: Continuum, 1986.

—, *Discipline and Punish: The Birth of the Prison*. Trans. Allan Sheridan. London: Penguin, 1991.

—, *The Archeology of Knowledge*. Trans. A. M. Sheridan Smith. London: Tavistock, 1972.

—, *The History of Sexuality*, Vol. I. Trans. Robert Hurley. New York: Penguin, 1978.

—, *The Oder of Things: An Archaeology of the Human Sciences*. New York: Vintage, 1994.

Freud, Sigmund. *A General Introduction to Psychoanalysis*. Trans. G. Stanley Hall. New York: Liveright, 1920.

—, *Civilization and Its Discontents*. Trans. Joan Riviere. London: Hogarth, 1963.

—, *The Standard Edition of the Complete Psychological Works of Sigmund Freud*. Vol. XVI. London: Hogarth, 1963.

Fry, Peter, and Fiona Somerset Fry. *A History of Ireland*. London: Routledge, 1988.

Gabler, Hans Walter. "The Genesis of *A Portrait of the Artist as a Young Man*," Brady and Carens 83 – 112.

Gerhard, Friedrich. "The Gnomonic Clue to James Joyce's *Dubliners*." *Modern Language Notes* LXII (June 1957): 421 – 24.

—, "Joyce's Pattern of Paralysis in *Dubliners*." *College English* XXII (April 1961): 519 – 20.

Ghiselin, Brewster. "The Unities of Joyce's *Dubliners*." *Accent* 16(1956): 75 – 8.

Gibson, Andrew. *James Joyce*. London: Reaktion, 2006.

—, *Joyce's Revenge: History, Politics, and Aesthetics in* Ulysses. New York: Oxford UP, 2002.

—, "Macropolitics and Micropolitics in 'Wandering Rocks.'" *Joyce's "Wandering Rocks."* Ed. Andrew Gibson and Steven Morrison. Amersterdam: Rodopi, 2002. 27 – 56.

Gifford, Don. *Joyce Annotated: Notes for* Dubliners *and* A Portrait of the Artist as a Young Man. Berkeley: U of California P, 1982.

—, with Robert J. Seidman. Ulysses *Annotated: Notes for James Joyce's* Ulysses. 2$^{nd}$ ed. Berkeley: U of California P, 1988.

Gilbert, Stuart. *James Joyce's* Ulysses: *A Study*. New York: Vintage, 1955.

—, ed. *Letters of James Joyce*. London: Faber and Faber, 1957.

Givens, Seon, ed. *James Joyce: Two Decades of Criticism*. New York: Vanguard, 1963.

Gorman, Herbert. *James Joyce: A Definitive Biography*. London: Bodley Head, 1941.

Gottfried, Roy. "'Scrupulous Meanness' Reconsidered: *Dubliners* as Stylistic Parody." Cheng and Martin 153 – 69.

Grada, Cormac O. *Jewish Ireland in the Age of Joyce: A Socioeconomic History*. Princeton: Princeton UP, 2006.

Griffith, Arthur. *The Resurrection of Hungary: A Parallel for Ireland*. 3$^{rd}$ ed. Dublin: Whelan and Son, 1918.

Grose, Kenneth. *James Joyce*. London: Evans Brothers, 1975.

Haigh, Christopher, ed. *The Cambridge Historical Encyclopaedia of Great Britain and Ireland*. Cambridge: Cambridge UP, 1985.

Hamilton, Edith. *Mythology*. New York: New American Library, 1940.

Herr, Cheryl. *Joyce's Anatomy of Culture*. Urbana: U of Illinois P, 1986.

—, "Art and Life, Nature and Culture, *Ulysses*." Attridge, *James Joyce's* Ulysses 55 – 81.

Hyde, Douglas. "The Necessity for De – Anglicising Ireland." 1 September 2010 < http://www. gaeilge. org/deanglicising. html > .

Hyman, Louis. *The Jews of Ireland: From Earliest Times to the Year* 1910. Shannon: Irish UP, 1972.

Jameson, Fredric. *The Political Unconscious: Narrative as a Socially Symbolic Act*. London: Routledge, 1989.

—, "*Ulysses* in History." *James Joyce and Modern Literature*. Ed. W. J. McCormack and Alistair Stead. London: Routledge & Kegan Paul, 1982. 126 – 141.

Jenks, Chris. *Culture*. London: Routledge, 1993.

Johnson, Jeri. Introduction. *A Portrait of the Artist as a Young Man*. By James Joyce. New York: Oxford UP, 2000. vii – xliii.

Joyce, James. *A Portrait of the Artist as a Young Man*. Ed. Hans Walter Gabler with Walter Hattche. New York: Garland, 1993.

—, *Dubliners*. Ed. Hans Walter Gabler with Walter Hattche. New York: Garland, 1993.

—, *Exiles*. New York: Viking, 1951.

—, *Ulysses*. Ed. Hans Walter Gabler et al. New York: Bodley Head, 1986.

—, *Finnegans Wake*. London: Faber and Faber, 1975.

Jung, Carl. "*Ulysses*: A Monologue." Benstock, *Critical Essays* 9 – 27.

Kamenka, E., ed. *Nationalism*: *the Nature and Evolution of an Idea*. Canberra: Australian National UP, 1973.

Kenner, Hugh. *Dublin's Joyce*. Bloomington: U of Indiana P, 1956.

—, *The Mechanic Muse*. New York: Oxford UP, 1987.

—, "The *Portrait* in Perspective." Wollaeger 27 – 57.

—, *Ulysses*. Baltimore: John Hopkins UP, 1987.

Kershner, R. B. "The Artist as Text: Dialogism and Incremental Repetition in *Portrait*." *English Literary History* 53.4 (Winter 1986): 881 – 94.

—, ed. A Portrait of the Artist as a Young Man: *Complete*, *Authoritative Text with Biographical and Historical Contexts*, *Critical History*, *and Essays from Five Contemporary Critical Perspectives*. New York: Bedford/St. Martin's, 1993.

—, Introduction. *Joyce and Popular Culture*. Ed. R. B. Kershner. Gainesville: UP of Florida, 1996. 1 – 19.

Kiberd, Declan. *Inventing Ireland*: *The Literature of the Modern Nation*. London: Vintage, 1996.

—, Introduction. *Ulysses*. By James Joyce. London: Penguin, 1992. ix – lxxxix.

—, Notes. *Ulysses*. By James Joyce. London: Penguin, 1992, 942 – 1194.

—, Introduction. Gibson, *James Joyce* 7 – 9.

Kilroy, James. *The 'Playboy' Riots*. Dublin: Dolmen, 1971.

Lawrence, D. H. *Lady Chatterley's Lover*. London: Bantam, 1968.

Leonard, Garry M. *Reading* Dubliners *Again*: *A Lacanian Perspective*. New York: Syracuse UP, 1993.

—, *Advertising and Commodity Culture in Joyce*. Gainesville: UP of Florida, 1998.

Lernout, Geert, and Wim Van Mierlo, eds. *The Reception of James Joyce in Europe*, vol. I. London: Thoemmes Continuum, 2004.

Levenson, Michael. "Living History in 'The Dead.'" Schwarz 163 – 77.

—, "Stephen's Diary: The Shape of Life." Brady and Carens 36 – 51.

Levin, Harry. *James Joyce*: *A Critical Introduction*. Rev. ed. New York: New Directions, 1960.

Levin, Richard, and Charles Shattuck. "First Flight to Ithaca." Givens 47 – 94.

Levine, Jennifer. "*Ulysses*." Attridge, *Companion* 131 – 160.

Levitt, Eugene E. *The Psychology of Anxiety*. London: Staples, 1968.

Lewis, Paul. "'Ulysses' at Top as Panel Picks 100 Best Novels." *New York Times* 20 July 1998, 19 March 2006 < http://query. nytimes. com/gst/fullpage. html? res = 9A00E4DC1030F933A15754C0A96E958260&&scp = 3&sq = 100% 20best% 20English% 20novels% 20of% 20the% 2020th% 20century&st = cse html >.

Litz, A. Walton. "The Design of *Ulysses*." Benstock, *Critical Essays* 27 – 57.

—, "Ithaca." Benstock, *Critical Essays* 385 – 405.

Lloyd, David. "Counterparts: *Dubliners*, Masculinity, and Temperance Nationalism." Attridge and Howes 128 – 49.

Lyons, F. S. L. *Culture and Anarchy in Ireland*: 1890 – 1939. Oxford: Clarendon, 1979.

MacCabe, Colin. *James Joyce and the Revolution of the Word*. 2nd ed. New York: Macmillan, 2003.

Maddox, Brenda. *Nora*: *A Biography of Nora Joyce*. London: Hamilton, 1988.

Magalaner, Marvin. *Time of Apprenticeship*: *The Fiction of Young James Joyce*. London: Abelard-Schuman, 1959.

—, and Richard Kain. *Joyce*: *The Man*, *the Work*, *the Reputation*. New York: New York UP, 1956.

Manganiello, Dominic. *Joyce's Politics*. London: Routledge, 1980.

Marx, Karl. "Theses on Feuerbach." *Feuerbach*: *Opposition of the Materialist and Idealist Outlooks*. London: Lawrence, 1973.

Mason, Ellsworth, and Richard Ellmann, eds. *The Critical Writings of James Joyce*. New York: Viking, 1959.

*Merriam – Webster's Encyclopedia of Literature*. Springfield: Merriam – Webster, 1995.

Mills, Sara. *Discourse*. London: Routledge, 1997.

Nadel, I. B. *Joyce and the Jews*: *Culture and Texts*. Gainesville: UP of Florida, 1996.

Nietzsche, Friedrich. *Thus Spake Zarathustra*. Trans. Thomas Common. Beijing: China Social Sciences, 1999.

Nolan, Emer. *James Joyce and Nationalism*. London: Routledge, 1995.

Norris, Margot, ed. Dubliners: *Authoritative Text*, *Contexts*, *Criticism*. New York: Norton, 2006.

—, "The Perils of 'Eveline.'" Norris 283 – 298.

Obrien, Conor Cruise. *States of Ireland*. London: Hutchinson, 1972.

Parrinder, Patrick. "A Portrait of the Artist." Wollaeger 85 – 128.

Paige, D. D. , ed. *Letters of Ezra Pound*: 1907 – 1941. London: Faber & Faber, 1951.

Peterson, R. Dean. *The Concise History of Christianity*. Beijing: Peking UP, 2002.

Pierce, David. *James Joyce's Ireland*. New Haven: Yale UP, 1992.

Potts, Willard, ed. *Portraits of the Artist in Exile*: *Recollections of James Joyce by Europeans*. Seattle: U of Washington P, 1979.

—, *Joyce and the Two Irelands*. Austin: U of Texas P, 2000.

Pound, Ezra. "*Dubliners* and Mr. James Joyce." *Pound/Joyce*: *the Letters of Ezra Pound to James Joyce*, *with Pound's Essays on Joyce*. Ed. Forrest Read. London: Faber & Faber, 1967. 27 – 30.

Ranelagh, John O'Beirne. *A Short History of Ireland*. 2nd. ed. Cambridge: Cambridge UP, 1999.

Riquelme, John Paul, ed. *A Portrait of the Artist as a Young Man*. By James Joyce. 1916. New York: Norton, 2007.

Robins, Jane. "After 33 Years, Censor Lets Irish Audiences See Banned 'Ulysses' Film," 28 Septembetr 2000, 20 May 2008 < http://www. independent. co. uk/ arts – entertainment/films/news/ after – 33 – years – censor – lets – irish – audiences – see – banned – ulysses – film – 701740. html > .

Said, Edward W. *Culture and Imperialism*. New York: Vintage, 1994.

Schlesinger, A. J. *The Vital Centre*. New York: Houghton – Mifflin, 1948.

Scholes, Robert, and Richard M. Kain, eds. *The Workshop of Daedalus*: *James Joyce and the Raw Materials for "A Portrait of the Artist as a Young Man."* Evanston: Northwestern UP, 1965.

Schork, R. J. *Latin and Roman Culture in Joyce*. Gainesville: UP of Florida, 1997.

—, *Greek and Hellenic Culture in Joyce*. Gainesville: UP of Florida, 1998.

Schwarz, Daniel R. *Reading Joyce's* Ulysses. London: Macmillan, 1987.

—, ed. *James Joyce*: "The Dead." Boston: Bedford/St. Martin's, 1994.

Seidel, Michael. "James Joyce." *The Columbia History of the British Novel*. Ed. John Richetti et al. Beijing: Foreign Language Teaching and Research, 2005. 765 – 88.

Senn, Frittz. "Book of Many Turns." Attridge, *James Joyce's* Ulysses 33 – 54.

—, "Gnomon Inverted." *ReJoycing*: *New Readings of* Dubliners. Ed. Rosa M. Bollettieri Bosinelli and Harold F. Mosher Jr. Lexington: UP of Kentucky, 1998. 249 – 57.

Seton – Watson, Hugh. *Nationalism Old and New*. Sidney: Sidney UP, 1965.

Shakespeare, William. *Hamlet*. Beijing: Commercial, 1984.

Shaffer, Brian W. "Joyce and Freud: Discontent and Its Civilizations." Cheng and Martin 73 – 88.

Sicari, Stephen. *Joyce's Modernist Allegory*: Ulysses *and the History of the Novel*. Columbia: U of South Carolina P, 2001.

Smith, D. Anthony. *National Identity*. London: Penguin, 1991.

Spengler, Oswald. *The Decline of the West*: *Form and Actuality*. 2 vols. Trans. Charles Francis Atkins. New York: Knopf, 1928.

Spenser, Edmund. *The Works of Edmund Spenser*: *A Variorum Edition*, Vol. II. Baltimore: John Hopkins UP, 1957.

Spielberger, Charles D. "Current Trends in Theory and Research on Anxiety."*Anxiety*: *Current Theory and Research*. Vol. I. Ed. Charles D. Spielberger. New York: Academic, 1972. 1 – 16.

Spinks, Lee. *James Joyce*: *A Critical Guide*. Edinburgh: Edinburgh UP, 2009.

Tindall, York W. *A Reader's Guide to James Joyce*. New York: Noonday, 1959.

Torchiana, Donald T. *Background for Joyce's* Dubliners. Boston: Allen, 1986.

Tuathaigh, Gearoid O. "Language, Ideology and National Identity." *The Cambridge Companion to Modern Irish Culture*. Ed. Joe Cleary and Claire Connolly. Cambridge: Cambridge UP, 2005. 42 – 58.

Tylor, Edward B. *Primitive Culture*. London: Murray, 1871.

Ungar, Andras. *Joyce's* Ulysses *as National Epic*: *Epic Mimesis and the Political History of the Nation State*. Gainesville: UP of Florida, 2002.

Walzl, F. L. "Pattern of Paralysis in Joyce's *Dubliners*." *College English*, XXII (January 1961): 221 – 8.

—, "*Dubliners*." Bowen and Carens 157 – 228.

—, "*Dubliners*: Women in Irish Society." *Women in Joyce*. Ed. Suzette Henke and Elaine Unkeless. Brighton: Harvester, 1982. 31 – 56.

Watson, G. J. *Irish Identity and the Literary Revival*. Washington: Catholic U of America P, 1979.

Wellek, Rene, and Austin Warren. *Theory of Literature*. 3$^{rd}$ ed. New York: Harcourt Brace Jovanovich, 1977

Wilde, Oscar. *The Picture of Dorian Gray*. London: Penguin, 1985.

Williams, Raymond. *Keywords*: *A Vocabulary of Culture and Society*. London: Fontana, 1976.

—, *Marxism and Literature*. Oxford: Oxford UP, 1977.

Wollaeger, Mark A. *James Joyce's* A Portrait of the Artist as a Young Man: *A Casebook*. Oxford: Oxford UP, 2003.

You, Qiaorong. *The Dialogic and Carnivalized Art in* Ulysses. Wuhan：Central China Normal UP，2015.

Young, Filson. *Ireland at the Crossroads*：*An Essay in Explanation*. London：Richards，1907.

Yule, George. *The Study of Language*, *Fourth Edition*. Cambridge：Cambridge UP，2010.

艾尔曼，理查德：《乔伊斯传》，金隄、李汉林、王振平译，北京：北京出版社出版集团、北京十月文艺出版社，2006。

巴赫金：《巴赫金全集第二卷》，白春仁、晓河译，石家庄：河北教育出版社，1998。

——：《巴赫金全集第三卷》，白春仁、晓河译，石家庄：河北教育出版社，1998。

——：《巴赫金全集第五卷》，白春仁、顾亚铃译，石家庄：河北教育出版社，1998。

布鲁姆，哈罗德：《影响的焦虑》，徐文博译，北京：三联书店，1989。

——：《西方正典》，江宁康译，南京：译林出版社，2005。

布罗代尔，弗尔南德：《文明和文化》，包亚明主编：《二十世纪西方美学经典文本》（第四卷），上海：复旦大学出版社，2000。

陈豪：《聚焦与变奏：〈尤利西斯〉的美学研究》，上海：上海三联书店，2014。

陈恕：《〈尤利西斯〉导读》，哈尔滨：北方文艺出版社，2015。

陈永国：《话语》，《外国文学》3（2002）：28 – 33。

但丁：《神曲》，王维克译，北京：人民文学出版社，1985。

戴从容：《自由之书：〈芬尼根的守灵夜〉解读》，上海：华东师范大学出版社，2007。

德里克，阿里夫：《作为霸权思想和解放实践的文化主义》，包亚明主编：《二十世纪西方美学经典文本》（第四卷），上海：复旦大学出版社，2000。

丁晓原：《文化生态演化与百年中国报告文学》（博士学位论文），苏州大学，2001，2008 年9 月 1 日 < http：//www. ddwenxue. com/html/wxlw/20080901 > 。

高宣扬：《后现代论》，北京：中国人民大学出版社，2005。

龚晓斌、金兰：《〈尤利西斯〉变异语言的汉译研究》，苏州：苏州大学出版社，2015。

郭军：《〈一个青年艺术家的肖像〉：文本的"不连贯"与主题意象的"连贯"》，《外国文学评论》1（1995）：51 – 59。

——，《乔伊斯：叙述他的民族——从〈都柏林人〉到〈尤利西斯〉》，北京：外语教学与研究出版社，2010。

何树：《试析爱尔兰多元民族认同形成的原因》，《史学月刊》2（2002）：79 – 83。

金隄：《西方文学的一部奇书》，《世界文学》1（1986）：212 – 235。

金塞拉，托马斯：《夺牛记》，曹波译，长沙：湖南教育出版社，2008。

李巧慧：《〈尤利西斯〉的小说艺术》，北京：中国书籍出版社，2013。

李维屏：《乔伊斯的美学思想和小说艺术》，上海：上海外语教育出版社，2000。

李泽厚：《中国古代思想史论》，合肥：安徽文艺出版社，1994。

一：《世纪新梦》，合肥：安徽文艺出版社，1998。

凌建侯：《话语的对话本质——巴赫金对话哲学与话语理论关系研究》（博士学位论文），北京外国语大学，2000。

刘象愚：《乔伊斯批评概观》，《北京师范大学学报》（社会科学版）5（2006）：49 – 65。

刘象愚编选：《乔伊斯精选集》，北京：北京燕山出版社，2004。

马元龙：《文化之路：化'文化'为'自然'》，《外国文学》4（2008）：81 – 84。

乔伊斯：《乔伊斯诗全集》，傅浩译，石家庄：河北教育出版社，2002。

一：《都柏林人》，孙梁等译，上海：上海译文出版社，1984。

一：《都柏林人》，徐晓雯译，南京：译林出版社，2003。

一：《都柏林人》，王逢振译，上海：上海译文出版社，2010。

一：《一个青年艺术家的画像》，黄雨石译，北京：外国文学出版社，1983。

一：《一个青年艺术家的画像》，徐晓雯译，南京：译林出版社，2003。

一：《一个青年艺术家的画像》，李靖民译，杭州：浙江文艺出版社，2009。

一：《青年艺术家画像》，朱世达译，上海：上海译文出版社，2013。

一：《尤利西斯》（上、下），萧乾、文洁若译，南京：译林出版社，1994。

一：《尤利西斯》（上、下），金隄译，北京：人民文学出版社，1996。

一：《尤利西斯》，吴刚译，北京：中国华侨出版社，2010。

一：《尤利西斯》，查群英译，呼和浩特：内蒙古人民出版社，2010。

阮炜：《从〈尤利西斯〉看艺术再现论》，《外国文学评论》2（1989）：94 – 98。

萨义德，爱德华·W：《东方学》，王宇根译，北京：三联书店，1995。

《圣经》，南京：中国基督教协会，1995。

时蓉华主编：《社会心理学词典》，成都：四川人民出版社，1988。

陶家俊：《身份认同》，《西方文论关键词》，赵一凡、张中载、李德恩编，北京：外语教学与研究出版社，2006。465 – 497。

托多罗夫：《巴赫金、对话理论及其他》，蒋子华、张萍译，天津：百花文艺出版社，2001。

王友贵：《乔伊斯在中国：1922—1999》，《中国比较文学》2（2000）：79 – 91。

一：《乔伊斯评论》，重庆：西南师范大学出版社，2002。

王佐良：《英国文学史》，北京：商务印书馆，1996。

威廉斯，雷蒙：《关键词：文化与社会的词汇》，刘建基译，北京：三联书店，2005。

吴猛：《福柯话语理论探要》（博士学位论文），复旦大学，2003。

吴庆军：《〈尤利西斯〉叙事艺术研究》，北京：北京理工大学出版社，2006。

肖明翰：《混乱中探寻秩序》，《国外文学》1（1997）：42 – 50。

一：《诺曼征服后英格兰民族性之发展——评阿舍新著〈虚构与历史：1066—1200 年之英格兰〉》，《外国文学》4（2009）：109 – 119。

一：《现代小说中的'显现'手法》，《外国文学评论》3（1990）：65 – 70。

姚锦清：《意识流的杰出代表——乔伊斯》，《国外文学》2（1988）：19 – 30。

袁德成：《詹姆斯·乔伊斯：现代尤利西斯》，成都：四川人民出版社，1999。

袁可嘉：《欧美现代派文学概论》，桂林：广西师范大学出版社，2002。

乐黛云、叶朗、倪培耕主编：《世界诗学大辞典》，沈阳：春风文艺出版社，1993。

詹姆逊，弗雷德里克：《政治无意识》，王逢振、陈永国译，北京：中国社会科学出版社，1999。

张伯香：《〈艺术家青年时代的肖像〉简评》，《外国文学研究》4（1986）：18 – 22。

张春：《〈尤利西斯〉文体研究》，广州：世界图书出版社广东有限公司，2014。

张德明：《经典的普世性与文化阐释的多元性：从荷马史诗的三个后续文本谈起》，《外国文学评论》1（2007）：19 – 27。

赵一凡：《西方文论讲稿续编》，北京：三联书店，2009。

一：《福柯的话语理论》，《读书》5（1994）：110 – 119。

郑茗元：《〈尤利西斯〉小说诗学研究：理论与实践》，北京：人民出版社，2014。

# 后　记

我对乔伊斯的兴趣始于 20 世纪 90 年代，《都柏林人》中那些短小精悍的故事，那种讲故事的"审慎平庸"的叙述方式，那种洗练、简洁、灵动、洒脱的语言风格，那些"显现"（epiphanies）背后所潜藏的丰富意蕴，深深地吸引着我，不断地刺激着我的好奇心和阅读欲望。在后来的岁月里，我对乔伊斯的其他作品——《英雄斯蒂芬》、《一个青年艺术家的画像》、《流亡者》、《乔伊斯诗全集》、《尤利西斯》、《贾科莫·乔伊斯》、《芬尼根的守灵夜》——逐一进行了反复的"细读"。我从这种"细读"的经历中体悟到，乔伊斯的作品就像是一座座重叠的思想山峰，我们奋力攀登上了一座山峰之后，另外的山峰又横亘在面前，等待着我们的继续攀登。

这部拙著既是这些年来"攀登"这些"山峰"所积累的一些成果，又是在博士论文的基础上修改、完善而成。十多年前，我在不惑之年以同等学力者的身份考入湖南师范大学外国语学院，在肖明翰教授门下攻读英美文学方向博士学位。先生待我如父如兄如友，他谦谦君子般的性格、扎实的学术功底、严谨的治学态度、朴实的学风、广阔的学术视野令我敬佩，他的耳提面命、热情鼓励、耐心细致的指导使我感到温暖。如今想来，能成为先生的学生是一种缘分，令我终生感怀，而这种感恩之情又远非语言所能表达。

　　博士论文开题之后，我有幸获得国家留学基金委的全额资助，于 2007 年 6 月至 2008 年 6 月在爱尔兰都柏林大学（University College Dublin）英文、戏剧与电影学院从事乔伊斯与爱尔兰文学、文化研究。刚抵达学校不久，正值那一年的"布卢姆节"国际乔伊斯学术研讨会在都柏林举行，该校乔伊斯研究中心主任（也是那次研讨会的组织者）安妮·福加蒂教授（Prof. Anne Fogarty）慷慨地给了我一张免费入场券，使我能够有机会接触来自全球著名的乔伊斯学者，聆听每一场学术报告，了解乔伊斯研究的最新动态。在访学的一年中，我在该校的主图书馆——詹姆斯·乔伊斯图书馆——度过了许多美好的时光，查阅、消化了大量的一手资料，为博士论文的写作奠定了较好的基础。我参观了乔伊斯博物馆（原来是乔伊斯故居）、爱尔兰国立图书馆（藏有珍贵的乔伊斯手稿）、爱尔兰国家博物馆、乔伊斯就学过的学校（克郎高士森林公学、贝尔弗迪尔学校）、圣帕特里克教堂、斯蒂芬草地、凤凰公园、马泰楼碉楼、沙湾海滩、埃克尔斯街、慈母医院、奥蒙德酒吧……许多地点是乔伊斯作品中的场景。另外，我还在圣诞节假期去了戈尔韦、康尼玛拉，参观了乔伊斯夫人娜拉曾经住过的简陋小屋，感受和领略了神秘的爱尔兰西部文化。

　　博士论文的写作经历了一个较长的过程。首先，阅读、钻研、理解乔伊斯的作品需要花费大量的时间。其次，搜寻、梳理、吸纳、消化那些林林总总的乔伊斯研究成果然后形成自己的评判也耗费了不少的精力。所幸的是，在众多师长、同门、亲友的鼓励和帮助下，我历时四年终于圆满地完成了论文的写作和答辩。非常感谢答辩委员会主席南京大学的王守仁教授，答辩委员会委员湖南师范大学的蒋坚松教授、蒋洪新教授、赵炎秋教授和中南大学的张跃军教授在我答辩过程中提出的宝贵意见与富有启发的建议。感谢师姐易艳萍博士，师妹陈明娟、任海燕、吴玲英、常远佳、汪小英、刘莉，师弟汪家海、曾军山、李游海，他们在小组学术沙龙上给予我许多灵感和启示。

　　我要特别感谢我的妻子曹伟俐，在我读书期间她任劳任怨，承担了全部家务。没有她的理解与支持，我也许不可能有充裕的时间完成我的论文。我要感谢我的儿子李一宇，他在我忙碌时总能带给我许多快乐。我还要感谢已经辞世的父母，他们在患病期间仍然一如既往给予我鼓励。

拙著能够付梓，我要感谢"中南大学'双一流'建设文科战略先导专项 2017 年建设项目"的全额资助，也真诚地感谢所有的评审专家以及各级相关部门的支持，使拙著有幸被选入"中南大学哲学社会科学博士论文精品丛书"。在本书的写作过程中，我深切体会到，任何研究都是建立在前人的探索和研究成果基础之上的，因此我愿借拙著付梓之机，谨向近一个世纪以来在乔伊斯研究领域辛勤耕耘的国内外学者专家们致以由衷的敬意。最后，我要感谢中南大学出版社的责编杨贝老师和编辑们，是他们的辛勤劳动、细致严谨的工作使拙著最终得以面世。

作　者

2017 年夏于长沙岳麓山下

# 索 引

（以拼音字母为序）

**图书在版编目（CIP）数据**

詹姆斯·乔伊斯的文化焦虑／李兰生著. —长沙：
中南大学出版社，2017.10（2021.3 重印）

ISBN 978-7-5487-3058-3

Ⅰ.①詹… Ⅱ.①李… Ⅲ.①乔伊斯（Joyce，
James 1882－1941）－文学研究 Ⅳ.①I562.065

中国版本图书馆 CIP 数据核字（2017）第 268723 号

## 詹姆斯·乔伊斯的文化焦虑
### ZHANMUSI · QIAOYISI DE WENHUA JIAOLÜ

李兰生 著

| | | |
|---|---|---|
| □责任编辑 | 杨　贝 | |
| □责任印制 | 易红卫 | |
| □出版发行 | 中南大学出版社 | |
| | 社址：长沙市麓山南路 | 邮编：410083 |
| | 发行科电话：0731-88876770 | 传真：0731-88710482 |
| □印　　装 | 长沙雅鑫印务有限公司 | |

| | | |
|---|---|---|
| □开　　本 | 720 mm×1000 mm 1/16　□印张 12.5　□字数 216 千字 | |
| □版　　次 | 2017 年 10 月第 1 版　□2021 年 3 月第 2 次印刷 | |
| □书　　号 | ISBN 978-7-5487-3058-3 | |
| □定　　价 | 70.00 元 | |